泥の中を泳げ。

テレビマン佐藤玄一郎

吉川圭三
Yoshikawa Keizo

駒草出版

泥の中を泳げ。

テレビマン佐藤玄一郎

目次

「人を絶望から救い出す喜びを理解するには、
絶望に打ちのめされたことがなければならぬ」

フランソワ・ド・ラ・ロシュフコー（一六一三～一六八〇、仏の文学者）

第一章

A

ある伝説の名テレビマンがかつてこう語った。

「テレビマンには三種類いる。まずは作る番組が卓越していて視聴率も取れるテレビマン。次に足りない才能を分析力や努力で補って視聴率を取るテレビマン。そして大した才能もないうえに努力もしない、何をやっても駄目なバカ。こういう奴は早いとこ生まれ故郷に帰って、大根でも作っていた方がいい。その方が本人も周りも幸せだ」

またあるいは、こんなふうに言うベテランプロデューサーもいた。

「テレビマンには二種類のタイプがいる。すなわち、やることなすこと成功する、運に恵まれるテレビマン。そしていくら懸命に努力しても何もかも上手くいかない、運に見放されたテレビマン。この『運』を引きつける力があるかないかが、案外テレビマンの命運を決める」

そしてこの物語の主人公・佐藤玄一郎はあのとき、果たしてどちらのタイプだったのであろうか。

玄一郎はあのときほど、自分がテレビンマンであることの運命を不可思議に感じたことはなかった。

それは二〇〇七年のある日のこと。女性プロデューサーの岸本妙子に、

「この国はどうかしら？　玄ちゃん」と言われた。

それはカリブ海のとある国へのロケの話だった。

佐藤玄一郎は、海外ドキュメントバラエティのロケディレクターだった。世界各国でタレントに様々な体験をさせて、その国の風習、名所、名物、面白い人物、動物などを紹介する番組である。

大手テレビ制作会社の岸本妙子は、玄一郎の上司である局の統括プロデューサーが連れてきた。サラリーマン・ディレクターの玄一郎は、彼女に従うしかなかった。

三二歳の岸本妙子は、一見すると誰もが目を見張るような美人である。何しろ妙子の母親はテレビ草創期に一世を風靡した日米ハーフの元モデル兼タレントで、父は佐藤玄一郎のいる東京テレビの元大物プロデューサーだった。

しかし仕事を通して付き合ってみると、妙子には様々な問題が判明した。

そもそも岸本妙子はＡＰ（アシスタント・プロデューサー）時代、ジバンシィの絹のドレスで現場に現れたという伝説の持ち主である。大学を卒業後、「パパ、私もテレビ局に入りたい」と言ったか言わないかは知らないが、ミス・キャンパスの肩書きを持ちながらも在京テレビ局はすべて落ち、父親と同期入社だった当時の東京テレビの常務の口利きで、名うてのテレビ制作会社「イマジン・エンターテイメント社」に入社した。

そういう強烈なコネ入社だったため、ＡＤ（アシスタント・ディレクター）修行をすっ飛ば

してＡＰになった。しかも当時から現場で何かトラブルがあっても、「さあ、私にはわかんないの」とすべて後輩ＡＤの責任にしてしまうことで有名だった。

プロデューサーに昇格し今回の海外ドキュメントバラエティ担当になってからは、妙子が自宅マンションで世界地図にダーツの矢を投げ、ロケ先の国を決めているという噂が、スタッフの間ではまことしやかに囁かれていた。

そもそもこのロケ番組は、ＴＶニッポンの「世界を大冒険！フチまで旅しよう」がヒットしたため、「ウチでも同じような番組をやれ！」と編成局がねじ込んで来たパクリ企画である。予算はＴＶニッポンのヒット番組の四分の三程度。当時は今ほどインターネットで世界の情報をつぶさに得られるわけでもなく、妙子のダーツで世界の果てに飛ばされたディレクターたちは、何度も地獄を見た。

トラブルが起きても岸本妙子は特段同情するわけでもなく、会議室のチェアに美脚を組んで座り「しょうがないじゃないの」という顔でヒールをカタカタ鳴らして、ディレクターたちの報告を雑誌「ブルータス」を読みながら平然と聞き流していた。


その年、梅雨の季節だった。

小雨の降る中、アニエスベーの紫のドレスにワインレッドのショールで着飾った岸本妙子プロデューサーによって、玄一郎は白金台の洋館を改造したフランス料理店に同行させられた。気後れするような高級店である。打合せから直行したので薄手のジャンパーを羽織っていた玄一郎は、店が用意しているジャケットを借りるはめになった。

約束は夜の七時だったが、先方の二人は奥の個室で既に待っていた。

ひとりは件のカリブ海のとある国の大使。ヴェルサーチのスーツに身を包んだアフリカ系の黒人で、恰幅のよい、身長一八〇センチはあろうかという大男である。もうひとりはその夫人。四〇代半ばの日本人だった。

フランス語圏の国なので、会話はパリ第四大学に留学経験があるという大使夫人が通訳してくれた。どこかで見覚えがあった。確か元華族だというエッセイストで、高級女性雑誌「婦人画報」にも写真取材されたことがある色白で美貌の有名文化人であった。

茹でた白アスパラガスにエシレ・バターのクリームを混ぜて泡立てたソースの前菜からして絶品で、続いて出された白トリュフもジビエの鹿肉も、端正な顔立ちのボーイがサーブするシャブリ・グラン・クリュも、玄一郎にはすべて初めて口にするものばかりだった。

しかしそれだけでは終わらない。しばらくすると、大使が夫人に何か囁いた。夫人はソムリエを呼び、ソムリエは四本ほど赤ワインを持って来た。各年代のロマネ・コンティであった。海外バラエティなどをやっていると、そういう知識だけには詳しくなる。一本最低一五〇万円は下らない品である。何しろ年間五五〇〇本ほどしか出荷していないブルゴーニュワイン。もちろん、実物を見るのすら初めてだった。

大使が選び、ワインが注がれる。玄一郎が普段飲んでいた安いワインとは、次元の違う飲み物だった。ただの酒ではなく、人間の精神の深い部分にも影響を与えかねないような、複雑な味わいを持つワインであった。

食事中、大使がカリブ海のその国のことを話す。ブードゥー教の儀式、極彩色のカーニバル、世界中のセレブ御用達のリゾート「地中海クラブ」にある最新式観光用潜水艦、アフリカ系の国民が造った古城――真っ赤な口紅をつけた岸本プロデューサーはうっとりと話を聞いている。
　何より大使が繰り返し主張したのは、「我が国は黒人たちの力だけで宗主国から独立した、誇り高い国家なのだ」ということだった。

　いつの間にか、違う年代のロマネ・コンティがもう一本出てきた。大使は、「この番組を観て、素晴らしい我が国に日本人のお客さまもたくさんいらしてもらいたい」と熱弁した。つまり、ロケをして観光客を呼び込んで欲しいと言っているのだ。岸本は目で玄一郎に「この国にしましょうよ」と訴えかけていた。

テレビは日本人の海外観光旅行先選びに大変な影響力がある。ゆえに各国の政府観光局は東京に事務所を置くのだ。一晩四〇〇万の宴と、ロマネ・コンティの威力は恐ろしかった。

　結局、玄一郎にはなすすべもなく、ロケ先はその国に決まった。

　玄一郎はせめて「旅人」役は前年とある学園ものの映画に初主演して話題となった一九歳の新人女優・鏡理沙子をと希望した。その映画を観ていた玄一郎は、彼女に何かの才能を感じていた。ショートカットの黒髪がトレードマークの鏡理沙子には、少年ぽさがない交ぜになったような、ジェンダーを超えた不思議な魅力があった。さらに一〇代にして複雑な役を演じ切る技量があり、何より人を惹きつける「華」があった。

連絡して表参道の裏手にある事務所を訪ねた。古ぼけた住居用マンションの一室。鏡の他には俳優が二、三人、しかも彼女以外は全員無名という小さなプロダクションである。マネージャーは小劇団の経理だったという理知的な中年女性で、「本人さえよければ」と穏やかに言う。ノーメイクで現れた鏡理沙子は、映画で観るよりもずっと幼かった。「まだ子どもじゃないか」と、玄一郎は心の中で呟いた。

とりあえずロケ内容の説明をする。理沙子は一度も玄一郎の目を見ずに、デスクの上にあったクリップをいじりながら聞いていた。

説明が終わると、初めて顔を上げ、隣の女性マネージャーを無表情のまま見た。

「いいのね？」とマネージャーが聞き、彼女は小さく頷いた。

女性マネージャーが玄一郎を見据え、

「やらせて頂きます」と言った。

とうとう最後まで、鏡理沙子は玄一郎の目を見ることはなかった。

不安が残った。

低予算のロケ番組である。スタッフは毎回、ディレクターの玄一郎とカメラマン、そして照明や音声や画質調整などを担当するＶＥ（ビデオエンジニア）、ＡＤはナシ。後は「旅人」の鏡理沙子だけだ。女優を起用するにもかかわらず、スタイリストはおろかヘアメイクすら付かない。思えば事務所がよくＯＫしたものだ。

まずはカメラマン、ＶＥ、そして理沙子が到着する三日前に、玄一郎は先遣隊として、コーディネーター兼通訳の石田兼一と現地入りすることになった。

石田はプロデューサーの岸本妙子が「南洋の取材に強い」と連れて来た男で、普段はグァムを拠点に、サイパン、パラオなどでテレビや雑誌のグラビア撮影などのコーディネートをしているらしい。年齢は四二歳というが、細い口髭を生やし、耳にかぶる長髪は南の島の日光のせいだろう、色が抜け茶髪だった。八〇年代からバブル期にかけてよくいた、陸（おか）サーファーのようだ。ライフスタイルも内面も、おそらくあの頃のままなのだと思われた。どこか軽い男だった。

玄一郎と石田は初対面のまま成田で待ち合わせ、ニューヨークJFK空港乗継ぎで、二四時間かかってカリブ海のその国に到着した。


アメリカン航空の銀色の機体が、着陸して空港の建物に近づく。しかしその国の空港にあったのは、正確には建物などではなく、木造平屋建ての「小屋」であった。しかもその前には、カーキ色の軍服を着た一五人ほどの兵隊が自動小銃のカラシニコフを肩から下げ、玄一郎たち到着客に充血した目を向けていた。

横ではコーディネーターの石田が、パスポートコントロールの係官の前で小刻みに震えている。

玄一郎は直感で、ここは「カリブの楽園」などではなく、「カリブの地獄」だとわかった。

そのときだった。並んでいたアメリカ人らしき観光客の若者が、何気なくという感じで列を離れ、「小屋」の裏側へ向かって二、三歩、足を進めた。その刹那、若者の足元に兵士のカラシニコフが乾いた音を立てて掃射された。
列に並ぶ者たちは悲鳴すら上げなかった。ただ、自分はこの男とは無関係だ、という顔で額に汗をかいていた。

東京の大使が用意してくれた「最高級ホテル」にバンで向かう途中、車窓の向こうに続く街には「黒人たちだけで造った独立国」という、誇りに満ちた言葉が消し飛ぶような風景があった。木造バラックが何十キロにもわたり建ち並ぶ、まるで街中が物乞いの並ぶスラムだった。舗装されていない道の両側にはボロボロの建物が並び、麻袋に入れられた人間の屍らしきものが多数放置されている。射殺されたのだろうか、表面からは血痕も見える。玄一郎たちのバンの後ろからは、十数人の子どもたちが小銭欲しさに裸足で追いかけて来る。コーディネーターの石田が車の窓ガラスに顔をぴったり付け、その光景を呆然と見ている。木々の間から時々、美しいエメラルドグリーンの海が見えるのが皮肉である。

やがて山の中腹にあるホテルに着いた。フランス統治時代に造られたであろう、アールヌーヴォー風の漆喰の建物は確かに洗練されていて、透き通った水を湛えた美しいプールもあった。しかし、この国でどうやって日本人が夢想する「カリブの楽園」の映像を撮影すればいいのだ？　玄一郎には想像もつかなかった。
来る途中、ホテルのバンを運転する黒人ドライバー、アラン・ヴェイユという男が、政情不安で海外の援助なしに成り立たない国情をフランス語訛りの英語で説明してくれた。

曰く、この国ではまず警察が機能していない。ゆえに略奪が横行している。強姦・殺人などが頻繁に起こる。餓死者も出ている。一方で、外国人であろうが意味もなく拉致・監禁されるから気をつけろ。なぜなら反政府ゲリラがいるからだ。加えて役人の腐敗は日常だ。賄賂が横行している。

「つまり国として機能してないということじゃないか」

玄一郎が呟くと、

「それだけじゃない。未だこの国は欧米の大国に搾取されている」とアランは答える。

空港での機銃掃射のことを話すと、

「とにかく、制服を着てる奴の前では余計なことはするな」と低い声で言った。

「あいつらは政府軍だが何でもやる。殺されても誰も文句は言えない」

話を聞きながら、汗まみれの石田の顔が奇妙に歪んでいた。

「あんた、日本人にしては英語が上手いな」

ホテルの車回しでバンを停め、石田がよろけながら降りていったところで、アランが玄一郎に問いかけた。

「君こそ。ここはフランス語圏じゃないか、どこで英語を学んだんだ？」

「イギリスの商社に潜り込んで、三年半下働きをした。俺の夢は家族を連れてニューヨークへ行き、イエローキャブの運転手になることだ。でも、そのためにはこの地獄のような国で一〇年は働かなければならない」

ホテルに目をやると、天井のファンが優雅に回る下で石田がロビーのソファーに座り込み、頭を抱えているのが見えた。

玄一郎にはひとつの取り柄があった。

繊細な感性を持っているが、頭が抜群に切れるわけではない。無茶苦茶に体力があるわけでもない。フットワークや行動力があるわけでもない。ただ、誰もが動揺するようなトラブルに遭遇したとき、まるで年老いて老練な熊のように、肝が据わって来るのだった。

身体が自然に落ち着き払い、行動が緩慢となり滅多なことでは無駄に動かなくなる。これには彼の生い立ちが関係しているのだが、不測の事態が起こっても、「慌ててもしょうがない」と思うことが出来た。

アラン・ヴェイユの話を聞き、「この国の空港に着いたときの直感は当たったたな」と思った。ではどうするか？　来てしまったのだからもう仕方がない。三日後には残りのロケ隊が来る。それまでに調査を済ませ、撮るものを撮ってさっさとこの国から脱出したい。

部屋に入って荷をほどき、シャワーを浴びながら、玄一郎はそう腹を括った。

コーディネーターの石田と日本大使館に向かった。立派で清潔な建物だ。極貧で無秩序な首都にここだけは治外法権の立派な邸があった。

街を見下ろす広大な客間に現れた中年の大使は、会話の口火を切るなりこう言った。

「どうしてこんな国に取材にいらしたのですか？」

彼も、この国には決して赴任したくなかったのであろう。外務省のエリートコースからは完全に外れている。

「この国はほとんど内乱状態です。国家が機能を果たしていません。カリブ海の最貧国であり、最も治安の悪い国です。滞在中何かありましたら、身柄は保護しますので、この大使館に逃げ込んでください。あと、コカ・コーラとバナナ以外は口にしないように。衛生状態が悪いので。栓をしたビールにも蝿が入っていることがあります。もしもどうしても飲む場合には、必ず瓶の中を確認してからにすること」

ビールを飲むときには蝿が入ってないか確認すること――タチの悪い冗談だとしても、もう少し上手い言い回しがあるはずだ。玄一郎が腹の中でそう軽口を叩いていると、大使はまるで心を見透かしたようにこう言った。

「ボディーガードを雇ってください。軽機関銃を持たせてください。これはゲリラ対策です。ただし、もしもゲリラに遭遇してしまったら、絶対に抵抗してはいけません。金品をすべて差し出し、無抵抗を示してください。大使館であなた方が『日本からこの国の素晴らしさを撮りに来ている』という、正式書類を発行します」

玄一郎たちが持ち込むソニー製の高画質XDCAM・HDモデルのプロ用ビデオカメラは最低でも八四万円はする。もう一台の予備も併せて一六八万円。照明機材にワイアレスマイク等、撮影機材は四〇〇万円超えだ。それを奪われたら仕事にならない。大使に聞いてみた。

「我々の業務用カメラ一式も、要求されたら差し出すべきでしょうか？」

大使は無表情に玄一郎を見た。

「もちろん。死にたくなかったら――」

ホテルに戻り、プールサイドにあるレストランで食事をとった。コーディネーターの石田は放心状態でぐったりとし、うつろな目で生ぬるいコーラを飲んでいた。玄一郎は透明なボトルの中身を確認しながら、冷蔵庫で冷やされたビールを飲んだ。

石田は成田からの機内では南の島に精通していると豪語していたが、グァムで自己流で学んだというブロークン・イングリッシュしかしゃべれず、フランス語圏のこの国ではまったく通用しないことがわかった。

仕方なく玄一郎はバンを運転していたアランを雇うことにして、英語を通訳してもらいながら各所へ電話をかけまくり、日本で得た情報の確認を取った。半分以上が虚偽だった。

そうこうしているうちにいつの間にか夜の九時を回っていた。アランに「明日からも頼む」と言って部屋に戻る。かつてサスペンス映画の巨匠、アルフレッド・ヒッチコックも宿泊したというスウィートルームである。クイーンサイズのベッドに大の字に寝転んでバナナを食った。天井のファンが音もなくゆっくりと回っている。

なまじ英語が出来るということで、玄一郎はこれまで一年半で二〇カ国のロケに飛ばされて来た。その経験に照らし合わせるまでもなく、この国はおそらく世界でも三本の指に入る危険国だった。

B

「――俺は、決して来てはいけない国に来てしまったのだ」

そう独りごちたとき、サイドテーブルに置いてあった携帯電話が鳴った。東京の女性プロデューサー、岸本妙子からだった。東京のスタッフルームからかけているのだろう。背後でスタッフたちが話しているのが、地球の反対側でも普通に聞こえるのが不思議な感じがした。

「どう、玄ちゃん、そっちの調子は？」

妙子がいつも通りの無責任な乾いた声で聞く。

玄一郎はこの国に到着してからの一部始終を冷静に報告した。その間、相手は無言だった。さすがのダーツ女、岸本妙子も呆然としているのがわかる。玄一郎は無駄かもしれないと思いつつ告げた。

「取材は中止して、即刻帰国したい。死者を出したくなければ、許可して欲しい」

約五秒の沈黙。

「そんなあ、絶対に中止はダメよ。玄ちゃん、ねえどうにかならないのォ？」

命がけの取材になりそうなのに、テレビ業界ノリの猫なで声で言って来る岸本が信じられなかった。それどころかプロデューサー岸本の口からは、さらに玄一郎を呆然とさせる言葉が放たれた。

「ロケは絶対に遂行して。だってこれ以上放送のストックがないのよ。ねえ、玄ちゃんなら出来るって。それに、イタリアに行ったロケ隊から『雨が降っているのでロケが出来ない』って言ってきたの」

玄一郎は地球の反対側の女性プロデューサーに、思いきり怒鳴りたい衝動にかられた。「雨はテレビカメラに映らないだろう！」と。

イタリアに行っている社外プロダクションの責任者は難波利夫といい、玄一郎もよく知っている男だった。大言ばかりで、えばりくさって腕は二流。かつてはそこそこ手堅いディレクターだったものの、都内の有名葬儀社の跡継ぎ娘と結婚してからは、戯れに小さな制作会社でディレクターをやっていた。仕事が雑で手抜きが多い。制作費をギリギリまで削られたこの番組には、こうした二流三流のディレクターがたむろしていた。

三一歳の玄一郎は、これまで取材先の国情が微妙に変化する状態でも確実な成果を上げていた。キー局・東京テレビの社員である自分は、高給をもらっているからというわけではないが、責任とプライドのこもった仕事をせねばと思っていた。

そんな彼には「雨でロケが出来ない」など、難波がイタリアで仕込んだネタがコケたのでっいた、薄っぺらい嘘であることはわかりきっていた。

そこに東京の岸本が言いにくそうに甘えた小声で言う。

「あのね、玄ちゃん。もうひとつお願いがあるの。イタリアがコケたから、カリブでもう一週分、別の国でどうにかならないかなあ。女優の鏡もあと五日押さえたから」

岸本妙子の声におぞましさすら感じながら、事前の会議で候補に挙がりリサーチも進めていた、ベネズエラの近くのカリブのもう一カ国を思い出した。そういうことだけに機転の利く岸本は、巧妙にもそのことを持ち出したのだ。

玄一郎は、無理難題を課されると不思議に達成しようとしてしまう自分の性格を呪った。携帯を顎で挟みながら、ビールをもう一本冷蔵庫から取り出す。蝿は入っていないようだ。東京の岸本に聞く。

「Ａ Ｐの桜井さん、いますか？」

桜井菜穂子は津田塾大学を出たての若い女の子だったが、「イマジン・エンターテイメント社」では数少ない信用出来る人物だった。

「ごめん。菜穂子、今いないのよォ」

折り返し電話をもらうには疲れ過ぎていた。早く眠りたかった。

「わかりました。ではメモしてください」

玄一郎が岸本に伝えたのは以下の三点。


その一、ニューヨークのコーディネーター・笹本亮介の事務所「オフィス・メイ」に連絡をして、「カリブのもう一カ国」に先乗りして、事前リサーチを頼んでほしい。笹本はニューヨークでも指折りのコーディネーターで、その国でのロケ経験が二度ある。多少値が張るが、それ以外に選択肢はない。

その二、クルー全員が移動出来るようにマイアミ経由のアメリカン航空の切符を手配してほしい。この「カリブの地獄」では、アメリカン航空以外は欠航の可能性がある。

その三、マイアミの銀行に六万米ドルを入金してほしい。「カリブのもう一カ国」の政府観光局は、入国時に六万ドルをデポジットして、出国時に取材映像をチェックしてから返金するシステムだ。国に不利な情報を流出させないためである。

「以上です。この国で取材を続けることが出来るかどうかは、明日改めて電話します」

そう言うと電話を切った。

そのままベッドに倒れ込みたかったが、まだやることがある。明日この国でチェックすべき事項を詳細なリストにした。そしてもう一カ国の情報を思い出しながら、明日ニューヨークの笹本に、ファックスで送る準備事項を分厚いメモにした。

午前三時、シャワーを浴びて、やっとベッドに入れた。ゆっくり回る天井のファンを見ながら思った。ところで、あの事務所で不安そうにうつむきながらクリップを触っていた鏡理沙子は、この壮絶なロケに耐えられるのだろうか——？

岸本プロデューサーには、所属事務所にこの状況は口止めするよう一応伝えた。しかしこればかりは岸本も言わないだろう。命の危険すらある地獄のような国に、好んで女優を送り込みたいプロダクションなどあるはずがない。

鏡がこの地でどういう精神状態になるのか？　今の玄一郎にはまったく予測出来なかった。


トラブルが起こる環境と状況が整うと、次々と予期せぬ新しいトラブルが連続的に起こるのは世の常だが、そのトラブルはまったく想定外であった。

翌朝六時、激しいノックの音で目を覚ますと、ドアの向こうにコーディネーターの石田が立っていた。サーファー風の茶髪は乱れ、額に汗をかき充血した目で玄一郎を見つめ、石田は喘ぐように何かを訴えかけようとしていた。

「佐藤さん。言いにくいのですが、昨日の深夜、父が突然死にました。東京の母から電話があって。心筋梗塞だそうで」

「亡くなった?」

「はい。私は長男なんですが、どうしたらよいでしょう?」

玄一郎は、これまでの人生でこんなバカげた嘘を聞いたことがなかった。絶対に、石田の父親は死んでなんかいない。

そもそもこの詐欺師まがいの男は、大言壮語はしたものの何も情報を持っていないし、実際何ら具体的な行動もしなかった。南の島に強いといっても、これまで怪しい英語を使ってカラオケビデオやアイドルのプロモーションビデオを、日本に近い観光地で作っているだけだった。それは事前に、東京のテレビ関係者に問い合わせてわかっていた。かつてグァムロケを無難にこなしたという理由だけで、岸本プロデューサーが石田を強く推薦して来たわけだが、石田と岸本の間に多少の金品の授受があった可能性もある。

玄一郎は石田のような人物がテレビ業界をうろついていることは重々承知しながら、ADがつかないロケだから、多少なりとも役に立つかもしれないと岸本の指示に従ったのだ。

おそらく石田は野心家で、このカリブの小国で東京の大使や関係者に喰い込み、観光資源を見つけ日本人観光客を誘致しようとしていたのであろう。ところが石田はこの国の実情を僅か一日見ただけで恐れをなし、逃げ出そうと昨夜策を練ったのだ。

玄一郎は三秒で決断した。

「すぐ帰ってあげてください、亡くなったお父様のために」

小さなロケ隊といっても、気持ちをひとつにしなければこの厳しい任務は出来できない。不届きな輩はお帰り頂く。通訳とコーディネーターは、ドライバーのアランで充分だ。

玄一郎の返答で安心したのか、不安そうな石田の顔が見る見るほころび、両手で握手された。抱きつかれるかと思うほどの勢いだった。こんな劣悪な状況下で、もし己の能力が及ばなかったとしても、居残り懸命に汗をかいてくれたらそれはそれでひとつの仕事の実績になる。ビジネスというものはそういうものだと思うのだが、こういうオイシイところ取りの詐欺師的人物に、そんな発想はない。


二日後、玄一郎とアランは空港にいた。点のように見えたアメリカン航空の銀色の機体が見る見る大きくなり着陸する。

タラップから、女優の鏡理沙子とカメラと機材を大事そうに抱えた二人の男が出て来る。鏡は麦わら帽子と長いグリーンのサマードレスというリゾートファッションだった。

カメラマンの工藤とは五カ国ほどロケを共にしたことがある。無口な男だが、玄一郎はそのプロフェッショナルぶりに何度も舌を巻いた。

もうひとりの吉田も、常に工藤とペアを組み、ＶＥ（ビデオエンジニア）から音声、照明までマルチにこなす凄腕の職人だった。

三人は空港の建物ならぬ「掘っ建て小屋」と、無表情で銃を肩にした兵士たちに当然異様なものを感じたはずだ。殺人事件でも目撃したかのような顔でイミグレーションから出て来た。

外国人に群がる違法タクシーの運転手が腕を摑んで来る。鏡はともかく、海外経験の多い工藤と吉田が、ただならぬ危険を察知しているのは明らかだった。フリーランスの彼らは、玄一郎のように会社に対して何の義理立てもする必要はない。ここで彼らに去られたら本当に終わりだ。

すべてを正直に話すしかない。バンに乗り込むや否や、玄一郎は率直にブリーフィングをした。

「驚かれたのは当然です。この国は今、ほぼ内乱状態にあります。戦闘状態と言ってもいいかもしれません。私も着いて初めて状況がわかりました。腐敗した政府に反逆するゲリラが政権転覆を狙っています。けれど政府の裏にはアメリカがいるので、簡単には思い通りに行きません。水道・電気などのインフラの半分が破壊され、食糧状態も劣悪で餓死者も多数出ています。黒人だけで造られた初めてのカリブの独立国ですが、まだ旧宗主国フランスやアメリカのビジネスマンが、サトウキビや鉱石などの利権を握っています。ただ幸いに政府軍とゲリラの戦闘はほとんど南部に限られ、北部の農村地帯は比較的安全です。欧米人用の観光施設『地中海クラブ』では、観光客が別世界のようにリゾートライフを楽しんでいます。

ドライバーのアランと私が調べた限りでは、田舎のカーニバル、ブードゥー教の儀式、不思議な古城など、新しいネタも含めて五日間でロケは終了します。そのあと、マイアミ経由でもう一カ国取材します。あちらの国の治安は安全です。保証します。そこに五日間滞在し、ニューヨーク経由で帰国です」

工藤と吉田は玄一郎の言葉を耳にしながらも、車窓に広がるほとんどバラック小屋と麻袋に包まれた人形のような遺体を見ながら唖然としていた。

二人ともひと言も発しなかった。おそらく、

「こんな国で、本気で娯楽番組のロケをやるつもりですか？」と言いたかったのだろう。確かに正気の沙汰とは思えない異常な状態だった。

バンの最後部座席にひとり座った鏡理沙子は、物乞いのため裸足で車を追いかけて来る、栄養失調で棒きれのように痩せこけた子どもたちをじっと見つめていた。


しかし、意外にもロケは順調に進んだ。

国は内乱状態だが、国民は温かく素朴で友好的だった。

鏡は、最初は無口で怯えているようにも見えたが、ロケ現場で腹が据わると玄一郎のどんな無理難題にも応えた。

何より、カメラが回ると彼女は一変した。比喩ではなく目が輝き始めるのだ。

「――これが女優というものなのか」

玄一郎もこれまで様々なタレントと海外ロケをこなして来たが、こんな女の子はどこにもいなかった。無口で普段は感想めいたことを口にすることなどないカメラマンの工藤が、

「鏡ちゃん、凄いね」と思わず呟いた。

工藤以上に口数の少ない吉田もモニター画面を見て微笑み、玄一郎に親指を立てＯＫサインを出す。

こうなると様々なことが好転していく。

まず、日本でのリサーチでは浮かび上がって来なかった面白い村を幾つか見つけた。ブードゥーの儀式も数種類撮れた。そしてバンで走行中、歩きながらカーニバルをする五〇人ほどの

極彩色の村人に出くわした。玄一郎は即座にアランに車を停め、撮影をお願いしてくれと頼んだ。

　玄一郎は竹で出来た楽器を女優の鏡に吹かせた。村人たちの唾液がたっぷり付いていたが、鏡は衣装の袖で拭って楽しそうに吹き始めた。それを見た村人がさらに興奮して踊り狂う。するとと村人の中からひとりの老婆が現れ、鏡に手作りらしいカラフルな人形を手渡した。二人は手を取り合い、鏡は日本語で、老婆は現地の言葉で語り合っている。

「何て言ってるんだ？」

　離れたところから見ていた玄一郎はアランに聞いた。

「ありがとう、この人形をお持ちなさい。精霊たちがあなたを守ってくれるから、と言っている」

　鏡は現地の言葉などわからないだろうに、涙を流し、老婆を抱きしめていた。二人の意思はなぜか通じ合っているように見えた。

「ブードゥーは奴隷の宗教だ」

　アランは言った。

「俺たちはアフリカから無理やり連れて来られ、家畜のように働かされ、搾取され続けて来た。けれど唄うこと、踊ることの歓びだけは決して忘れなかった。それは神と精霊が守り給うたからだ」

　鏡理沙子と老婆は手を取り合い、踊りの列に加わった。

だが、最終日になってトラブルが起きた。

ロケ地に向かう途中、埃まみれの茶色く長い直線道路を走っていたときだった。「ドンッ」と鈍い音がした。アランがバンで野良犬を轢いてしまったのだ。完全な居眠り運転だった。

ブードゥー教のこの国では、犬に危害を及ぼすことは最悪なことが起こる前兆であると信じられている。

いつもは冷静で屈強なアランが、ハンドルに突っ伏して号泣した。玄一郎がなだめても叱咤しても動こうとせず泣き続ける。手の施しようがなかった。

玄一郎は車を降り、近くのバラック小屋でバケツを借りて水をたっぷり入れ、アランの頭にぶちまけた。

アランがやっと顔を上げると、玄一郎は彼の肩に手を置き、

「さあ、葬式をしよう」と語りかけた。

バラック小屋の住人らしい少年二人が、犬の遺体を片付け始めてくれた。玄一郎は一〇米ドル札を三枚アランに渡し、これで少年たちに埋葬してもらおうと持ちかけた。

「でも、どうしたらいいんだろう?」

アランはまだショックから覚めやらず呆然としている。

「祈るんだよ、アラン」

「祈る?」

「そうだ。僕たち日本人は不幸に見舞われたとき、誰かが死んだとき、悲しいとき、どうしようもないとき、祈りを捧げるんだ。俺たち人間に出来ることなんて、祈ることくらいしかない

だろう」

シャベルを借り、少年たちとアラン、そして玄一郎で交代で墓穴を掘った。そして血まみれの犬の冷たい躰を底にそっと横たえ、土を被せた。少年のひとりが、棒きれで墓標を作って供えた。そして皆で、祈りを捧げた。

工藤がいつの間にかカメラを回していて、静かに祈る鏡理沙子の横顔を捉えていた。夕陽に照らされた彼女の表情は、美しくも神々しかった。

「放送には使えないが、凄いものが撮れちまったな」

工藤が呆れたように囁いた。

祈りを捧げる理沙子とアランと二人の少年、そして小さな墓標の影が、茶色の地面に長く伸びていた。


こうしてロケは思わぬ成功のうちに終了した。

ところが出発する日の朝九時、大変な事態が起きた。東京のプロデューサー岸本妙子と連絡中、マイアミ経由、もうひとつの小国行きの旅客機の切符の手配がされていなかったことが判明したのだ。

「私、ＡＰの菜穂子に頼んだのよ、空港受け取りにしてって、私、頼んだんだから！」

珍しくヒステリックに主張するその声を聞いて、玄一郎は妙子が桜井菜穂子に頼むのをすっかり忘れていたことを確信した。しかしこんなダーツ女に運命を左右されている場合じゃない。

玄一郎は通話を切ったその指で、日本大使館の番号をコールした。大使に直接電話に出てもらう。

「佐藤さん、今日のアメリカン航空の予約、そりゃ無茶です。明日以降になりませんか？」

「すみません、それではだめなんです。もうスケジュールがギリギリで、次の国に渡らなければならないんです」

そう言ったものの、一秒でも早くこの地獄の国から逃げ出したいというのが本心だった。

「わかりました。確約は出来ませんが、アメリカン航空の支社長に電話してみましょう。ただし、あまり期待はしないでください」

折り返しの電話がかかって来るまでの一五分間は、さすがに肝の据わった玄一郎でも永遠のように思えた。

「ああ、佐藤さん」

携帯から呆れたような大使の声が聞こえた。

「驚いた、あなたは幸運な人だ。ビジネスクラスにキャンセルがあったそうです。しかもちょうど四名ぶんです。急いでアメリカン航空の事務所でチケットを発行してもらってください。この国から出国するのにビジネスクラスを使う人はあまりいませんが、それでも誰かに先を越されたら終わりですよ」

玄一郎は礼を言って、アランと素早くバンに乗り込んだ。

ところが首都のメインストリートにあるアメリカン航空の事務所に着くと、そこには驚愕の光景があった。カウンターまで一五〇メートルはあろうかという人の列が続いていたのだ。政情不安と治安の悪さから、この国から脱出しようとする様々な人種の人たちだった。

　支社長に話が通っていても、入口には軽機関銃を持った兵士がパスポートをチェックして出入りの制限をしている。大使が手配してくれた便が飛び立つまであと二時間半。このアメリカン航空の事務所からバンを飛ばしても、空港のあの「掘っ建て小屋」まではゆうに三〇分かかる。

　玄一郎は空を仰いだ。地上は地獄でも空は天国のような見事なカリブ海の青空だ。さあ、どうする？

　玄一郎はアランを呼び、事務所の並びにある免税店でアメリカ製の大きな缶入りクッキーを一缶買った。中身を取り出し、ポケットを探る。米国紙幣が二〇〇〇ドルあった。それを入れて再び丁寧に包装した。

　アランはそれを手にして、アメリカン航空の事務所の入口に立つひとりの兵士に近づいた。中の様子を尋ねるふりで話しかけるも無視される。しかしこちらに背を向けた瞬間に、アランが兵士が肩からかけていた迷彩のバッグに缶を素早く滑り込ませる。

　兵士も何ごともなかった様子で建物の陰に入った。中身を確認したようだ。

　やがてアランが手招きした。

　アメリカ人の支社長が現れて言った。

「These are tickets to America」

「Thank you so much!」

三〇分後、玄一郎たちは銀色の光り輝くアメリカン航空の機体を見て、手を取り合っていた。

「ミスタ・サトウ」

大きく温かい手で握手しながらアランが言った。

「俺はずっと日本人に偏見を持っていたんだよ。こんな国まで『日本人は金のためなら何でもするエコノミック・アニマルだ』なんて伝わってた。でも、あんたは違った。勇敢で、どんな困難にも立ち向かう、誇り高い男だ」

玄一郎も彼の手を強く握り返した。

「僕の方こそ、君がいてくれなければ今回の仕事はとてもやれなかった。ありがとう。この国は確かに困難な状況にある。でも、君のおかげで、貧しくとも明るく優しいこの国の人たちに出会えた。地球の反対側で、君のような立派な男と友だちになれたことを、僕は誇りに思う」

「サンキュー、ゲン」

アランは玄一郎を抱きしめた。


アランは玄一郎たちがタラップを上り、機体に入るまでずっと手を振ってくれていた。

やがて飛行機は滑走路を走り出し、空高く上昇した。水平飛行に入り、シートベルト着用サインが消えると、機内食となる。マイアミまではわずか二時間なので、たいしたものは出ない。ミネラルウォーターに目玉焼き、ソーセージ、ポテト、ブロッコリー、ロールパン、オレンジジュース、冷たい牛乳。

しかし、ふと横の座席を見ると、あのタフで海外ロケ百戦錬磨のカメラマン、工藤が泣いていた。技術の吉田もロールパンを囓りながら目頭を押さえている。

鏡理沙子は安心したのだろうか、ミネラルウォーターのボトルを胸に抱いたまま、すやすやと眠っていた。

この五日間、彼らにどれほど酷い思いをさせてしまったのか、玄一郎はこの瞬間に理解した。

翌日からは、ベネズエラの近くの小国でロケ。ここは元イギリス領で治安はよく、石炭や石油が採掘されるので経済的にも安定している。面白い楽器があり、極彩色の野鳥もいる。撮影は順調だったが、政府観光局のインド系の役人がずっと付いて来て、場所場所で撮影許可のためだと言って小銭を要求して来るのに辟易した。

玄一郎は役人と現場から少し離れて話している隙に、工藤に秘かにカメラを回せと指示した。しかしこういう国に限って、素晴らしい映像が撮れるのだから皮肉だ。

五日間のロケは難なく終わった。


日本に帰る前にニューヨークで一泊する。

玄一郎は「オフィス・メイ」のコーディネーター笹本亮介に頼んで、女優・鏡理沙子のために当時最も人気だったディズニーのブロードウェイミュージカル「美女と野獣」、その最高の席を取ってもらった。

彼女のプロ根性がなければ、今回のロケは絶対に成功しなかった。せめてもの礼のつもりだった。高額なチケット代は当然、東京で局に清算してもらう。玄一郎に言わせればこれは、必要経費に間違いないからだった。

オーケストラピットが目の前のプレミアム・シートに、二人で並んで座った。

カーテンが開く直前、理沙子が言った。

「佐藤さんって面白いですね」

「僕が？　仕事一辺倒の、面白味のない男だよ」

「そうかしら。一見デリケートでナイーヴに見えるくせに、まったくモノに動じない。私、佐藤さんみたいな男性、初めてです」

理沙子は玄一郎の方を見ずに、前を見つめたままで言う。

玄一郎からは、ショートカットの黒髪から覗く、彼女の白いうなじが見えてどきりとした。ロケ中はノーメイクで、カーゴパンツに白いTシャツ姿だった理沙子は今、真紅のロングドレスに身を包んでいる。高いヒールのパンプスなので、立ち上がれば一七〇センチ以上になるだろう。こんなに美しい女だったのか――玄一郎は自らの女性を見る目のなさを思い知らされた。

それともロケ中は必死過ぎて気づかなかったのか。いや、そうじゃない。今自分の隣に座る鏡理沙子は、竹で出来たブードゥーの笛を天真爛漫に吹いていた明るい少女とも、東京の事務所でうつむいたままクリップを玩んでいた子どものような暗い女の子とも、また別人だった。

「ひとつ、聞きたいことがあったんだ」

玄一郎は言った。

「ブードゥーのお守りをくれたお婆さんがいただろう、君は何を話してたんだ？　というか、君は日本語で、相手は現地語だった。どうして話が通じたんだい」

　理沙子はくすりと笑い、

「そんなことを聞きたかったの？」

　と玄一郎を一瞥して、またステージを見つめた。

「私たち女優はね、空っぽの容れ物なんです」

「容れ物？」

「ええ。そこに様々な人の心を降ろすの。まるで巫女のように。自分が誰かを演じてるなんてレベルでは、とても女優なんて言えないわ。あのときに降りて来てくれた人は、きっと現地の生霊だったのよ。だからお話が出来たの」

「本当かい？」

　驚いて問うと、理沙子は初めて玄一郎をじっと見つめた。

「――嘘」

　クスクス笑って続ける。

「ごめんなさい。あんまり佐藤さんが物事に動じないから、ちょっと脅かしてみたくなったんです」

「悪い娘だ」

「本当はね、私、お祖母ちゃん子なの。母が早くに亡くなってね、ずっとお祖母ちゃんに育てられたんです。でもその祖母も、去年死んだわ。最後まで、私が東京で立派な女優になるのを応援してくれてた。だからあの村でお婆さんがお守りの人形を渡してくれたとき、ああ、この人は私のお祖母ちゃんだって思ったの。こんな地球の裏側まで、私を見守りに来てくれたんだって。だから、ありがとう、理沙子、頑張るよって何度も言ったの。それだけ――」

それだけと言うけれど、それこそがまさに、理沙子の祖母の霊があの老婆に降臨して、二人を会話させたということではないか。そう思いを巡らせていると、不意に理沙子が、

「ねえ、佐藤さん」と言った。

「なに?」

「ひょっとして、私のこと好き?」

突然のことでどう答えていいかわからず戸惑っていると、場内がすっと暗くなり、カーテンが開いた。

理沙子は何ごともなかったようにステージに見入っていた。音楽も芝居も、踊りも素晴らしかったが、玄一郎は疲れ過ぎていた。心地よい暖房の中、第一幕の序盤、ヒロインのベルとその父モーリスのデュエットを子守歌に、彼は深い眠りに落ちていた。

そして一年半後、理沙子は朝の連ドラの主演に決まりスター街道を登っていった。

第二章

A

玄一郎は一九七五年に、名古屋市の郊外で生まれた。

兄弟はおらず、父は同志社大学を卒業し名古屋の公益法人に勤める痩せぎすの背の高い男だった。彼は仕事よりも何よりも、知識を得ることを無上の歓びとしていた。特に書物を愛し、それは時に家族を困惑させるほどだった。

例えば夕食時、母が何気なく口にした最近のニュースのこと、海外で起きた出来事などに、「ええと、それは何だっけ……そうだ、あの本に書いてあったぞ」と呟きつつ書斎へ行き、数冊の本を手に戻って来る。そしてページをめくり、「うん、やはりそうだった」となどと独りごち読み始めてしまうのだ。

そんなとき母はいつも、「お父さん、お食事中ですよ」と優しくたしなめ、父も「すまん、すまん」と笑った。玄一郎がまだ小学校に上がる前のことだ。

結婚する前、母は大阪大学医学部附属病院の看護師をしていた。父が大学受験の翌日に訪れた、大原の三千院で二人は出会った。緑の木立が続く寺の道にたたずむ麻のロングドレスに麦わら帽子をかぶった母は、息を呑むほど美しかったという。

父は気がつくと母に近づいて、こう呟いていた。

「日本の寺の屋根は傾斜が緩やかでしょう？　逆に中国は急傾斜なんです。穏やかな気候の私たちの国と、厳しい自然の中国との違いなのでしょうね」

そう言ってしまってから我に返り、

「ああ、でも、今のは加藤周一さんの本の受け売りなんです」

と慌てて付け加えた。そのひと言で、母は父の誠実な人柄を知った。

父は加藤周一に心酔していた。東京帝国大学医学部を卒業しながら、戦後は文芸批評から小説までを手がけ、同時に医学留学生としてパリ大学に学び、国際的な視野で日本文化を再検討した。京都の立命館大学国際平和ミュージアムの館長などを歴任した。そんな「知の巨人」加藤を心の師としていた父は、学究的な空気を求めて京都の同志社大学に進んだのだった。

父が大学を卒業後、二人は結婚した。

父はあえて学問やビジネスや表現の世界へ進まず、読書漬けの生活をするため、公益法人に就職し郷里の名古屋郊外に住んだ。

三年後、玄一郎が生まれた。三人は絵に描いたような幸せな家族だった。

書物と共に父が愛したのは旅だった。幼稚園に入った頃から、佐藤家は親子三人で日本中を旅行した。玄一郎は今でも、母の楽しそうな顔と父の安らぎに満ちた顔が忘れられない。

とある寒い冬の日だった。玄一郎は翌春に小学校入学を控えていた。

午後六時半、母は台所で水炊き用の野菜を切っていた。父は夕刊を読み、玄一郎はテレビでアニメを観ていた。突然、ドサッと不気味な音がした。

母が板の間にうつ伏せに倒れていた。強烈な頭痛が彼女を襲ったのだ。普段、冷静で落ち着きのある父は動転し、オロオロし母の身体を揺すっていたが、偶然、隣家のおばさんが回覧板を持ってやって来た。

彼女が「早く救急車を」と叫び、父はやっと我に返った。玄一郎はただただ恐ろしくて、部屋の隅で膝を抱え震えていた。

母は名古屋大学医学部附属病院に搬送され、あらゆる検査が行われたが原因は不明。痛みを和らげる様々な薬が投与された。しかしまったく緩和されない。

父は休暇を取り日本中の頭痛専門の名医の元に軽自動車で母を連れていき、診断を仰いだ。けれどあらゆる名医のどんな治療法も投薬も無力だった。

母は寝たきりになり、玄一郎の家庭は一変した。


小学校から帰ると友だちとも遊ばず、奥の間で「うーん、うーん」と唸り続ける母を看病した。首筋を揉むと、少しだけ楽になるようだった。幼い玄一郎はひたすら、母の首から後頭部にかけて、何時間も何時間もマッサージした。

夜、父が帰って来ると米を炊いて味噌汁を作り、父が商店街の肉屋で買って来たコロッケやメンチカツをおかずに食事をとった。テレビで野球やプロレスを流しながら、父と息子は会話することもなく黙々と食べ物を口に運んだ。

深夜、激痛に苦しむ母の大きな声が聞こえる。そんなとき父は救急車を呼び、病院まで付き添っていく。家にひとり残された玄一郎は、母の寝ていた布団に顔をつけ、母の残り香をかぎながら無事を祈った。こんなことが小学生のときから何度も起こった。

絶望感で、父からは明るさと生気と希望が失われていった。佐藤家は読書もしない、映画も観ない、旅もしない家庭となった。

父親は心の底から深く、「知性」や「科学」を信じていた。けれど、あれだけ読んだどの書物にもこの状況を打開する力もヒントすらなく、医学も母の病気の前ではまったく役に立たなかった。この事実は父の哲学を根底から覆し、彼の人生すべてを否定した。

やがて父は何ごとにも悲観的になり、

「玄一郎、大学を出てもロクなことはない。高卒で資格を取って公務員になればいい。役場の助役に知り合いがいるから」

と繰り返すようになった。

玄一郎もまた、勉強にも遊びにも、友だちにも無関心な子どもになった。

通信簿は常にオール3。授業中も休み時間も、ぼんやりと窓の外を眺めて過ごした。

ある日の社会科の時間、ふと気がつくとクラスメイトたちが笑いをこらえて玄一郎を見ていた。どうやら先生に名前を呼ばれたのに、窓の向こうの景色を見ていて気づかなかったようだ。

中年の女性教諭が、

「佐藤くんて、何だか幽霊みたい」と言った。

「幽霊?」

玄一郎は小さく呟いた。女性教諭が続けて言った。

「どうしてだろう？　存在感がないのよね」

　まるで同意するように、教室中にクスクスと抑えた笑いが広がった。傷ついたが、正直それは当たっているような気がした。

　独りぼっちの帰り道、もう一度「幽霊」と、呟いてみた。

　確かに僕は幽霊みたいだ。誰も僕に関心を持たない。だけど僕だって、誰にも干渉しない。それでいいじゃないか、と思った。

　父さんが言うように、高卒で役人にでもなって、可もなく不可もなく過ごす――悪くない。何も起こらないことが、何より楽なんだ。いいことも悪いことも、起こらない方がましだ。玄一郎は心の底からそう思った。


　小学校四年生の頃に気づいた。どこから手に入れて来たのか、母は昼間から寝床で日本酒のカップ酒を飲むようになっていた。酒を飲むと痛みが和らぐことに気づいたらしい。

　首筋を揉んでいると、嗅いだことのない匂いがした。それは子どもにとって、何とも不快でどこか恐ろしい香りだった。

　けれどそんな苦しい病床にあっても、母は優しい人であった。玄一郎は今に至るまで、母ほど思いやりに溢れた女性はいなかったと思う。マッサージを受けつつ、「悪いわね。ごめんね、ごめんね、玄一郎」と言いながら、学校のことと友だちのこと、勉強のことを気遣い、尋ねて来た。

　そして一〇日に一度くらい、わずかに痛みが和らぐ日があった。

すると母は玄一郎が学校へ行っている間に、近くの市場に歩いていって買い物をして、彼の好物の餃子やカレーライスを作ってくれた。それは無上の美味であり幸せだった。特に母が一つ一つ包んでくれる餃子は、いくら食べても飽きなかった。今思えばそんなときでも頭痛は彼女を捕らえて離さなかったに違いない。けれど母は、玄一郎の食べっぷりを嬉しそうに眺め微笑んでいた。

逆に激痛に襲われる夜もある。母は痛みが極限に達すると、そばにいる玄一郎の手を強く握って来る。タオルで包んだ氷嚢（ひょうのう）を頭に当て首筋を揉む。幼い彼にはどうしようも出来なかった。

やがて一〇日に一度だった痛みが和らぐ日は二〇日に一度となり、ひと月に一度になり三カ月に一度になり、そして一日たりとも来なくなった。

そして玄一郎は、母が時々父の財布から小銭を取り出し、近所の知り合いに、父親のための酒を買って来て欲しいと頼んでいるらしいと知る。

ある日、父が軽自動車で母を病院へと連れていった午後、帰宅した玄一郎が冬服を取り出そうとして押入を開けると、そこには段ボール箱に詰め込まれた山のような空の酒瓶があった。安ウイスキー、焼酎、ビールの空き缶、日本酒のカップ、何でもあった。

ふともうひとつの押入を開けてみると、そこには未開封の酒が大量にあった。玄一郎は言いようのない恐怖に襲われ、震えながらそれらを洗面所に全て流して捨てた。母は完全な、アルコール依存症になっていた。

その夜、玄一郎がひとり二階の自室にいると、ノックの音がした。母だった。おそらく激痛に耐えかね酒を求め、なくなっていたので這うように階段を上って来たのだろう。

予期していたので鍵をかけていた。

「玄一郎、お願い。開けて、玄一郎」

か細い声で息子を呼んでいた母は、やがて号泣した。

「お願い、玄一郎。お願い、お酒をちょうだい、お酒が欲しいの。母さんを助けて」

そう泣きながらドアを叩いた。

玄一郎は開けなかった。一時間ほどの押し問答があったが、やがて母は疲れてドアの前で眠ってしまった。

毎晩この押し問答が続いた。ただし、それも一カ月ほどのことだった。母はどこからか、どういう手を使ったのかわからないが、酒を手に入れるようになった。玄一郎はあきらめざるを得なかった。

母は酒を飲み続けた。

そして、彼女の人格は少しずつ酒に支配されるようになった。


ある夏の夜だった。

奥の部屋で低く唸る母親にマッサージをしていた。蚊帳越しに父がビールを飲みながら、プロ野球のナイター中継を眺めているのが見える。いつもの光景だった。じっとりと蒸し暑い晩だった。

突然、背中の下の方から粟立つような恐怖が襲って来た。

（――何なんだ、この底知れぬ恐怖は？）

しばらくして少し冷静になると、案外簡単にそれは認知出来た。

古びた木造の、小さな一軒家でナイターを流し、白菜の漬物を突つきながらぬるいビールを飲む痩せた中年男。蚊取り線香と団扇で蚊を追い払いながら、時々苦しそうに唸る母親に目をやる――そうだ、これは三〇年後の僕の姿なんだ。

「このままでは、俺は本物の幽霊になる」

そう実感すると、今度は拭いようのない不安が押し寄せて来た。


それからというもの、学校の登下校の間にも、授業の間にも考えるようになった。

「いったい俺はどうすればいいのか？」

「あの恐ろしい恐怖と得体の知れない不安から逃れるには、どうしたらいいのだろう」

ある日の学校帰り、公園のベンチでぼんやり座っていた。家に戻り、母親の首筋を揉んでやるのを、少しでも先延ばしにしたかったのかもしれない。

子どもたちが遠くで楽しそうに遊んでいる声がする。

誰かの乗る、自転車のチャリンというベルの音が聞こえる。

ふと気づくと空には黒い雲が現れた。遠くで雷の音がする。やがてポツポツと大粒の雨が落ちて来た。

それでも玄一郎はベンチから動こうとしなかった。そのとき、突然、地の底から重低音の声のようなものが聞こえた気がした。

「玄一郎、脱出するならば今しかない」

得体の知れない存在からの声がもう一度。今度ははっきりと聞こえた。

「この状況から、お前は脱出しなければならない」

その声は間違いなく誰ひとり聞こえない声だが、玄一郎にはリアル過ぎるほど生々しい声だった。


一週間後、仕事から帰って来た父に言った。

「塾に行きたい」

父は意外そうな顔をしたが、反対する理由もなかったようだ。

「続けられるのか？」とだけ聞き、了承した。

スパルタ教育で有名な塾だった。天然パーマの髪が爆発したように伸び、口髭を生やした巨漢の、ライオンというあだ名のカミナリのような声のでかい塾長がいた。

ライオンは京大物理学科を卒業後、素粒子理論の研究者になるはずだったが、大学院を辞め故郷の名古屋に戻り、個人経営の塾を始めた。京大時代、家庭教師のアルバイトをして、若者に教える歓びを知ったからだった。

ライオンが個人指導した生徒はわずか半年でぐっと成績を上げ、有名高校や大学へ進学していった。自分には教える才能があるし、教えることは面白いと実感したのだ。

ライオンはおっかない男だったが、同時に熱血漢でもあった。玄一郎の強いやる気に応え、厳しく指導してくれた。難問を解くと自分のことのように歓び、その太い腕で抱きしめ頭をくしゃくしゃにして撫でてくれる。

「でかした！　でかしたぞ、玄一郎！」

というのが口癖だった。嬉しかった。誰かがこんなふうに自分を誉めてくれる、共に歓びを分かち合ってくれるのは、初めての経験だった。学校では味わえない充実感だった。

塾へは自転車で三〇分以上かかる、長く険しい坂道を上らねば辿り着けない。これもライオンがライオンと呼ばれている所以であった。つまり塾生は彼によって、「獅子は我が子を千尋（せんじん）の谷に落とす」が如く、毎日這い上がって来ることを強いられるのだ。

塾生たちはその長く険しい坂道を「千尋の急坂」と呼んだ。それでも玄一郎は今までに味わったことのない溌剌とした気持ちを胸に、自転車を漕いで通った。

中学は公立に行ったが、塾には通い続けた。成績はみるみる上がり、名古屋市有数の有名高校に入学した。東大進学率全国九位の進学校だった。

合格発表から塾に直行して報告した。ライオンは「バンザーイ！」と叫び、玄一郎を抱きしめた。二人は、抱き合ったまま飛び上がって歓び続けた。

ただ、入学した高校は、不思議な学校だった。

まず、受験勉強はまったく教えない。統一模試もない。自由放任。受験対策は自分でしなさいという学校だった。ただし教師陣は誰もが魅力的で、勉強というものの根本にある楽しさ深さ、面白味を教えてくれた。

玄一郎はこの高校で、ある生徒に出会う。名古屋市内の総合病院の院長の息子で、大きな家の離れに住んでいた。

　本棚には国内外のミステリーから純文学、評論に歴史、詩集もあった。友人は無類の読書好きで、映画も呆れるほど観ていた。

　今まであの何もない暗い家にいた玄一郎は、圧倒的な影響を受けた。暇があると彼の勉強部屋に通い詰め、本の話、映画の話をして、哲学や創作についても時間を忘れ語り合った。空っぽのバケツに水が満たされていくように、玄一郎は様々な教養と文化を吸収していった。

　サッカー部にも入部した。ライオンが、

「玄一郎、高校に行ったらサッカー部に入れ。サッカーはいいぞ、楽しいぞ」と言ったからだった。

　ライオンはサッカーの名門・愛知県立熱田高校の出身で、京大サッカー部でもゴールキーパーと主将を務めていた。

　サッカーのことなど何も知らなかった玄一郎だったが、入部してみて気づいた。一年生の中では自分がいちばん背が高かったのだ。父親の血を引いて、いつの間にか身長が伸びていた。中学生まで体育の授業以外で運動などしたことがなかったが、やってみると自分でも驚くほど身体能力が高かった。

　そういえば母方の祖父が、戦前に六大学野球で鳴らした名バッターだったと聞いたことがあった。隔世遺伝ということだろうか。夏休みを過ぎた頃にはレギュラーに抜擢され、秋にはセンターフォワードとしてチームの要になっていた。夢中になって部活を続けるうちに、彼の身体には痩せぎすの父とは違って、逞しい筋肉がついていった。

こうして玄一郎は、学内だけでなく県内でも評判のアスリートになった。物静かで、背が高く、日に焼けて尚かつ知的でもあった玄一郎は、女子生徒の憧れの的となった。

下校途中、同じクラスの高島薫という女の子が話しかけてきた。

高島薫は、ショートカットの美少女で、クラスの男子の一番人気だった。成績も常にトップクラス。名古屋市内に六店舗の洋菓子屋を経営する父を持つ、裕福な旧家のお嬢様でもあった。

「ねえ、佐藤くん。ミステリー読むんだって?」

「うん、大好きだよ」

病院の息子の友人から、最初に教えられたのが古典ミステリーだった。彼はコナン・ドイルの「シャーロック・ホームズ」シリーズから始まりモーリス・ルブランの「怪盗紳士アルセーヌ・ルパン」、江戸川乱歩に横溝正史、ダシール・ハメットなどのアメリカのハードボイルド小説までをレクチャーしてくれた。

そんな中で玄一郎が強く惹かれたのは、欧米の本格ミステリーだった。エラリー・クイーンが当初、バーナビー・ロス名義で発表した「Xの悲劇」「Yの悲劇」「Zの悲劇」「レーン最後の事件」といった「ドルリー・レーン」シリーズや、ディクスン・カーにヴァン・ダイン、密室殺人トリックの始祖と言われるガストン・ルルーの「黄色い部屋の秘密」などなど、玄一郎にとってはその数学的な謎解きが最大の魅力だった。

薫は続ける。

「アガサ・クリスティの『オリエント急行殺人事件』は読んだ?」

「うん。クリスティの中ではいちばん好きかな」

「『そして誰もいなくなった』は？」

「あれは最高傑作かもしれないね」

「ホント？　私もそう思う。じゃあ『アクロイド殺し』は？」

「それって初期の傑作と言われてるヤツだよね。まだ読んでないんだ」

「貸してあげようか？」

「えっ、嬉しいな。ありがとう！」

　こうして二人は、ミステリー小説の貸し借りを通して仲良くなった。

　初めてのデートでは名古屋市内に映画を観に行った。名画座にかかっていたアラン・パーカー脚本のロンドンを舞台にした少年少女の恋愛映画「小さな恋のメロディ」と、師匠を殺されたロバート・レッドフォード演じる主人公が、ポール・ニューマン演じる天才的詐欺師と組んでイカサマでギャングに復讐する物語「スティング」の二本立て。

　映画を観に女の子と出かけるなんて初めてだったので、病院の息子の友人に相談し、

「まずは恋愛ものだ。これは外すな。そしてハンサムな俳優が出て来る映画。それがベストチョイスだ」

　というアドバイスに従ったのだ。幸い、薫はとても楽しんでくれたようだった。

　以降、映画に行ったり散歩をしたり、図書館で試験勉強を共にしたりとデートを重ねたが、ある日、薫が「佐藤くんの家に行きたい」と言った。

　拒む理由もなかったので、家に連れていった。

木造のあばら家。奥に眠る動かない母。佐藤家に漂う、重く暗い空気。それは薫という華やいだ他者が入り込むと、一段と異様だと思い知らされた。

茶の間でコーラを飲んだが、薫は口数が少なくなり、やがてひと言も話さなくなった。玄一郎は、彼女が「家の格が違う」と感じているのが容易に想像出来た。駅まで送っていったが、薫は振り向きもせず、そのまま改札の向こうに消えていった。

交際はそれきりになった。

玄一郎は悔しさや空しさを感じることはなかった。母が病に倒れてから一〇年、彼の感受性はその時点でもう、敏感にも鈍感にもコントロール出来るようになっていた。

母親の病状が一段と悪化したのはその直後だった。


玄一郎が高校の最終学年を迎えた頃には、母はまともな食事がとれなくなっていた。食欲はずいぶん前から減退していたのだが、やがて食べてもすぐ吐いてしまうようになり、入退院を繰り返すようになった。

そして彼が高校三年の秋から、名古屋大学医学部附属病院に長期入院となった。

年が明けて、夜中に大学病院から連絡があった。玄一郎と父が駆けつけると母はまだ意識があり、悲しい目で二人をじっと見つめた。約一年にわたる点滴漬けで、その身体は信じられないほど痩せ細っていた。もう会話することさえ出来なかったが、玄一郎と父を見るその瞳からは、涙が一粒、二粒と流れ落ちた。これから自分の身に何が起ころうとしているのかを悟っているかのようだった。

午前三時、意識がなくなった。前日からモルヒネを打たれているので痛みはないはずだが、人工呼吸器を付けられたその顔は苦悶に満ちていた。午前五時、心電図モニターの波形が激しくなる。医師は「ここで蘇生処置はしない方がいいでしょう」と判断。そして六時半、波形が直線になり、母は死んだ。

痩せた白髪の父はベッド脇の椅子に背中を丸めて座り、母の手を握り号泣した。

けれど玄一郎は、一滴の涙すら出なかった。もしも自分が学園生活やスポーツ、読書などにのめり込むことなく母親の介護を続けていたならば、もう少し死期を遅くすることは可能だったかもしれない。何より玄一郎は母を深く愛していた。

しかし母の亡骸を父の背後に立って眺めたとき彼が感じたのは、

「――やっと死んでくれた」

という冷徹で残酷な思いであった。母の病のおかげでどれだけのものを失ったのだろう？　とも考えた。

「俺はこれから自由になれる――」とさえ思った。

父は冷たくなった母の手から、長く伸びた爪を切って丁寧に桐の箱に入れていた。

火葬場で焼かれた母の骨は、淡いピンク色で美しく、箸でつまむと脆く崩れた。

葬儀には、大学受験直前にもかかわらずクラス全員と、サッカー部のチームメイトが来てくれた。女子のほとんどはハンカチで目を拭っていたが、高島薫の姿はなかった。塾長のライオンが、おそらく普段はスーツなど着たことがないのだろう、もじゃもじゃの髪に、巨体ではち切れそうなワイシャツに不器用にネクタイを結び、目を真っ赤にして玄一郎を見ていた。
初七日、父と二人だけで母を墓に納骨した。帰り道、父の運転する軽自動車に乗っていると、ラジオから松任谷由実の「朝陽の中で微笑んで」が流れた。最後はこんな歌詞だった。

♪

カード一枚ひくように
決まるさだめが　とてもこわい
宇宙の片隅で　つぶやき合う永遠は
幻だと知っていても
朝陽の中で　微笑んで
形のない愛を　つなぎとめて
つなぎとめて　つなぎとめて

母は苦しみから解き放たれ、微笑んで朝陽の中で安らかに死んだのだろうか――。
助手席の窓から、ぼんやり田舎道を歩くエプロン姿のおばさんたちを見ていたら、初めて涙が出てきた。玄一郎は外を向き嗚咽をこらえた。父は気づいていない様子だった。

B

半月後、大学受験。玄一郎は志望校の京大、慶應、早稲田をすべて落ちた。

この一年、サッカーは春のインターハイ予選後に引退したが、母の介護と病院の付き添いでほとんど勉強が出来なかった。当然の結果だった。

しかしこの家庭環境と母の病気は、玄一郎に強烈な忍耐力と我慢強さ、何ごとにも動じない力を与えてくれた。母を救えなかったという巨大な満たされぬ穴は、むしろ玄一郎に底知れぬエネルギーを与えることになった。同時に母の死に対する罪悪感が、その後何十年も玄一郎を苛むこととなるのだが——。


名古屋市内で有数の予備校に通い、勉強もはかどった。もちろん母の世話を焼かなくてよくなった影響は否めない。

翌年、慶應義塾大学経済学部に合格。初めての関東暮らしが始まった。

しかし、なりたい職業や目標はなかった。あまり深く考えもせず、まずはテニスとスキーのサークルに入り、英会話研究会にも入った。マーケティングでも勉強して広告代理店にでも入社するつもりでいた。英語も特に興味や意欲があったわけではなく、就職に有利だろうくらいに考えてのことだった。これからは、気楽で楽しい人生がいい。本気でそう思った。

ところが、そうはならなかった。


人生はその角度がわずかでもずれると、その先に大きな変化を生むことがある。

大学一年の夏のある日、一冊の本と出会ってしまったことが、玄一郎の人生の角度を微妙に、しかし決定的に変えてしまったのだ。

その本は、たまたま短期の夜間警備員のアルバイトで一緒になった早稲田の学生に「これ、面白いぜ」と渡された、ノンフィクション作家・沢木耕太郎のベストセラー「深夜特急」であった。

玄一郎はもちろん、賛否両論ある沢木耕太郎という人気作家の存在は知っていた。何より沢木自身の旅の体験を描いた「深夜特急」は、一部の若者の間でバイブルのように読まれているということ。しかし、自分にはあまり関係ない世界だと思っていた。

ところがアルバイトを終えて帰宅した早朝、さほど眠気を感じなかったので、ベッドに寝転んでページをめくり始めたらもう止まらなくなった。世界情勢や歴史や人物の評伝などに関する本は読みつくしていた気でいたが、「深夜特急」にはそれらとはまったく違う強烈なインパクトがあった。香港からロンドンまで、乗合バスだけを乗り継いで辿り着けないかという無謀かつバカバカしい挑戦である。

一睡もしないまま読み終え、少し眠ろうと横になったがあきらめ、早稲田の男がくれたのは三巻まであるうちの第一巻だけだったので、アパートを飛び出し本屋へ走った。沢木が旅するマカオ、パキスタン、インド、中東、トルコ、西欧、各地で起こる想像を絶する出来事、全三巻を二日間で読破した。

読後もしばらく呆然としていた。わけのわからない衝動に囚われ、アパートの壁をこぶしで数回叩いた。それでも興奮は冷めやらず、冷蔵庫から冷えた缶ビールを一缶取り出し、一気に飲み干した。

思えば名古屋のあの暗い家、母の介護、読書に映画、スポーツに勉強とそれなりに精一杯生きて来たつもりだったが、

「俺の世界は狭過ぎた。俺はまだ、世界の辺境にいる――」

そう痛感した。

翌日から行動を開始した。

大学の取得単位を最低限に減らし、塾講師から深夜の道路工事まで、アルバイトはキツくても高収入のものに絞り一年間必死に働いた。三〇〇万円貯まった。父を説得し、一年間休学した。そして出発。文明国は避け、アジア、中東、アフリカ、南米の、計二一カ国をバックパックひとつで回った。玄一郎はあの当時大量発生した、バックパッカーのひとりであった。

しかし玄一郎の場合、漠然とした「自分探し」というムードの中で多くの若者が旅に出たのとは少し違っていたかもしれない。彼には、心の中に空いた巨大な穴が存在した。その穴を埋めるための旅という根源的な強い欲求があったのかもしれない。

あの優しくて美しかった母は、なぜかくも長い時間苦しみ死んでいかなければならなかったのか。彼女にいったい何の非があったというのだろう。そして俺はなぜ、あれほど自分を愛してくれた母の死を悲しめなかったのか。どうして「やっと死んでくれた」と安堵さえしたのだ？

この答えを探さなければ、俺はどこにも行けないのだと思った。

英会話は大学の研究会でかなり必死に勉強したので、外国でのコミュニケーションに困ることはなかった。インドの安宿でハッシシを勧められ、ドイツ人学生とは哲学と文明について片言の英語で一週間語り明かした。ガンジス川の早朝の朝靄(あさもや)の中のえも言われぬ心静まる光景、よく見ると水葬された遺体が流れていた。パキスタンでは、大勢の子どもたちに執拗に小銭を求められた。トルコの安宿で荷物がすべて奪われたが、ウエストポーチのパスポートと現金が無事だったので旅が続けられた。

イエメンでは親切な一家に泊まっていけと歓待されたが、夜中に縛られかけた。アディスアベバでは老人が造ったという怪しい酒を振る舞われ、その家族は無名の旅人に貧乏なりに限りない歓待を与えてくれた。ジンバブエでは一晩五ドルという一五歳の娼婦に五時間付きまとわれた。結局、朝起きたら少女は足もとで寝ていたので、五ドル札を懐に差し込んでおいた。南アフリカのゲットーでは、廃墟のような建物に昼間行ったら、銃で武装した危ない住民が次々に帰ってきて、一昼夜狭いトイレに隠れて過ごした。

世界中、まさに多種多様な人間が住んでいる。国によって価値観も倫理観も宗教も美意識も哲学もまったく違う。まさにベスト・アンド・ワースト。最高から最悪まで、人間と世界の複雑怪奇さと乱暴さと繊細さ、精妙さと温かさと残酷さをいやというほど思い知らされた。

極東の片隅の日本で暮らして来た玄一郎の人生にもそれなりの苦難があったが、それが吹き飛ぶような凄まじい光景の数々だった。

そして旅をしながら考えた。

「俺はいったいこれからどうすればいいんだろう。俺は何になりたいんだ?」

無難に考えればサラリーマンだ。海外赴任が出来るのなら商社もいいが、銀行などの金融は興味が持てない。ならば広告代理店、出版社、新聞社あたりだろうか。

アフリカのコンゴ、首都キャンシャサの安ホテルで、天井のヤモリを見ながらさらに考えた。

「ジャーナリストなんてどうか——？」

思い浮かぶと、自分でも驚くほどの興奮が沸き上がって来た。

ジャーナリストとなれば、通信社、新聞社、出版社、テレビ局。あるいは個人でやっている小さいライター事務所あたりにモグリ込んで修行するか？　誰か個人のジャーナリストに弟子入りするという方法もあるかもしれない。


一カ月後、一年間の旅を終え東京に戻った玄一郎は猛烈なリサーチを開始した。

時はちょうど二〇〇〇年代に入ろうかという頃。まだ今ほどインターネットで情報を集められる時代ではなかったこともあり、大型書店をハシゴし、国会図書館、大宅文庫まで、資料を求めて一日中歩き回った。

結果五〇冊ほどの本を読み、業界の構造、仕事の実態が摑めた。半年後には活動を始めなければならない。受ける会社、そして著名なジャーナリスト、ドキュメンタリスト、ノンフィクションライターを徹底的に調べた。うち五名のその分野のプロに面会を申し込んだが、受けてくれたのは三人。皆、提示する給料は驚くほど安かった。ひとりのジャーナリストが言った。

「食えないときは、危険な宗教団体やヤクザのフロント企業への潜入ルポ、AV女優のインタビューからセックス記事までやってもらう。紛争や戦争が起これば大金が入って来ることもあるが、それ以前にリサーチからデータ取りまで雑用が山のようにある。それでもよかったら、ウチの事務所に寝泊まりしなさい。ジャーナリスト見習いでは、安アパートの家賃すら払えないからね」と。

その修行も魅力的だったが、他の世界も知りたかった。

結局、通信社、新聞、テレビ、出版各社も、可能なところはすべて受けた。マスコミはいつの時代でも、就職活動において実に厳しい難関であった。

玄一郎は二カ月アパートに籠もって、さらにマスコミ、ジャーナリズムの本を読み込み、質疑応答の一〇〇問一〇〇答を三冊の大学ノートにまとめ暗唱した。

合格出来たのは、小さなニュース通信社一社と、東京のテレビ局がひとつ。

ニュース通信社は自由な感じがして、社員の誰もが仕事を楽しんでいる雰囲気があった。

一方のテレビ局は巨大組織で得体が知れないが、でかい仕事が出来そうだ。

迷った末、在京キー局「東京テレビ」に入社した。

東京テレビは、民間放送では日本で三番目に開局したキー局である。

テレビ局にはNHK、キー局、地方局、BS放送局、CS放送局、ケーブル局がある。民放では東京に集中するキー局がヒエラルキーのトップに立っている。番組に与えられる予算も大きい。

港区三田にある東京テレビ本社は敷地が二万平方メートルあり、一六階建ての自社ビルで内部に四つの大中小スタジオを持つ。東京郊外にはドラマ収録などに使用するスタジオパークもある。本社社屋は一九七五年に建てられたわりに、外壁を金属とガラスで被われモダンだ。上層階からは芝公園と増上寺、東京タワーが見えた。

C

入社式が終わり、研修が始まった。配属決定は三カ月後だ。

玄一郎は人事部に「外報部志望」であることを強く主張した。主に海外のニュースを扱う部署である。

テレビ局というマスコミの中でも派手な職場のせいか、同期の新入社員たちは誰もが華やかで意欲的な人間に見えた。ドラマ志望、スポーツ志望、報道志望、バラエティ志望、男女アナウンサー。逆に世間からは派手に見られる職場だから、堅実に営業や事業局を志望する者もいる。また民放は給料がよくて聞こえがいい、そんなテレビ業界人になりたいという理由だけで受験し入社した人間もいた。

歓迎会や同期の親睦会で酒を酌み交わし話をしてみると、地方都市出身の玄一郎には、彼らが都会のお坊ちゃんお嬢ちゃん集団に見えた。有名人・実力者の子女もいた。

二〇〇〇年当時は映像部門においてはまだ、インターネット等の競争相手が本格的に発展し始める前だった。テレビ局の新入社員は皆、自分たちが世界の中心に来たと感じていた。給料がよいうえ、思ったことは何でも出来ると。

玄一郎は生来の性格から、そんな幻想は抱かなかった。まずはどんな最低な仕事でもやってそれに耐える。そこから徐々に認められることが課題だ。玄一郎は他の才気溢れる同期と比べると、自分は堅実だが面白味のない人間だと思っていた。今どきの若者にしては明るい男ではないという自覚もあった。だから地道にやるしかない。そう己に言い聞かせた。

配属内示の日。玄一郎は「情報局」配属と決まった。とりあえず番組制作現場だったことに安堵した。

情報局とは、平日の朝・昼と土曜日・日曜日のワイドショー、硬軟ドキュメンタリー、皇室番組、軽いトークショーまで制作する部署である。芸能ニュースを除いては芸能界、特にタレントを抱えるプロダクションとの繋がりが薄い。なので芸能事務所との軋轢を気にしなくていいことから、芸能人のスキャンダルをリポートする仕事も多い。

ともあれ、

「ここにいれば、いつか自分の好きなドキュメンタリーがやれるかもしれない――」

と希望が持てた。

所属は午後のワイドショー番組になった。午前のワイドショーはまだ朝の匂いが残っているし、出社前のサラリーマン、登校前の中高生、家事をしながらの主婦という視聴者を意識するので、基本的に爽やかな話題が多い。

一方午後のワイドショーは、主婦もひと仕事を終えてテレビを視聴するため、事件、事故、災害、芸能ニュースにスキャンダルまで、人を惹きつけるものは何でもやった。

現在の午後のワイドショーは政治ネタや経済の解説などもやるようになったが、当時はまだどぎつく刺激の強い話題が好まれた。つまり玄一郎が担当するのは、テレビ局制作現場における最下層の仕事だったのだ。

けれど、むしろここから修行出来ることを、玄一郎は幸運と受け止めることにした。

「ここで、耐えられればどんな状況でもサバイバル出来る――」

情報局長の室田源二も、玄一郎に番組配属を告げた後にこう語った。

「生放送もあるし、国内外取材もある。生中継もある。だからワイドショーはテレビのすべてを学べる場だ」

室田は少々後退したウェーブのある髪をオールバックに撫でつけた五〇代の男で、スーツの下に色物のウールのベストを好んで身につけていた。テレビマンというよりも、例えば黒澤明あたりの映画に登場するベテランの新聞社デスクといった、昭和の匂いのする人物だった。

もともと早稲田大学第二文学部卒業後、映画監督・羽仁進(はにすすむ)や黒木和雄がいたことでも知られる岩波映画にフリーの助監督として所属。東京テレビは中途採用で、社内の噂では、彼がここまで上り詰めたのは、どんな汚れ仕事や無茶な案件を振られても決して断らなかったからだという。

簡単な説明を終えた後、室田は玄一郎を睨みつけるように見据えて言った。

「……ただここでは、泥の中で泳ぐような仕事もあるからな」

「何でもやります！」

玄一郎が即座に答えると、局長はゆっくりと顔を上げた。

「佐藤くん、だったな？　君は今、何でもやると言ったな。例えば、惨殺された被害者の葬式に行って、香典を渡した後、東京テレビを名乗って家族に『家の裏でインタビューを取らせてください』と言えるか？　これが我々ワイドショーの仕事だぞ」

玄一郎は思わずゴクリと生唾を飲みこんだ。

「覚悟しております」

室田情報局長はわずかに唇の右を上げてみせる。苦笑しているのか、冷笑しているのかは判然としない。

「よし、その言葉忘れるな。佐藤玄一郎、腹を括れ。ここで過酷な仕事がこなせれば、どんな状況でも耐えられるようになる。いかなる番組でも作れる、胆力と度胸がつくということだ。華やかなドラマやバラエティの制作局が作るのは、言わば高級料理のステーキ、寿司、天麩羅だ。それに比べ俺たち情報局は、光が当たらない泥だらけの田んぼで米を作っているようなものだ。

でもいいか？　米作りは、テレビ局にとって何より重要な仕事なんだ。そして、この厳しいワイドショーから我が社のゴールデンタイムを支える人材が何人も出て来たのも事実だ。つまりすべて君の覚悟次第ということだ」

玄一郎は室田局長の言葉を胸に刻み込んだ。自分のようなどこの馬の骨かわからない新入社員の若僧に、ここまで本音を言ってくれたのが嬉しかった。覚悟が腹の底から沸き上がって来た。

しかしいざ始まってみると、玄一郎が体験した現場は「泥の中で泳ぐ」という比喩をも超える無茶苦茶な世界だった。肉体労働、長時間、無理難題、不条理な縦社会、アンダーカバーな仕事――まさに何でもやらされた。

アシスタント・ディレクター、略してAD。言葉は格好いいが、要するにテレビ界における最低のカーストである。誰よりも早く来て、誰よりも遅く帰る。先輩の煙草を買いに行き、銘柄をマイルドセブンライトとスーパーライトを間違っただけで怒鳴られる。ヘマをしでかせば容赦なく鉄拳が飛ぶ、ヘマをしなくても平手くらいは平然と食らう。ディレクターたちもかつて、そうやって育成されて来たのだ。

午後のワイドショーは平日毎日放送があるためスタッフはシフト制で、オンエア担当前日は徹夜が当たり前。オンエア担当外の日でも、ADは朝一〇時には出社。ごみ溜めのようなスタッフルームを掃除し、資料を整理する。ディレクターは一三時頃、二日酔いで顔を出す。デスクに足を投げ出して座り、「あれやっといて、これやっといて」と指示が飛ぶ。その間にADは新聞、雑誌、芸能リポーター、報道等から色んなネタを拾い、ディレクターに提案する。「これは違うだろ」「バカかお前は」「使えねえヤツだ」と意味もわからず罵倒されつつ、色々と提案してやっとネタが決まる。これが毎日続く。

現在はテレビが独自にやることは滅多にないが、ある時期までは、テレビが有名人のスキャンダルを抜くと視聴率が取れた。そこで新人ADにはこんな仕事が待っている。ターゲットである芸能人が出入りしている高級ホテルに張り込むのだ。

その二枚目俳優は既婚者だが、不倫説が秘かに流れていた。ホテルの玄関が見える場所にワンボックスワゴンを路上駐車、スモークを貼った窓越しにビデオカメラで狙う。俳優が入って五時間。刑事の張り込みよろしく居座るのだ。

そうやって張り込んで五日目の午前一時、遂に彼と噂のあった人気女性アイドルが入っていった。あらかじめ声をかけ買収しておいたフロントマンに小金を渡し、部屋番号を聞く。普通なら、真面目なホテルマンにはけんもほろろに断られそうなものだが、探せば中にはミーハーで、「テレビ局」という言葉に弱いヤツがいる。

部屋の窓が見える側に車を移動し、望遠レンズでVTRを長回しする。朝方、カーテンが開いた。二秒ほどだが、見事な二人のツーショットが撮れた。しかも男性俳優は上半身裸だった。大スクープだ。放送まで五時間。編集室に向かって一五分ほどのリポートに仕上げる。ディレクターも興奮している。

放送後は当然、俳優、女性アイドル双方の芸能事務所から猛烈な抗議が来る。

「これからお前の局に行く」

「上層部に落とし前を付けてもらうからな」

と脅して来る相手に対応するのはADの仕事だ。ディレクターたちは知らん顔、プロデューサーは居留守を使っている。ドラマやバラエティを作っている制作局長からは、室田情報局長宛に「いいかげんにしてよ」「頼むよ、まったく」と苦情電話が入る。しかし効力はない。同じ局とはいえ独立した別セクションであり、利害関係は皆無だからだ。

ところが組織全体としては大いに旨味がある。

つまり当時のテレビ局とは、一方で芸能人を商品として並べて強烈に売り出し、一方でスキャンダルを製造していた。実にあくどいマッチポンプ商法である。

そして芸能事務所の方も、強大な力を持つ大手数社は局の上層部に対し圧力をかけることが出来た。したがって現場には「弱小プロダクションは狙え、ただし――」と大手芸能事務所の具体的な名前を挙げ、「あそこのタレントはやめておけ」と禁止令が出る。特に八〇年代まで、この構図は顕著だった。

その間隙を縫って動いたのが、新潮社の「フォーカス」や講談社の「フライデー」などの写真週刊誌であった。これは「写真」というところがミソだった。写真という言い訳の出来ない決定的証拠が示されると、芸能事務所も簡単に「事実無根」や「誹謗中傷」に出来ないし、訴訟も起こせない。そうなると写真誌に押さえられたら、事務所はもう所属タレントにメディアの前で記者会見をさせるしかない。それをワイドショーが放送して、テレビ局は視聴率を稼ぐ。テレビ局・芸能界・出版社、絶妙なトライアングルだった。

しかし近年、それら写真週刊誌も弱体化して来た。幾つかの原因が考えられるが、芸能事務所側の防備が固くなり、決定的証拠の写真が撮れなくなったことが大きい。

そして二〇一六年頃から「週刊文春」（文藝春秋）による突撃取材「文春砲」が出現する。「文春」はある意味、活字本である。緻密な取材でスキャンダルを暴きながら、同時に音声やＬＩＮＥ、写真や動画で徹底的な裏付けを行う。

大手出版社だからといって取材対象からの訴訟リスクがないわけではない。しかし小説家・菊池寛が創設、一〇〇年の歴史を誇る文藝春秋発行の雑誌である。その対象は芸能人に留まらず、高級官僚から政治家までに及び、信憑性が高いものしか扱わない。

そうなるとテレビ局は安心して追随する。スキャンダルを起こしたタレントのベッキーを叩きまくったように。ところがそんなベッキーの復帰をお膳立てし年末のバラエティ番組に出演させて視聴率を取るのも、またテレビ局なのだ。

一方の芸能事務所は、この芸能ビジネスというものが生まれた当初から、究極的には完全なコントロールは不可能な「芸能人」を使って大金を稼いで来た。何しろ彼らは生身の「人間」なのだ。圧倒的な魅力を振りまき大衆を夢中にさせる半面、何をしでかすかわからない不安定さを持つ。特に若いアイドルの場合、その「危うさ」こそが蜜の味であり魅力の源泉なのだとも言える。

ゆえに芸能事務所はどこも、デリケートで厄介な仕事を強いられて来た。時にスキャンダルを押さえ、時には売り出し中の新人などをキャスティングしてもらうため、様々な手を使ってテレビ局員を巻き込もうとする。お中元・お歳暮に始まり、ゴルフや飲食の接待などは日常茶飯事。局員も人間なので、はるか年上の芸能事務所社長から誘いがあれば、断るのは至難の業である。

問題はどこで節度を保つかになる。会食程度ならまだしも、金・女・モノ（車など）とくると事態はややこしくなる。

コンプライアンスが重視される現在ではとても考えられないが、高度経済成長期からバブルの時代までは、芸能界とテレビ局には明らかな癒着の構造が連綿と存在した。特に音楽番組の出演は巨大利権だった。アーティストがテレビに出れば、レコードやＣＤが爆発的に売れた。

ミリオン、ダブルミリオンという売上げに繋がったのだから、売り込む側も売り込まれる側もなりふり構わなかった。

こんな手を使う音楽番組のプロデューサーがいた。

彼の家は目黒にあったが、一階が骨董品屋になっていた。プロデューサーの妻が買い集めて来たものが置いてある。ひと気のない店に入ると、その妻が出て来る。芸能事務所関係の人間は、事前に必ず電話を入れておく必要がある。もちろん、彼らは骨董品にまったく興味はない。少し迷ったふりをしたあと「これをください」と言うと、彼女は骨董の蘊蓄を滔々と語る。

一〇分ほど聞かされてやっと支払いとなる。値段は三〇〇万から四〇〇万。現金払いのみ。領収書は出ない。すると一カ月後、件のプロデューサーが仕切るゴールデンタイムの高視聴率歌番組に、今週の注目歌手としてまだ誰も知らない新人歌手が出演する。ためしにとある事務所関係者がその品を銀座にある有名骨董品店に持ち込んだところ、「値段が付けられないくらい怪しいガラクタ」と言われたとか――。

東京テレビではある時期に、金銭授受にかかわったあるプロデューサーに関する週刊誌の派手なスキャンダル報道があり、社長案件の最高に厳しい接待基準が出来たため、玄一郎が入った頃には既にこのような明白な不正行為は一掃された。しかしこのスクープにより他局では接待方法がアンダーグラウンド化し手口が巧妙になり見えにくくなったとも言える。

これは事務所側からのアプローチだが、とある音楽番組のプロデューサーが「今ウチのイチオシのバンドが札幌でコンサートをやるので、一度でいいので観に来てください」と懇願された。そこで行ってみるとライヴは単なる名目で、打ち上げと称した派手な宴会だったという。しかも知らない間に鞄に一〇〇万円の札束を入れられていた。局に知られたら首になると青ざめたプロデューサーは、その金で番組のスタッフジャンパーを一〇〇着作り何とか正当化した。

そしてこれが上層部が関わっているときなどはさらに見えにくい場合もある。何しろテレビの波及効果は凄まじい。

アメリカではレディー・ガガも無名時代に何人もの有力者に抱かれたことを告白したし、ハリウッドの大物映画プロデューサー、ハーヴェイ・ワインスタインがセクシャルハラスメントで告発された。こういう権力を持った者による不正は、よほどのことがないと表面化しにくい。日本のテレビ界ですべて一掃されたとは決して言い切れない。


そんな特権階級たる音楽番組やドラマと違って、テレビ局最下層のワイドショーには、玄一郎は入る前も後も、美味しい話などどこにもなかった。

しかし、逆に言えば芸能事務所にとって不利益なスキャンダルを放映してしまっても、喉元過ぎれば何とやらで、ディレクターは「もう放送しちゃったものはしょうがないんだよね」とデスクに足を放り出し、煙草を吹かしスポーツ新聞を読んでいる。

さらに、先に書いたように大手事務所だと上層部のストップが入るが、中小事務所に対してはやり放題だった。そこで多くの中小の事務所は大手事務所に救済を求め、芸能事務所がグループ化、合従連衡していくのがその後の流れとなった。いわゆる「〇〇系事務所」というものだ。

これを機に芸能人スキャンダルは、訴訟に耐えられるほどの大手出版社でないと取り上げにくくなり、テレビ局はその手のゴシップ報道から撤退せざるを得なくなったのだ。

ちなみに最近では芸能事務所サイドもスキャンダルには相当ナーバスになり、タレントにも普段の行動に格段の注意を促している。高額なギャラが期待出来るＣＭなどを、広告代理店に切られたらビジネスがお終いだからだ。

広告においてタレントの持つクリーンなイメージは芸能事務所の生命線となった。こうして以前に比べると、芸能人スキャンダルは減っていった。したがって週刊誌は政治家、文化人など社会的地位のある人間、スポーツ選手や局アナなどにターゲットを絞るようになった。これが近年の傾向である。


このように本書の主人公・佐藤玄一郎は、華やかな業界の中にあって一部隔絶された、泥水の中を匍匐前進するワイドショーでテレビマン人生をスタートさせた。

同期で同じ番組に配属されたドラマ志望の東大教養学部卒の男は、ことあるごとに「俺はこんな仕事をやるためにテレビ局に入ったんじゃないんだ」と不満を漏らした。そうなると仕事の方も勢い投げやりになる。大企業の幹部の息子でもある彼のプライドが邪魔をした。

その点玄一郎は、そもそも自分は派手な世界とは無縁だと思っていた。名古屋の中流家庭に育ち、病気の母をないがしろにして育ったというあの罪悪感も決して消えなかったし、己の持つ根源的に暗い心は、どんなに隠そうとしても隠しきれないだろうというコンプレックスとして残った。ゆえに真面目に無骨に、時に狡猾に仕事をやり抜くしかなかった。自分が救われるためには、このテレビ局の底辺から抜け出して、目指すドキュメンタリー制作が出来るようになることしかないのだ。

ゆえに彼は常にそつなく手際よく行動した。今なすべきことは、目の前の仕事に全力を尽くし認められることしかないのだ。

四谷の居酒屋でディレクターの愚痴を聞き、隣の席で若い女性が飲んでいれば、先輩にあてがうため「一緒に飲みませんか?」と声をかけた。そんなときはわざとマスコミ業界によくいる軽い男を演じた。一般の女子が歓びそうなタレントの名前を挙げてその場を盛り上げる。ディレクターが酔いつぶれれば、深夜タクシーで自宅まで送り届けた。

一件の東大卒の男は「ドラマ志望」と唱え続け、遂には社内の東大人脈を動かした。そして一年後に待望のドラマ制作に配属されたが、エリートのプライドがそうさせたのだろうか、先輩プロデューサーの企画案にデリカシーのない苦言を呈し、結果一年間まったく仕事を与えられずに干され、わずか二年で営業部に飛ばされた。もうテレビ制作の現場には、一生戻れないのは確実だった。テレビ局員も一介のサラリーマンであることを失念した結果であった。

それがテレビ局だった。それは階層とコネと実力社会が混濁した世界だった。たとえ正しい意見であっても、口にする相手とタイミングを一秒でも間違えば容赦なく奈落の底に落とされる。

やりたいことがあるのなら、耐えて目の前のことに全力を尽くせ――。

玄一郎が学んだ業界の鉄則はこれだった。

D

玄一郎は芸能人のマンション前での徹夜の張り込みから、危険な歌舞伎町の裏側まで取材した。自分が囮（おとり）になってポン引きとやりあう。先輩ディレクターが望遠レンズでそれを撮り、特殊マイクで音声も録音した。玄一郎はポン引きとのやり取りを巧妙に引き延ばし、三〇分以上の撮影に成功した。

カモられたふりで入店し、勘定書きは一時間で五二万円。バッグに仕込んだ小型カメラの隠し撮りで、ヤクザ口調で怒鳴る店員との店内での言い合いも押さえた。ポン引きのふれこみは一時間五〇〇〇円だった。隙を見て店外に逃げ巧みに追いかけさせ、路上でわざと揉めごとを大きくした。運よく誰かが通報してくれたのだろう、警官が駆けつけその様子まで捉えた。

全テープ素材二時間ほど。一五分の絶妙なVTRが完成し、オンエアの評判は上々だった。

先輩ディレクターは気をよくして、

「玄一郎、渋谷に女子高生ギャルの援助交際クラブがあるんだ。今度潜入取材やらねえか？」

と提案した。

玄一郎は「はい、やりましょう」と即答する。

「マジか？　万が一未成年とそういうことになったら、お前、首どころか逮捕されるぜ」

「ギリギリのところまで隠し撮りして、上手く逃げますよ」

ディレクターは「お前もテレビ屋らしくなったじゃねえか」と笑った。

確かに危険はある。しかし、無理難題を投げかけられるのは悪い気はしなかった。玄一郎は、あらゆる仕事を決して断らない男として有名になっていった。

そんな過酷な状態にあって玄一郎たちワイドショー班の唯一の救いだったのは、情報局第一部長の君島順八の存在であった。

君島は四〇代半ば。クールな好男子でありながら、どんな汚れ仕事でも躊躇することなく取り組み、担当する複数の番組の社内外すべてのスタッフのあらゆる相談に乗っていた。

東京世田谷区深沢育ちの君島は、東京オリンピックの実況も担当したNHKの有名スポーツ・アナウンサーを父に持つ良家の子息で、一橋大学経済学部卒業後、東京テレビに入社した。玄一郎は、あまたの才能が溢れる東京テレビの中でも、君島順八ほど博識な人物に会ったことはなかった。映画、文学、歴史、演劇、音楽と、何にでも詳しかった。例えば映画、飲みの席で後輩からスタンリー・キューブリック監督の一九六八年の傑作「２００１年宇宙の旅」と振られるだけで、この作品の原点となったSF小説の巨人、アーサー・C・クラークの短編「前哨」他が監督とどう映画に発展していったか英語の映画解説本を引用して語った。

そして君島は「人物」でもあった。

こんなことがあった。配下のスタッフがある京都の国宝指定された寺での撮影の際、照明のセッティングにガムテープを使用してしまった。それを剝がすとき、柱の表面が大きく損傷した。寺の責任者は激怒し、現場スタッフでは収拾がつかない状況になった。報告を受けた君島は翌日京都に駆けつけた。土下座に近い謝罪をした後、周到に用意した社長名のお詫びの文書を渡した。また、調べておいた一流の寺院修復専門家が今こちらに向かっていると告げた。責任者はその専門家をよく知っていた。

　番組最高責任者がすぐに謝罪に来たことで、少しだけ空気が和んだ。君島はその三日後、再び、テレビ界のお詫びのときには不思議と必須の「虎屋の羊羹」を持参し寺を訪問。修復状態を確認し、二度とこのようなことがないよう社内に周知徹底させると報告した。寺の責任者は感服し、「またお役に立てることがあれば、いつでも連絡をください」と君島に告げたのだった。

　また君島はすべてのスタッフの、どんな相談にも乗った。その場合必ず、秘密で一対一で会ってくれた。人間関係上の悩み、パワハラやセクハラに近い行為について、金銭トラブルについて、恋愛の悩みなど、何でも聞いてくれた。この情報局の全番組、特にワイドショーという過酷な現場にあっては、駆け込み寺的存在であった。

　夜になると、局の近所の安居酒屋で週に一、二度不定期な飲み会がある。君島は酒が好きで、無礼講、他言無用のルールのもと、そのとき参加出来るスタッフが集う。君島はいつしか「ウルトラマン」と呼ばれるようになった。困っていれば助けに来てくれると信じられていたからだ。酔って愚痴を言っていると、君島が目を見て「お前らの気持ちはわかる」と言う。するとほとんどの人間は溜飲を下げた。

　さらに君島が部下から慕われたのは、厳密な部分を残しつつ、融通の余地を残してくれることであった。プロデューサーとして担当番組のすべての経費精算伝票をチェックしながらも、常に厳し過ぎず緩過ぎずというスタンスで接してくれた。

情報局には、社外の人間との飲食は経費で落ちるが、スタッフ同士の飲食はすべて自腹というルールがあった。しかし殺人・殺傷事件など深刻でヘヴィな取材の後などは、どうしてもスタッフ同士で焼き肉屋でビールでもということになる。そんなときでも状況が許す限り、こうした領収書は黙認してくれた。もの作りには適度な曖昧さが必要だというのが、君島の考え方だった。

唯一、若手が君島に対して違和感を感じる点があるとすれば、それは彼が、テレビマンとしてあまりにパーフェクト過ぎるということだった。NHKの有名アナウンサーを父に持つサラブレッド。彼が何を言っても、内心「それは君島さんだから出来るんだよ、俺たちには無理」と思わざるを得ないところがあった。

そういう傾向から、彼はいささか理想主義者的過ぎるようにも見えた。

また一九五八年生まれの君島は、典型的な高度成長期に青春を過ごした若者であり、ディレクターとして頭角を現したのはバブルの前後、放送コードも緩かった。「君島さんの時代はよかったんだよ」「今はとてもそうはいかない」というのが、嫉妬を含んだ後輩たちのため息に似た意見であり、玄一郎もそう感じざるを得ない者のひとりだった。

そんな君島順八に、ある日玄一郎は呼ばれた。情報局の奥まったところにある君島部長のデスクへ赴くと、

「上田の進めてる女子高生の援助交際の取材だが、あれは中止だ」と言う。

上田というのは渋谷のギャル売春クラブの取材を提案して来た先輩ディレクターだ。

「どうしてでしょうか？」

　思わず聞いた。玄一郎には納得出来なかったからだ。周辺取材から始め既に約ひと月。玄一郎は客を装いクラブに潜入し、一六歳だという現役女子高生の生々しいコメント撮りにも成功していた。後はオンエアのタイミングを計るだけだった。

「編集素材を見た。視聴者の劣情を煽るだけの内容だ。平板過ぎる。未成年の援助交際を取材するなら、その背景を丁寧に伝える必要がある。上田にはその点をもっと掘り下げてやり直せと指示しておいた。実際の取材はほとんど君の手によるものだと聞いたので、伝えておこうと思った。以上だ」

「納得がいきません」

　気がつくと、そう言葉が出ていた。

「お言葉ですが、部長がおっしゃることは理想論だと思います。ワイドショーの視聴者は刺激を欲しがっています。それ以外、いったい何を求めるんでしょう？」

　仕事に戻ろうとデスクの書類に目を落としていた君島は、ゆっくりと顔を上げた。

「理想を口にして何が悪い？」

　静かな口調だった。

「いや、俺たちものを作る人間にとって、夢や理想以外に何が語れるんだろう。そう思わないか。現実は、我々が語ろうが語るまいがそこにある。厳然と存在する。それをただ撮ってどうする？　俺たち映像屋がなすべきことは、映像を通して何かを表現することだ」

　君島の言う通りだった。しかし玄一郎の胸には、配属当初に室田情報局長から言われた、

「泥の中を泳げ」という言葉もあった。何よりそれに従ってどんな汚れ仕事でも引き受け、それなりの成果も上げて来たという自負があった。

すると君島は、まるで玄一郎の心を見透かしたようにニヤリと笑ってみせた。

「君の言いたいことはわかるよ、玄一郎。ワイドショーは確かにテレビの最底辺の仕事だ。でも、誇りを持ってはいけないはずはない。君は映像屋なんだ。その誇りを持て。目先に囚われるな、前を見つめろ」

君島は涼しい眼でそう言って、資料に目を移した。

三〇秒ほど経ったろうか、玄一郎は動けなかった。確かに俺の完敗だ、と思った。

そうだ、俺はドキュメンタリストになるという目標のために、苦しい修行をしてたんじゃないか。この人に逆立ちしたって勝てない、玄一郎は完膚なきまでにそう思い知らされた。

しかし、それだけでは終わらなかった。

一週間ほど経った頃、大阪で大きな事件が起きた。二四歳フリーターの若者が、同居の父母を金属バットで殴打し殺害。続けて二階で寝ていた祖父母を包丁で刺し、そのまま実家に火を放ったのだ。火事は通報が早くボヤ程度で消し止められたが、祖父母は一酸化炭素中毒で死亡。結局、一家四人が死んだ。

二歳年下の弟がいたが、家を出て他の土地で生活していたので無事だった。青年は四日後、自殺しようと和歌山の海岸を歩いていたところを地元の警官から職務質問を受け逮捕された。

チーフディレクターが玄一郎を呼び、

「これからすぐに大阪へ行ってくれ」と告げた。

「僕、ひとりで、ですか？」

「そうだ。この取材はお前がディレクターだ。君島さんのご指名だ。玄一郎にやらせてみろとな。俺も、お前がよくやってることはわかっている。ＡＤは卒業だ。任せるから取材して来い」

　玄一郎は入社三年目である。異例の抜擢だった。

　戸惑う時間はなかった。

「ありがとうございます！」と頭を下げる。君島の姿を探してみたが、情報局のフロアにはいないようだった。ハンディカメラのソニーＤＶＣＡＭを抱えて局を飛び出した。

　東京駅で新幹線の自由席に飛び乗る。心が震えた。ワイドショーのワンコーナーとはいえ、初めて自分の手によるドキュメンタリー映像が撮れるのだ。君島の言った、「映像屋は映像を通して表現しろ」という言葉を思い出していた。

　あのとき君島部長は、こうも言っていた。

「玄一郎、視聴者を見くびってはいけない。確かに君の言う通り、彼らは刺激を求める。しかし同時に理性も持っている。真実を知りたがっているんだ。そこを舐めてかかると酷い目に遭うぞ。視聴者も、君と同じ人間だということを忘れるな。君なら何を知りたいのかを常に考えるんだ」

　やがて新幹線は故郷名古屋へ近づく。あの家でひとり暮らす、父親のことを思った。入社以来一度も会ってない。暗かった中学生時代が胸に迫る、そして母の死。

俺だって、母さんを殺したようなものじゃないか――。

奈良との県境、八尾市にある青年の実家へ行くと、二階部分が焼け焦げた木造家屋にはブルーシートがかけられ、周囲には規制線が張られ、マスコミ各社が大挙して押しかけていた。中継車も出ている。玄一郎が割り込む余地はなさそうだった。

近隣住民に話を聞くのは常套手段だが、ありきたりのインタビューにしかならないだろう。

「あの家でまさかあんなことが起きるとは」「奥さんもご主人も礼儀正しい、いい方ですよ」と。

玄一郎は少し視点を外して、駅前にある古い商店街を一軒一軒回ってみた。小さな街だが、犯人の青年とも家族とも、直接面識のある人物には出会えなかった。

時刻は午後四時。昼間から開いている古い居酒屋に入ってみた。まだ客のいない店内で、初老の主人がひとりカウンターで所在なさげにスポーツ新聞を読んでいた。玄一郎は隅のテーブル席に座り、瓶ビールを頼んだ。

犯人は若くしてかなりの酒好きだという情報が一部で流れていた。違和感があった。鬱屈した孤独な青年、友だちだっていないだろうに、どこで飲んでいたのだろう。

するとお盆にビールを載せた店主がやって来て、コップと簡単なお通しをテーブルに置きながら、

「マスコミの人かい？」と聞いた。

「わかりますか」玄一郎は苦笑する。

「そらもう、服装見ただけでわかるわいな。ああ、東京の人やなってな」

「大変な事件でしたね」と水を向けてみる。

「――ああ。でもワシは、いつかこういうことになるんちゃうかと思ってた」

「どういうことです？」

「あの子、ようウチの店に来とったんや。いちばん安い焼酎飲んでな、ずっとゲームボーイやっとった」

　ビンゴだった。そうか、ゲームボーイか。

「あの家、複雑でな」と店主が続けようとする。

「カメラ、回させてもらっていいですか」と聞くと「顔、写さんかったらな」と承諾してくれた。犯人の青年に、同情の気持ちがあるようだった。

「父親は大阪市内にある一流商社の支店にいたんやけど、ギャンブルで金を使い込んで懲戒解雇されたんや。それで家売って、祖父さん祖母さんのいる実家に同居した。母ちゃんはパートに出たけど、極貧生活やった。何しろ親父はもう仕事もせんとパチンコ屋に入り浸りやったからな。そのうち母ちゃんの方も人が変わったようになってしもて、えらい癇癪持ちになって。あれは今思うと、精神を病んでしもたんやな」

「本人と弟も、ある時期から学校にも行かなくなったと聞きましたが」

「弟はもう、中学入ってすぐに暴走族や。でも、悪仲間でも友だちがおっただけまだマシや。その点アイツは内向的やからな。飼ってた犬だけが友だちやった。でも、その犬も殺された」

「――殺された？」

「優しい子でな。捨てられてた子犬を拾って来たんや。でも母ちゃんは『家で食べる米もないのに、犬なんか拾うて来て』ってヒステリー起こして。もう、かなりおかしなってたんやな。それでアイツが高校二年のときやった。盲腸で入院したんや、一週間。戻ってみたら庭で犬は死んどった。餓死や。家族の誰ひとり、餌をやらなかったんや」

酷い話だ。カメラを回しながら、胸が締めつけられた。

「あの子はそこから変わっていった。突然、二階から飛び降りたり、弟の額をコーラの瓶で殴って割ったりした。弟はそれをきっかけに家を出て神戸で働き始めた。親父の首絞めたり、祖父さん祖母さんも相当暴力振るわれてたらしい。それでも父親には元商社マンのプライドがあったんかな、どこにも相談せず秘密にしとったらしい」

どこの局も新聞社も嗅ぎつけていない大スクープだった。裏取りもした。

玄一郎の撮った映像がワイドショーで流されると、同日夕方の報道局のニュースでも放送された。新聞や週刊誌も居酒屋に殺到した。玄一郎はディレクターとして認められ、それからは重大な社会問題・犯罪事件を取材するため、日本中の現場に飛ばされるようになった。

文字通り寝食を忘れ、がむしゃらに働いた。二七歳、それだけの若さも体力もあった。

先輩ディレクターたちやチーフディレクターも、「お前のバイタリティには負けるよ」と評価してくれた。そして玄一郎の活躍を誰よりも歓んでくれたのが、ウルトラマン君島部長だった。

君島は玄一郎を、東京テレビ社屋近くにある情報局御用達の居酒屋に誘った。午後六時。店はまだ静かだった。一対一で酒を酌み交わすのは初めてだった。

カウンターに並んで座り、生ビールで乾杯した。

君島は言った。

「これから俺が言うことは、他言無用だ。いいか、玄一郎。君には俺の裁量で、予算面・人員面で最大の優遇をはかる。それだけ仕事が出来る人間だと踏んだからだ。その代わり、これからはさらに高いハードルを課すからな。奮闘してくれ」

「ありがとうございます」と礼を言ってから、

「――部長」と玄一郎は切り出した。

「お詫びしなければならないことがあります」

「何だ」

「前に、生意気なことを申し上げた件です」

君島は生ビールのトールグラスを掲げ、

「俺が理想主義者だってヤツか」

と軽やかに笑った。

「申し訳ありません！」

「いいよ、みんな言ってるんだろう。知ってるよ。理想主義者気取り……いいじゃないか。俺は光栄だよ」

「ただ、僕は――」と玄一郎は続けた。

「部長に対して嫉妬心がありました。いいえ、先輩や同期、局にいるほとんどの人たちに対して、コンプレックスがありました。家庭環境も厄介で、僕は高校生のとき、母の死を食い止めることが出来ませんでした。だから配属時に室田情報局長がおっしゃった、『泥の中を泳げ』という言葉にすがりました。自分に出来ることはそれだけでした。上の命令に従って苦しい世界で泳ぐこと。俺はこんなことしか出来ないと。そしてその世界には不思議な居心地のよさもありました。でも、先日部長が言われた通り、僕は理想を忘れていました。理想やプライドを持って生きていると、いつか自分がポキッと折れてしまう気がして」

君島部長は、何も言わず静かに聞いていた。

そして、しばらくして、

「――俺と同じだな」と呟いた。

「俺のお袋も病弱でな。俺が小学五年生のときに死んだよ」

玄一郎は君島の横顔を見た。

「親父のヤツ、NHKでも主要なアナウンサーだったからさ、仕事仕事で、お袋の死に目にも会えなかった。俺はまだ小っちゃかった妹の手を握ってさ、お袋が息をしなくなるのを看取ったよ。葬式のあと、お袋が焼き場の窯に入れられるじゃないか。そうしたら親父の野郎、女房の骨も拾わずに生中継があるニューヨークに飛んでいった。恨んだな、あのときは」

君島は玄一郎を見て苦笑した。

「だからテレビ局なんかに入る気はさらさらなかったんだ。ところが大学一年のときに、同級生の男に無理やり頼み込まれて、岩波映画の雑用係のバイトをやらされたんだ」

驚いた。

「岩波映画というと、室田情報局長もいた？」

君島は、今度は高らかに笑う。

「そうだよ。だから室田のオッサンと俺は腐れ縁なんだ。室田さんがチーフで俺がフォースの助監督だ。それが運の尽きさ。気がつくとすっかり映像の虜になってた。そしてちょうど卒業する頃、東京テレビで『ノンフィクション・アワー』っていう硬派なドキュメンタリー番組が話題になった。だからもう、自分が生きる道はここしかないって決めたんだ」

そして玄一郎を見やり、

「どうだ、これが理想主義者の半生だ」と悪戯っぽく言う。

しばらく沈黙があって、

「でもな、玄一郎」と正面を向いたまま呟いた。

「今になってやっとわかる。親父も辛かったんだろうなって。俺も女房子どもが出来て、やつらを残して海外ロケに飛び回る仕事にのめり込む半面、心中はとても後ろめたかったよ。けれど、コイツは俺にしか出来ない仕事だって自負があった。他のディレクターに譲るなんてまっぴらごめんだった。だから夢中になってやり続けたよ。親父と同じだ。そう、二人目の子どもが生まれるとき、俺は南極にいたんだ。局の記念番組でな。当時は民間の衛星電話なんてないから、日本とはまったく連絡が取れない。女房は分娩室で不安で仕方なかったって、今でも愚痴を言うよ」

名古屋にいる父親を思い出していた。今でも商店街の肉屋でコロッケを買い、あの家でひとり夕食を食っているのだろうか。そう思うと何かこみ上げてくるものがあった。

「なあ、玄一郎」

君島は言った。

「君の家庭がどうだったのか、君自身が何を抱えているのかは聞かない。でも、お母さんのことがあったから、君はこの仕事を選んだんじゃないのか。もしも何不自由ない少年時代を送っていたら、君はテレビマンなんかになってなかったかもしれないぞ。そうだろう？」

ジャーナリストになりたい、という希望を抱いたあのとき、わけもわからないまま心が震えたのは、その夢を実現出来れば、ひとかどの男になれるかもしれないと思ったからだ。母を救えなかった、見殺しにした、情けない自分を乗り越えられるかもしれないと、アフリカのホテルの小部屋で一筋の光を見たのだ。

「確かに俺たちワイドショーの仕事は、室田のオッサンの言うように泥の中をのたうち回るようなものだ。でも、この間も言ったように、だからといって誇りすら持てないわけじゃない。そうだろう？　俺たちは映像屋なんだ。卑しい世界かもしれないが、誇り高きテレビマンでいようじゃないか。たとえ理想主義者と笑われようとな」

君島はそう言ってから、玄一郎の肩を軽く叩いた。君島は続けた。

「ただし、玄一郎。もうひとつ。人間は自分のプライドに押しつぶされたり、自らの高いプライドゆえに愚行を犯してしまうこともある。プライドが肥大化し過ぎると尊大になり、よい仕事や人間関係の構築が出来なくなり振り向くと誰もついて来なくなる。だから誇りと同時に自分を客観的に見るもうひとつの視点も必要なんだ。君ならこの意味がわかるな」

「はい」

君島の言葉が玄一郎の腹にドスンと来た。それは現場で修羅場を潜って来た男の言葉だった。

君島部長の言葉が、玄一郎の意欲にさらなる火を点けた。

以降、玄一郎は持ち前の凝り性を発揮して、古今東西あらゆる犯罪研究本やノンフィクションを読み漁り、取材を通じて数多くの犯罪学者や警察ＯＢやジャーナリストなどと交遊を持った。番組のネタにならなくとも、犯罪の現場には出来るだけ直接足を運んだ。重要な裁判は必ず傍聴し、事件がどのように起きるのか、犯人の心理はどのようなものなのかを徹底的に研究した。

やがて玄一郎は局の内外で、犯罪事件に詳しいディレクターとして知られるようになっていった。ワイドショー内では、画面に自ら顔を出して事件現場のレポートを行うようになった。タレントのレポーターを使うより、実際に一から取材をしている自分がやる方がリアルで生々しく伝えられるだろうと考えたからだ。視聴者からも好評だった。「犯人像」や「犯罪心理」などについて、司会者からスタジオでコメントを求められる存在にもなっていた。

E

そんなある日のことである。

ひとりの慶應義塾大学在学中の女子大生が、島根県松江市付近で行方不明になっていた。交際していた同じ慶應の男子学生に「旅行に行く」と告げ姿を消した。当初は家族の元にメールが来ていたが、二日間経ったところでぷっつりと連絡が途絶えた。

心配になった彼と両親は捜索願を出した。しかし届出は受理してもらえたものの、「行方不明の捜索は難しい。本人が自分の意思で連絡を断った場合もあるので」と、警察は消極的だった。

そこで、彼女の恋人である男子学生が東京テレビを訪ねて来た。「最近、テレビでよく見かける佐藤玄一郎というディレクターは慶應の先輩らしい」という話を聞き、「あの人なら何とかしてくれるのではないか」と、つてを辿り頼って来たのだった。

しかし正直なところ、現時点の状況ではテレビ番組として取り上げるのは無理だった。彼女の居場所を探すことも、警察の言う通り難しいだろう。

ただ、局内のカフェで顔を合わせた浅井と名乗る若者には、切実さがあった。いや、誠実さと言った方がいいかもしれない。背がひょろりと高く見るからに線の細い若者なのだが、眼差しには確かなものがあった。恋人が突然失踪して心から心配はしているのだが、決して取り乱しうろたえてはいなかった。出来るだけ冷静になって、彼女を探したい。もしも何か身に危険が及んでいるのなら、何とか助け出したいという強い想いが感じられた。

「そもそもなぜ彼女は松江に行ったのだろう」と玄一郎は聞いた。

「――それが、わからないんです」

浅井はそう目を伏せてから、こう言った。

「実は僕たち、上手くいっていませんでした。彼女がいなくなる前の三カ月ほどは、会うこともなかったんです。僕自身は、もう僕たちは終わりなんだなと思っていました。ところがある日突然電話があって、『気晴らしに旅行に行って来るから心配しないで』と告げられたんです。僕も聞きました、なぜ松江なのかと。彼女は特に理由はないと答えました。山陰の綺麗な海と古都の佇まいを見て、色々考えてみたいからと。僕は、それが僕たちの関係についてだと思いました。僕らは大学一年のときからの付き合いで、双方の親も公認の仲でした。だからもう一度やり直すのか、あるいはこのまま別れてしまうのか、きっと気持ちの整理をつけたいんだと思ったんです。だからそれ以上は聞かなかったんです」

若者はそう言い終わると、両手を膝の上に置き、カフェのテーブルを見つめた。

「立ち入ったことを聞くけれど」玄一郎は言ってみた。

「君と彼女の仲は、なぜ上手くいかなくなったのかな？」

浅井はなぜか驚いたような目で玄一郎を見上げた。何かを言うべきか黙っているべきか思案しているようだった。しばらく考えて、

「これは、直接僕たちの仲と関係ないかもしれないんですが――」と呟くように言った。

「いいよ。思いついたことを包み隠さず話してくれないか」

そう言っても浅井はまだ躊躇していた。膝の上に置いていた両手を握りしめている。

「報道関係者には取材源の秘匿という言葉がある。聞いたことはあるよね？　僕がやってるのはワイドショーだ。正直、低俗な話題も扱う。でも取材に関してその原則は変わらない。現段階ではもちろん、後に君の彼女の事件を番組で追ったとしても、君たちに都合の悪いことは漏らさない。約束する」

浅井はもうすっかり冷えてしまった珈琲をひと口すすり、しばらく無言で考えると、意を決

したように言った。

「実は、彼女のお姉さんが一年前に自殺しました」

「――自殺？」

「ええ、自ら命を絶ったんです」

そして、浅井は語り始めた。

「お姉さんは東大卒の秀才で、大手広告代理店に就職しました。性格も明るく素敵な人でしたが、二年目でインターネット広告制作の部署に異動になってから、大きな悩みを抱えるようになりました。原因は激務と、上司である女性部長からの執拗なパワハラでした。美しく頭脳明晰で人柄もよかったお姉さんは、普段から上昇志向で出世だけに固執する部長とはそりが合わなかったんです。ある会議で部長の出した方向性に、『でも、こちらの方が上手くいくのではないでしょうか』と提案したのがきっかけだったそうです。

強大な権力を振るっていた女性部長に逆らう人間など皆無でしたので、会議室の空気が凍りついたそうです。でも、お姉さんは部長のやり方のままだとプロジェクトが暗礁に乗り上げてしまうと考え、勇気を振り絞って発言したのです。その場では出席者もお姉さんの発案に同意しました。けれど、その翌日からパワハラが始まったんです」

まず、姉は一切の仕事を与えられなくなった。それは一年間続いた。一方で勤務表は毎日チェックされ、タイムカードを押す時刻が一分でも遅れていないか、データはすべて人事部へ逐一報告された。彼女の社内での不倫関係に関する根も葉もない噂が社内のＢＣＣメールで一斉送信され、一般のＳＮＳや掲示板にもアップされた。

正義感が強く精神的にもタフだった姉は、人事部のハラスメント窓口に訴えた。しかし社内調査が始まると、女性部長は人事部長に「彼女の言い分はすべて妄想で、ある種のサイコパスです」と言い放ったという。しかもその主張は通ってしまった。なぜならその女性部長は、その広告代理店の取引先である大手飲料メーカー社長の愛人だったからだ。人事部と上層部はクライアントへの影響力を恐れ、彼女を切り捨てた。

こうして孤立した姉は不眠症となり、やがて鬱病になる。持ち前の責任感から這ってでも出社したが医者から抗鬱剤も処方されていたので、会議などの場ではどうしても眠くなる。それらは当然、女性部長によって人事部にすべて報告され、窓際である管理部門へと異動させられそうになった。東大時代から広告の現場で働きたいという夢を持っていた彼女は、いよいよ追い詰められた。

しかし誰もが知る大企業内で、こんな理不尽なハラスメントが横行しているとは誰も思わなかった。理不尽過ぎて想像すらつかなかったのだろう。

姉は結婚を前提に付き合っていた恋人に相談するも、笑顔で「細かいことをあまり気にするな。時が解決する。嫌な人は首を低くしてればいずれいなくなるから」とかわされてしまう。

そして浅井の恋人である妹も、「お姉ちゃんったら深く考え過ぎ。彼氏とホテルミラコスタにでも泊まって、ディズニーランドで遊んだらすぐ治っちゃうよ」と一笑に付してしまった。

姉が自ら命を絶ったのはその一週間後だった。

妹は広告代理店から「お姉さんが無断で欠勤しているので連絡を取ってくれないか」と連絡を受ける。携帯に電話してもメールをしても返信はない。そこで深夜、姉がひとり暮らしをしている広尾のマンションを訪れ、ドアノブに紐を巻き付け窒息死している姉を発見した。

ひどい話だ――、玄一郎は思った。

おそらくこの女性部長は何の社会的責任も負わないよう、姉へのパワハラの証拠は一切残さず、周到に隠蔽していたに違いない。

もちろん、浅井の恋人である妹や両親は行動を起こした。姉は先に語られたようなパワハラの経緯を、自宅のノートパソコンや大学ノートに音声データや聞き書きを克明に記録していたのだ。これなら裁判に持ち込める。そこで会社と女性部長を訴えるべく弁護士に相談した。

ところが証拠の提出を求められたとき、なぜか姉の部屋からそのパソコン他が忽然と消えていたのだ。それだけではない、姉の手帳から細かいメモ、同僚が秘かにくれた音声データや仕事上取っておいたであろう領収書のたぐいまできれいさっぱりとなくなっていた。

家族も浅井もまさかと思った。しかしそのまさかだった。何者かが鍵を開け、姉の部屋に侵入したのだ。アンダーグラウンドな世界では顔写真さえ手に入れば保険証や社員証を偽造する業者は山ほどいる。死亡した女性の親族と称しそれを鍵屋に見せれば、鍵を開けてもらって容易に部屋に入れる。

「それで君の恋人、妹さんは？」

玄一郎は聞いた。

「しばらくは打ちひしがれていました。何より自分を責めていました。お姉さんから受けた相談を笑って受け流してしまったと。そして彼女は、お酒に溺れるようになったんです」

「――酒に？」

「ええ。最初はそれも仕方ないと思っていました。何しろ会うたびに、『私がお姉ちゃんを殺したようなものだ』と泣いていましたから。でも彼女の行動はどんどんエスカレートして、最初は大学の友人たちと居酒屋で飲むくらいだったのですが、やがて夜の街をひとりで出歩くようになりました。そんな中で銀座の高級クラブでホステスとして働くようになったんです。そこからはもう人が変わってしまいました。生活が派手になり、大学には一切来なくなりました。実家暮らしだったのですが、都心にマンションを借りました。いや、ひょっとすると店の客がパトロンになって買い与えられたのかもしれません。実際、彼女が見知らぬ中年の男と夜の街を腕を組んで歩いているという噂を、何人もの友人から聞かされました。もう終わりだと僕は思いました。彼女は変わってしまった。僕の愛した女性とは、違う人間になってしまったんだと」

ところがそんなある日、彼の元に電話がかかって来る。何かが吹っ切れたような口調だったという。

「お姉ちゃんのことで悲しくて、自暴自棄になったこともあったけれど、もうやめたと彼女は言いました。でも、大学に戻るかどうかは正直迷っている。だから旅に出て自分を見つめて来るんだと」

なるほど、それで松江へ——。辻褄は合う。

今のところ事件性はない。彼女は明日にでもふらりと戻って来るかもしれない。

けれど、玄一郎の中で何かが引っかかった。

「他に何か、手がかりになるようなものはないかな」

「そう言えば」と浅井は思い出す。

「お母さん宛に来たメールで、泊まっている民宿のことを書いていたそうです。民宿だけど古い網元の邸を改築した大きな建物で、露天風呂もあると」

かなりはっきりとした足取りだった。そこまでは簡単に辿れるだろう。

番組になるかどうかは難しいところだ。しかし、少なくとも謎は多い。真面目な女子大生だった妹はなぜ突然派手な暮らしを始めたのか。それは姉の死と何か関係があるのか。そして旅先でなぜ姿を消したのか。

玄一郎は言った。

「彼女の行方を取材してみよう。何かが引っかかるんだ。ただし、それには君とご両親の協力が必要だ。テレビで、彼女の家庭の背景も含めてドキュメントしていいか、ご両親に確認して欲しい。ＯＫが出たらすぐに松江へ飛ぶ。全力で探す」

翌日、浅井青年から電話が来た。両親は承諾したという。

経緯を話すと君島部長からも許可が下りた。

こうして「美人女子大生失踪事件」の取材がスタートした。

F

この時点ではどの週刊誌も新聞も、警察すらも何の捜索もしていない。

玄一郎は入社二年目のＡＤ・山田弘一を引き連れ、松江へ向かった。家が貧乏だった山田は中央大学法学部時代、ラジオ局でハガキ職人としてネタを書いて、ギャラで学費を捻出し大学を卒業したという男だ。粘り強いのが取り柄だった。

網元の邸を改築したという宿はすぐに見つかった。宿泊者名簿には彼女の名前があり、帳場に立つ主人もよく覚えていた。

「ええ、何しろこのあたりじゃ絶対に見かけない、都会的な美人でしたからね」

宿泊は二泊。二日とも夕食を終えると外出していたという。そして三泊目の予約を入れながら、二日目の夜に姿を消した。

それにしても彼女は夜どこに、何をしに出かけていたのだろう。とりあえず夜も営業している飲食店を中心に、片っ端から聞き込みをすることにした。

地味な山陰の古都というイメージがある松江だが歓楽街もそこそこ充実している。ＪＲ松江駅近くの伊勢宮町と駅から北へ一〇分ほどのところの東本町が代表的だ。ただ、人口わずか二〇万人の街に飲食店・居酒屋・スナック・キャバクラ・クラブ等が一〇〇〇軒ある。初日、玄一郎と山田は五月雨式に店を訪れ、すべて小型カメラを回しながら巡るも成果なし。

山田がふと、「スナック、どうですかね」と言う。

「僕の田舎の新潟もそうなんですが、最近はスナックも若い女性の観光客を呼べるように、けっこうお洒落に改装してる店が多いんです。そういうところにはもちろん地元のおじさんたちも飲みに来ますから、穴場の観光スポット情報が得られたり、奢ってもらえることも多いんで、若い娘がけっこう行くんですよ」

二手に分かれ、玄一郎は東本町から、山田は伊勢宮町から、一軒一軒めぼしい店を回ることにした。三軒目を出たところで山田から携帯に連絡が入る。

「直接の情報じゃないんですが、気になる噂を聞きました。東京からの女性観光客目当てで声をかける、地元の男がいるそうです。そいつがよく来る店を聞きました。これから向かいます」

「わかった。合流しよう」

玄一郎が駆けつけると、山田は伊勢宮新地遊郭跡の角に建つ六階建てのビルの前で立って手を振っていた。

「玄一郎さん、来る途中もう一軒寄ってみましたが、やはり例の男の話が出ました。年齢は三〇を少し過ぎたくらい。羽振りのいい若僧で、シルバーのポルシェを転がしてるそうです」

訪れた店は、山田が言うように若い女性に受けそうな造りだった。建物自体は古いが改装したのだろう、スナックというよりはワインバーのようで、カウンターに立ちひとりで切り盛りしている中年のママは、写真を見せると浅井の恋人のことをはっきり記憶していた。

「可愛いし、明るくてよくしゃべる娘だったから覚えているわ。私も若い頃東京にいたから、最初はそういう話を二人でしたのよ。でも彼女、実は会社の先輩を探しに松江に来たんだって言ったのよ」

「会社の先輩？」

「そう。会社で懇意にしていた女の先輩だったんだけど、事情があって松江に帰ったらしくて。でも彼女、携帯を替えたときにうっかりその先輩の電話番号を消しちゃったんだって。手がかりは松江の古い造り酒屋の一人娘だったことだけで、ほら、私たちみたいな店ってお酒の卸し業者さんが出入りするでしょう。だから観光のついでに知ってる人はいないか聞いてるって言ってたわ」

会社の先輩――そんな話は初耳だった。少なくとも浅井は言ってなかった。

「そのうちに常連さんで商工会の役員の人が来たんで、『聞いてみたら』って紹介したのよ。その後は客がたて込んで来たから覚えてないわね。遅い時間にはアルバイトの娘も来るんで、私の知らない間にお勘定して帰ったのかもしれない」

山田が仕入れて来た、ポルシェに乗る男のことを聞いてみた。

「――山崎ね」

ママの顔色が変わった。

「嫌な奴よ。ソフトドリンクを飲みながら東京から来る若い女の子を物色してるの。気に入った娘がいるとポルシェのキーをちらつかせて、『ドライブでも行かない?』って連れ出すわけ。『松江のことなら何でも知ってるから、どこへでも案内するよ』ってね。こっちも客商売だし、女の子たちの飲み代は全部山崎の払いだから、無下には出来なかったのよ」

浅井の恋人が来た夜、山崎が来たかどうかは定かではないという。

「どんな男なんです?」玄一郎は聞いた。

「松江郊外の機械工場の息子で、肩書きは専務だけど、あいつは全然働いてなんかいないわね。お父さんが早くに亡くなって、母親が切り盛りしてた。会社自体は小さいんだけど、なんでも他では作れないとても珍しい精密部品を製作してるんですって。その特許を、死んだお父さんが取ってたのね。だからこの辺りじゃ知らない者のいない金持ちなのよ」

その後、山田と共に数軒のスナックを取材した。その男、山崎賢一に関する話はかなり詳しく聞けた。

母親は気の強いやり手の女性で、しかし一方で山崎のことは周囲が眉をひそめるほどに溺愛していた。山崎は地元の高校を卒業し東京の私立大学に通うため上京するも、半年も経たずに帰って来てしまった。そこで母親は家の広大な敷地の端に山崎のために豪華な一軒家を建て、そこに住まわせた。以来約一〇年、彼は昼間一切家を出ない。母親は言われるがままに高級車を買い換え、山崎は夜な夜な松江の繁華街に出かけている。

玄一郎が特に気になったのが、スナックの常連客何人かが言った、

「奴は東京の女にコンプレックスがあるんだよ」という言葉だった。

「どうせ東京の大学で田舎者って馬鹿にされて、尻尾を巻いて帰って来たんだろうよ」と笑う者が何人かいた。それは憶測にしか過ぎないが、山崎は主に東京からの観光客に声をかけていたというのは確かなようだった。

山崎の母親の工場はすぐにわかった。道を挟んで実家の敷地がある。黒塀に囲まれた土地に、古い日本家屋が建っている。それが実家だろう。そこから一度門を出て、玉砂利を敷いた小径が続き、離れが建っている。離れと言っても噂通り立派な二階建てで、しかも軽井沢辺りにでもありそうな洒落た洋館だった。

玄一郎と山田はワンボックスのレンタカーを借り、張り込みを始めた。山崎が行動を起こす

としたら夜だけだ。幸いなことに周囲は山に囲まれた土地で、夕方に工場が終わり工員たちが帰途につくと、ひと気はまったくなくなってしまう。工場脇に車を停めれば、監視にはおあつらえ向きの状況だった。ビデオカメラに望遠レンズを装着し、ひたすら動きがあるのを待った。

しかし意外だったのは、夜な夜な繁華街に女性を物色しに出かけるという山崎が、一切姿を見せないということだった。

毎晩八時きっかりに、黒塀の門から老齢の女性が現れる。山崎の母親だろう。彼女は宅配ピザを入れるような四角いバッグを胸の前で抱えている。保温された食事だろうか。玉砂利を歩き、洋館の隣にあるガレージに立つと、内側から開けるのかあるいは人感センサーなのか、リモコン操作のドアがゆっくりと開く。中にはポルシェ９１１カレラのカブリオレと、Ｅクラスのベンツが並んでいる。

ガレージは奥で洋館と繋がっているのだろう、戻って来た老女は何も手にしていない。彼女が出ると、ドアは自然に閉まる。

三日間、ただそれだけが繰り返された。

四日目の夜、君島部長から電話が入った。

「どうだ、玄一郎？」

状況を説明すると君島は言う。

「うーん。もう帰って来たらどうだ。君に担当してもらいたい別の事件があるんだ」

「すみません、もう三日、いや、二日だけでも粘らせてもらえませんか。何か勘が働くんです」

「わかった。二日だけだぞ。君を先の見えない事件に割くのはもったいないからな」

「ありがとうございます」

そう言って電話を切ったものの、翌日も動きはない。夜の八時、母親が夕食らしきものを運ぶだけだ。玄一郎と山田は緊張感と疲労で極限状態にあった。

翌日、君島に与えられた最後の夜が来ても、やはり動きはなかった。充血した眼に目薬をさし、山田はビデオカメラを、玄一郎は双眼鏡を覗き続けた。

いつものように母親がガレージから出て来て、母屋に戻った少し後だった。玄一郎の携帯が鳴った。行方不明の女子大生の恋人、浅井青年だった。

「佐藤さん、わかりました」

浅井は息を切らせて言う。

「彼女が勤めていた銀座のクラブには、女性部長の愛人、飲料メーカーの社長が週に一、二度通っていたんです。慶應の広告研究会の男性の先輩がそのメーカーに就職していて、僕に教えてくれました。先輩は社長のお供でそのクラブを訪れて、彼女に会ったんです。ただ、あまりに化粧や髪型が派手になっていて、本人かどうか自信が持てなかったそうです」

なるほど、浅井の恋人はどこかでその情報を仕入れたのだろう。そして社長に接近するためクラブホステスになったのだ。

「わかったのはそれだけじゃないんです」

浅井は続けた。

「彼女はその女性部長と何度か直に会ったことがあると言ったそうです。就活情報誌に女性部長の写真入りで『広告業界への就職について』の記事が出たときに、それを見つけて部長に直接長い手紙を書いて『お話がお聞きしたい』と書き添えていたのです。幸い女性部長と会えて一時間以上話をしたそうです。美人だし仕事も出来るし憧れの人だと。そうやって自分の愛人を誉められ持ち上げられて気分がよくなったのでしょう、飲料メーカーの社長は女性部長のことをご機嫌で話し始めた。出身大学のこと、社内での評判、そして、松江の老舗造り酒屋の一人娘だということ――」

すべてが繋がった。浅井の恋人はそのために松江に来た。そしてあのワインバー風のスナックで、地元に詳しいという山崎と出会う。ちょっと待てよ、玄一郎らが山崎宅に張り付いて五日、奴は一度も外出していない。ということは？

そう思ったときだった。

「――玄さん」

震える声で山田が囁いた。

見るとガレージのドアが音もなくゆっくりと開いたところだった。中から異様なほどに色白な長髪の男が出て来た。山崎賢一に違いない。黒いビニールのゴミ袋を摑んでいた。それを約一〇メートルほど離れたゴミ置き場に運んだ。続けて三つ。そしてガレージに戻りドアが閉じられた。それが深夜〇時頃。

玄一郎と山田は息を殺して待った。午前一時。山崎邸に動きはない。二人は素早くゴミ置き場へ近づき、ゴミ袋を回収しワンボックスに戻る。車を走らせ幹線道路に出たところで路上駐車し、ハッチバックを開けゴミ袋を路上に出した。山田がカメラを廻し、玄一郎は黒いビニールをカッターナイフで切り裂いた。

　ひとつ目は食料品の容器やペットボトルなど。二つ目、古い衣料品。迷彩のTシャツにやはり迷彩パンツ、銃器関係の雑誌もあった。山崎はミリタリーマニアなのだろうか。麻製のロープも数本出て来た。そして三つ目。小分けにされた透明のビニール袋が数個入っている。ひとつには何か黒いものが詰まっていた。

「何だろう？」

「――髪の毛、じゃないすか」

　山田が呟いたその言葉に鳥肌が立った。

　ためらってはだめだ、自分にそう言い聞かせもうひとつのビニール袋を裂いた。女性物のショーツが十数枚、そのうちの三枚にはチョコレート色の血痕がべっとりとついていた。

　戦慄が走る。

「行くぞ」

　と玄一郎が言うだけで山田はすべてを理解した。その家の近辺には交番と駐在所しかない。二人は深夜の山陰自動車道を飛ばして市中心の松江警察署へ向かった。

　事情を説明し、収録テープを証拠として提出すると、その日のうちに令状が下りた。

　玄一郎は証人として、山崎宅の家宅捜索に同行するよう要請された。洋館のチャイムを押すが山崎は出て来ない。

「警察だ」

乱暴にドアが叩かれる。慌ただしい様子を聞きつけた母親がやって来た。気丈な女性と聞いていたが、印象はまったく違っていた。

「賢ちゃんが、賢ちゃんが何か――」

とうろたえるばかりである。捜査官のひとりに「鍵を出しなさい」と強く命じられ、母屋へとって返し合い鍵を持ってきた。

山崎賢一は異様に青白い顔のまま、しかし一切の動揺を見せず、居間のソファーに足を投げ出して座り煙草を吸っていた。警察官には一瞥もくれず、ただひと言、

「勝手に入るなって言ってるだろう」と母親を恫喝した。

一階、二階には何の痕跡も見つからなかった。警察は途方に暮れた。一時間ほど、家の中を隅から隅まで捜索が続けられた。異様だったのはその居間の壁一面に設えた巨大な本棚に並ぶ、数百本のアダルトDVDにポルノ雑誌、アダルト漫画の数々であった。レイプ、SMからロリータポルノまで、あらゆるジャンルがあった。山崎は平然と煙草を吸っている。捜査員にも焦りの色が見える。

指揮を執っていた捜査一課長が、引き上げる旨の連絡を署にしようとしていた刹那であった。捜査員のひとりが、一階キッチンの壁に、奇妙なズレのある部分を発見した。いわゆる隠し扉だった。洋館には地下室があったのだ。しかも階段下のドアは二重扉で厳重に鍵がかかっていた。解錠のため、専門技術員が呼ばれた。

捜査一課長がやって来て、

「佐藤さん、すみません。ここからはご遠慮ください」と言った。

玄一郎は「承知しました」と答え、外のパトカー内で待った。

警察は地下の隠し部屋で、鎖に繫がれた三人の女性を発見した。三人とも極限状態でかなり憔悴していたが、かろうじて生存していた。

一人は二年前に失踪していた、当時高校一年だった広島県の女子高生。二人目は今年になって姿を消した、中学二年の女の子。二人とも路上で車から声をかけられ拉致された。山崎は地元のスナックで東京からの観光客を物色する一方で、近県にポルシェで出かけ、スタンガンで脅せば誘拐しやすい未成年も狙っていたのだ。

発見されたとき、女子高生は散切り頭だった。何かで癇癪を起こした山崎が「お仕置きだ」と鋏で乱暴に切ったのだという。玄一郎たちが見つけたビニール袋の黒髪は彼女のものだったのだ。そして三人目が浅井の恋人である女子大生だった。

三人とも下着姿だった。地下室で何が行われていたか想像に難くなかった。そこには拘束具を始めとした異様な器具が配置されていた。

しかしそれだけではなかったのだ。地下室からは別の女性の血痕がさらに三人分発見された。捜査の結果、遺体はバラバラにされ、洋館の裏側にある竹林に埋められていたことが判明した。

当然、日本中を揺るがす大事件となった。

玄一郎と東京テレビは事件解決に貢献したということで、地元警察から多くの資料・情報提供を受けることとなった。従って他のマスコミも群がったが、この事件についての報道は東京テレビのワイドショーが圧倒的優位に立った。

しかも監禁された妹の失踪から、その原因になった姉の自殺に至るまで充分な取材がなされていたため、撮影素材はふんだんにあった。結果「美人女子大生失踪事件」はシリーズ化され、約ひと月半にわたって高視聴率を独占して獲得することになる。

山崎賢一は完全な異常性欲者だった。監禁と女性殺害に関しては驚くほど巧妙かつ冷徹で、被害者のひとりは、山崎が「俺は知能指数が一七〇あるんだ」と自慢気に語っていたことを証言した。同じ敷地内に暮らしていた母親は、当然息子の不審な行動には気づいていただろう。何しろ数年にわたって、数名分の食事を毎日運んでいたのだ。

しかし彼を溺愛するあまり、それを追及することは出来なかった。もしも息子が女性を監禁しているという事実を認めてしまったら、彼女の精神は崩壊していただろう。

さらに玄一郎のワイドショー報道を追って、東京テレビ全面協力の下、とある有名週刊誌で特別取材班が組まれた。姉の自殺の原因となった、大手広告代理店の内情が追及されたのだ。

こちらも数週間にわたり特集記事が掲載され、女性部長による残酷なパワハラの手口が綿密に暴かれ、さらには愛人である大手飲料メーカー社長の存在と、クライアントの影響力を恐れ事件を隠蔽しようとした広告代理店の腐敗した体質がつまびらかになった。

世論は沸騰し、いよいよ警察も動いた。

広告代理店及び女性部長の松江の実家まで捜査の手が入り、奪われた姉のノートパソコンはハンマーで破壊されていたのだが、会議議事録、音声データやハードディスクの記録がボストンバッグ二個分もあり、生々しいパワハラの実態を示す証拠として押収された。

女性部長は中途半端に破棄して誰かに発見されることを恐れていた。まずは東京・豊洲の自宅マンションに置いておいたが、松江の実家に保管していた方が安心と思ったのだろう。内部にも告発や証言をする社員が多数現れ、女性部長は警察の取り調べを受けることになった。実刑が下るのは間違いなかった。


事件発覚から三カ月後、失踪していた女子大生と、恋人の浅井青年が東京テレビを訪ねて来た。

やつれた中にも長い髪をひっつめ、紺のスーツと白いブラウスが似合う美人だった。現在はカウンセリングを受けながら、自宅で静かに過ごしているという。

「監禁されていた二週間の間、私の頭の中にあったのは『せめて、生きていたい』ということでした」と彼女は言った。

「酷いことをされました。恐ろしい体験でした。『死んじゃいたい』と思ったって不思議じゃなかった。でもなぜか、私の心には『生きたい』『生きなきゃ』って気持ちしかなかったんです」

無言で聞きながら、「強い女性だな」と玄一郎は思った。きっとお姉さんも強い人だったのだろう、だから理不尽なパワハラと闘おうとした。

その想いを察したのだろうか、浅井青年は彼女に、

「きっとお姉さんが守ってくれたんだね」と語りかけた。

　女子大生はそこで初めて、小さな笑顔を見せた。

　確かに彼女は深く傷ついた。でも、この青年が側にいればきっと大丈夫だ。

「――僕はこう思うんだ」と玄一郎は言った。

「誰かが死ぬということは、身近にいる誰かをとても傷つけるということなんだ。それは、きっと誰よりも君が身に沁みてわかっていると思う。だから、君は死んではいけない。苦しくても、生きなければならないんだよ。少なくとも僕は、いつも自分にそう言い聞かせてる」

「佐藤さんも、ご自身に言い聞かせてるんですか」

　彼女が問うた。

「そう」と玄一郎は答える。

「ワイドショーなんて商売をやっているとね、つくづく思い知らされる。世の中には、なんと理不尽に死んでいく魂の多いことか。でもね、だからこそ我々は生きなきゃならない。僕らには生きて、少しでも理不尽な世の中を正す使命があるんだ。いや、それは使命というより『借り』と言った方がいいかな」

「――借り、ですか？」

　浅井青年が聞いた。

「そう、僕らには借りがあるんだ。生きたくても生きられなかった人たちが与えてくれた、命という名の借りだよ」

　玄一郎は局の玄関で二人を見送った。巨大なガラスの自動ドアの向こうで、彼らはもう一度お辞儀をした。そして若い恋人たちは手を繋ぎ歩いていった。外には光が溢れていた。

「もうすぐ夏だな――」

玄一郎はひとり呟いた。

第三章

A

山梨県のＪＲ小淵沢駅から北西へ向かって４ＷＤ車を走らせた。

東京テレビに入社して、初めての休暇らしい休暇だった。それまでは休みといえば、ロケＶＴＲを数日間徹夜で編集し、カンパケ明けの翌日、自室で夕方まで死んだように眠るくらいしかなかった。しかし「美人女子大生失踪事件」が高視聴率を記録したことで、部下をこき使うことにかけては容赦ない情報局長、室田源二もさすがに思うところがあったのだろう、

「玄一郎、褒美だ。明日からお前に二週間の休暇をやろう」と言ったのだ。

しかし室田がデスクに呼び出しそれを告げたのは夏真っ盛り、お盆の八月一三日である。これには玄一郎も、

「ちょっと待ってください。休暇をやろうっていったって、今からじゃどこの宿もいっぱいだし、新幹線も飛行機も満席ですよ」と抗議した。

するとと室田はニヤリと笑い、

「ところがとっておきの穴場がある」

と、ポケットからキーホルダーの付いた鍵を出して振ってみせた。

「俺の同期で藤吉吉太郎ってヤツがいた。残念ながら二年前に死んじまったがな。そいつが八ヶ岳に別荘を持ってる。俺たちは親友で、家族ぐるみの付き合いでな。女房同士は今でもちょくちょく会っていて、夫人は『東京テレビの若い方は、お仕事もハードでしょうから、いつでも好きに使ってください』と言ってくれている。どうだ、悪い話じゃないだろう」

「悪い話じゃないけどいい話でもないですよ。部長、休みをくれるなら飛行機の取りやすい九月にしてください」

「バカかお前は」

室田は言う。

「秋の改編前にテレビ屋が休めるわけねえだろう。嫌ならいいんだぞ、くそ暑い東京でずっと働いとけ」

「わかりましたよ」

玄一郎は室田からキーホルダーを奪い取った。

当然不満だったが、室田情報局長が口にした、藤吉吉太郎という名前が引っかかった。

藤吉は七〇年代に東京テレビで放映されていた、五分間の短い海外紀行番組を長年担当していたディレクターでありプロデューサーだった。局内で誰よりも世界各国、どんな小国も、危険地帯も歩いた男と言われた。同時に切れ者であり、出世街道を歩んでもおかしくはなかったが、四〇代の若さで早期退職してしまった。

その後は一転して日本の戦後芸能史研究に没頭し、母校の早稲田で特命教授として教鞭も執っていたそうだが、基本的には人前に出ることを嫌い、隠遁者のような生活をしていたと言われる。

玄一郎は八ヶ岳の手前、権現岳を右手に見ながらレンタカーを走らせ、休暇前に聞いたウルトラマン君島部長の言葉を思い出していた。

「そもそも藤吉さんが、最も日本人的な村社会の、芸能界というものと合うはずがなかった。彼もフリーディレクター時代は、歌番組や人気歌手の密着ドキュメンタリーなどを精力的に手がけていたんだ。ところがある番組を巡って、某大手芸能事務所の社長と決定的な対立をしたらしい。これが藤吉氏にとって大きなトラウマになったと聞いている。だから逆に、退職後は戦後芸能史研究に没頭したのだと思う」

「某大手芸能事務所社長との、決定的な対立って何です？」

「さあ、そこまでは俺も知らない。興味があったら室田のオヤジにでも聞いてみろ」

そう言ってから君島は、「ただな、玄一郎」と付け加えた。

「これだけは覚えておけ。テレビ屋は決して清廉な商売じゃない。そしてのほほんと生きられる安全なサラリーマン社会でもない。芸能界はある意味恐るべき社会だ。そして膨大な金と利権が動くだけじゃない。名誉欲だけでもない。何か得体の知れない魔物のようなものが、時として誰かに取り憑き突き動かす」

生真面目な性格の君島にしては珍しい、妙に芝居がかった物言いに、

「魔物が取り憑く、ですか。穏やかじゃないですね」

と、玄一郎は思わず少し笑ってしまったが、相手はにこりともしなかった。

「玄一郎、これは真面目な話だ」

君島は言った。

「戦前なら嵐寛寿郎に月形龍之介、原節子に山口淑子。戦後なら美空ひばりに市川雷蔵、勝新太郎、石原裕次郎――彼らが持っていた光は、どこか人間離れしていたと思わないか？　光があればそこには必ず闇がある。その光が輝かしければ輝かしいほど、闇は深く果てしない。その闇に触れた者は、時に命さえ落とす。運よく無事だったとしても、精神のある部分を致命的に損なうかもしれない。藤吉吉太郎のようにな」


八ヶ岳連峰西岳の麓、富士見高原のキャンプ場を過ぎたところで林道へ入った。沢と交差しながらうねうねと続く細い上り坂である。

ナビに従ってしばらく進むと、確かに車がぎりぎり一台駐車できるほどの砂利のスペースがあった。その脇に小さな丸太を埋め込んだ階段が下へ続いていた。五分ほど進むと沢の音がして、ここが別荘の水場なのだと理解した。確かに、悪いところじゃない。

橋を渡った先に階段が作られていた。急勾配を登っていくと、その建物は忽然と姿を現した。

「なるほど、これが変わり者の棲み家か――」

玄一郎はそう呟いてみた。確かに「変ちくりんな建物」だった。一辺四メートルほどの立方体、キューブが四つ、まるで失敗した「だるま落とし」のように右へ左へと歪みながら縦に積まれていた。ただしひとつひとつのキューブは丸太と板を駆使して、実に端正に造られている。形は妙だが、持ち主の住居というものに対する確かな哲学のようなものが感じられた。

そんな建物の中で何より玄一郎の目を惹いたのが、藤吉吉太郎が残したと思われる膨大な蔵書の数々であった。それらはリビングと寝室、その二つを繋ぐ階段の壁に至るまで、すべて作り付けの本棚が設えられ整理されて並んでいた。まるで小さな図書館のようだった。

内外の歴史書から始まり、哲学、文化人類学や民俗学の書。しかしなんといってもその蔵書の大半を占めていたのは、シェイクスピアからイプセン、テネシー・ウィリアムズに至る古典から現代劇の戯曲に、演劇評論、映画評論、演劇史、映画史に関する書物だった。ヨーロッパ映画、ハリウッド映画、日本映画に関しては、ページをめくるだけでも楽しい。

「こいつはすごいぞ――」

玄一郎は沸き上がる歓びにため息を漏らした。

翌日からは朝起きるとまずは沢沿いを散策し、４ＷＤ車で麓の町まで下りて食材を買い出し、カレーやシチューなどを作った。午後は珈琲を入れ、「さてと何を読むか」と藤吉の蔵書を眺め、気になった一冊をウッドデッキのベンチに寝そべり読んだ。眠くなるとそのまま昼寝をして、夜は沢で汲んだ冷たい水をチェイサーにして、読書の続きをしながら、ジムビームのブッカーズをストレートでちびちびと飲んだ。

酔いが回ると月を眺めながら東京の方角にグラスを掲げ、それから三日間は同じように過ごした。

四日目の遅い午後だった。玄一郎はアメリカのジャーナリスト、オットー・フリードリックの書いた「ハリウッド帝国の興亡―夢工場の１９４０年代」を胸に抱いたまま、ウッドデッキのベンチで目覚めた。「風と共に去りぬ」「ニノチカ」が作られた一九三九年から、共産主義撲滅のための赤狩りでチャールズ・チャップリンが追放され、イングリッド・バーグマンもイタリアのロベルト・ロッセリーニの元へと去った後のハリウッドまでを描いた、この抜群に面白い映画史を読みながらも、いつの間にか眠ってしまったようだ。

そして半分夢心地の目に入ってきたのは、細い丸太で作られた階段だった。

どうして今まで気づかなかったのだろう？　この山荘を初めて見上げたとき、玄一郎は四つのキューブが重なっていることを確かに認識していた。しかし三階の寝室には上に続く階段がなかったので、その存在をすっかり忘れていたのだ。

この上には何があるのだ？　玄一郎は本を置き、四階部分へと続く外階段へ近づいた。

三階部分の屋根に上がると、正面に重そうな木のドアが、二つの小さな窓に挟まれてあった。錆びて今にも朽ち果てようとしていた。軽く引いただけで、ドアはあっけなく開いた。

正面には部屋の端から端までを渡す一枚板のデスクが設えられ、中心には旧式のパソコンが置かれていた。壁には寝室やリビング同様、作り付けの本棚があり、ただしそこに並んでいるのは書物ではなくスクラップブックや資料のようだった。

玄一郎はひと目で、ここが別荘の主が最も好み愛した場所だったことを理解した。藤吉吉太郎はこの書斎で研究に没頭するため、そのためだけに人里離れた山奥に、こんな奇妙な建物を造ったのだ。

一歩足を踏み入れると、目の前にあったのは、白いアップルの旧式パソコン「Power Macintosh 6100」だった。

コンピューターの正面にある革張りの椅子に腰を下ろしてみた。

「――ずいぶん旧いＭａｃだな、いったいいつ頃のだ？」

そして気がつくと、自分の意思とは別に、誰かに背中を押されるように右端のパワーボタンを押していた。「ジャーン」というＭａｃ特有の音が鳴って、コンピューターは気が抜けるほどあっさり起動した。

ただしそこからが長かった。いつまで経っても画面が移り変わらない。

やがて永遠とも思える長い時間を経て現れたのは、デスクトップ画面ではなかった。書類だった。長文が書き連ねられたファイル。ワードや一太郎ではない、おそらくテキストエディタだろう。玄一郎はマウスを操作し、プルダウンメニューを見た。「保存」の文字があった。

どういうことだ？　わからない。そもそもこの文章を書いていたのは藤吉吉太郎なのだろうか？　室田情報局長は、藤吉氏は二年前に亡くなったと言っていた。コンピューターの機種から察するにこの文章は一〇年近く、ひっそりと誰かの目に止まることを待ち続けたことになる。

そんなことを思い巡らせているうちに、玄一郎は再び自分の意思とは別に、プルダウンメニューの「保存」を押していた。文章はハードディスク内に確かに「保存」されたようだ。そこで今度は自らの意思で、書類を閉じてみた。真っ白な味気ないデスクトップに、ひとつのアイコンが残った。そこには「帝国の興亡」と記されていた。

さっきまで、俺が読んでいた本と同じ題名じゃないか？

そう思いながら再びファイルを開いてみた。

「帝国の興亡――芸能アンダーグラウンド史」というタイトルが現れた。

作者名はなかった。

B

翌日から、玄一郎は簡単な朝食をとると、四階の書斎に籠もるようになった。

そして「帝国の興亡——芸能アンダーグラウンド史」を読み耽った。本文とは別に、作者が後から加筆しようと思っていたのだろう、欄外に細かく注釈らしい番号が振ってあった。やがてそれが、デスクの上部を占めるスクラップブックの番号や蔵書のページと連動していることに気づいた。そこには戦前からの新聞各紙の、かなり細かい芸能記事までが神経症的な律儀さで整理されていた。玄一郎はノートとボールペンを買い、メモを取りながら読み続けた。いつの間にか、休暇という文字が頭から消えていた。

そこには、戦前戦後から近年までの芸能史・ラジオとテレビの放送の歴史が稀な情報も満載にギッシリ書き込まれていた。戦後経済復興の中でそれまで娯楽の王者だった映画がアメリカの戦略と支援を受けた新興勢力のテレビジョンに抜かれてゆく過程——ここまではメディア世界の詳細な「前史」であり、言わば「裏の物語」が始まるまでの「表の歴史」である。

そして本章が始まると戦後のあるひとりの人物にフォーカスされていく。いや、その男の一代記と言っても間違いはなかった。名を道明寺壮一という。日本の芸能界を、現在でも陰で支配する「ドン」である。

道明寺壮一の生い立ちは謎に包まれている。生年は昭和二年としかわからない。北関東の某地方都市で江戸時代から続いた老舗料亭の一人息子という説もあれば、東北の貧農の出と証言する者もいる。運よく戦争に出征することはなかった。

マスコミの取材等を受けることは一切ないが、道明寺の経歴がわずかながらも辿れるようになるのは戦後である。現在の代々木公園やNHK放送センターにあった在日米軍施設「ワシントンハイツ」にルームボーイとして出入りし、ベッドメイクや軍服のプレスなどをした。その際「若い米兵からスウィング期を代表する名ドラマー、ジーン・クルーパのSP盤をもらった。それが私の芸能の原点」と語ったという話が、なぜかまことしやかに伝えられている。

ただしアルバイトのドラム奏者として米軍キャンプ回りをしていたというのは事実のようで、後に進駐軍クラブで演奏する音楽関係者が、「ヤツは基本的なフォービートすらまともに刻めなかった」と証言している。

道明寺壮一の履歴が、さらにはっきりするのは昭和二四年からである。彼はその年、戦時中は右翼活動家で、戦後自民党の代議士に転じた春日井真樹夫の秘書となる。春日井は日中戦争に乗じて一九三八年に大陸に渡り、日本海軍のハワイ真珠湾攻撃の直前より、中国でラジウム、コバルト、ニッケルなどの戦略物資を仕入れ売買して巨万の富を得た人物。その財力を使って政財界で暗躍、「昭和のフィクサー」とも呼ばれる。

そして春日井はラジウムなどを得るため中国のアヘンから合成したヘロインを売っていたという説がある。これが事実なら戦前から既にアンダーグラウンドな世界に足を踏み入れていたことになる。

道明寺が本格的に芸能界に関わるのは昭和三〇年、元浪曲師だった人気演歌歌手のマネージメントを手がけたことに始まる。なぜ右翼系代議士の秘書が演歌歌手のマネージャーに転じたかには明確な理由がある。歌手の興行、特に地方公演は任侠団体が仕切るのが通例であった。美空ひばりが属していた「神戸芸能社」が、山口組三代目組長・田岡一雄の経営であったことはよく知られている。この任侠が興行を仕切るシステムは戦前はおろか江戸時代まで遡るものであって、ルポライターの竹中労は「(任侠・ヤクザの)生業と呼ぶべきものだ」とまで断言している(『芸能の論理』より)。

春日井真樹夫は元々北九州小倉に本拠地を置く任侠団体の構成員から右翼に転じた人物であり、代議士になってからも随所でその威力を行使して権力を拡大した。若手の人気浪曲師だったその歌手が中央に進出したのも、春日井の威光があったからこそであり、道明寺が立ち上げた芸能事務所は、言わば任侠団体の「企業舎弟(フロント企業)」だったわけだ。

まずは「街頭テレビ」から始まったテレビジョン放映だったが、昭和三四年の皇太子殿下と美智子様の御成婚パレード生中継、長嶋茂雄の天覧試合ホームランあたりから勢いを得て、昭和三九年のカラー化の頃から、いよいよテレビは日本人にとっての娯楽の王様となる。この躍進とシンクロナイズして、芸能界における道明寺壮一の権力は雪だるま式に拡大した。

というのもテレビ局は基本的にスポンサーからの広告収入で成り立っている企業であるが、おしなべて言えば芸能人やタレントたち全員に、決して法外なギャランティを支払えるわけではない。それに比べ特に歌手の場合、コンサートやリサイタル、営業と呼ばれる地方巡業とレコード販売などがむしろ大きな収入源となる。そこで大切なのが全国的な知名度だ。これに全国テレビ放映は絶大な威力を発揮した。特に昭和二八年から「ＮＨＫ紅白歌合戦」のテレビ放映が始まり、昭和三四年からは「日本レコード大賞」が開催されるようになった段階で、日本の芸能界システムは確立したと言っていい。

そこで道明寺壮一が行ったのは、斜陽になった映画界からスターを引っ張って来ることだった。

日本映画は昭和三三年をピークに、観客動員数は減り続けた。道明寺が最初のターゲットに選んだのが、とある任侠映画俳優だった。田園調布に豪邸を建設するも、映画の仕事が減り、「ヤクザ映画役者」というイメージが定着していた彼は、テレビ俳優にスムーズに転身出来ず金に窮していた。しかし、任侠映画の大物俳優は一年でも先輩であれば神の如き存在になる階層社会の「芸能界」に大きな影響力を持つ。そこでひとりの腹心を某中堅企業の経営者と偽って送り込み、懇意にさせる。

銀座や祇園で接待し、カラオケなどなかった当時のこと、生バンドの入った店に連れていき唄わせ、「あなた、歌をやってみませんか」と持ちかけた。任侠の俳優は歌唱力があったわけではないが、出征経験もある彼の唄う演歌は戦中派のノスタルジーを刺激し、日本レコード大賞特別賞を受賞。地方公演はどの地でも成功を収めるものの、一生ヤクザ組織との関係は切れなかった。

その俳優にとっての不幸、道明寺の幸運は、昭和二八年に俳優・鶴田浩二が暴力団・山口組三代目の組員に襲撃・暴行を受けるという事件があったことだ。これによって芸能界に「山口組・田岡一雄の機嫌を損ねると恐ろしい目に遭う」と恐怖を植え付けることとなったわけだが、任侠にバックグラウンドを持つと認識されていた道明寺はこの暴力事件を巧妙に利用した。

ここに来て、テレビと興行の双方を手中にした道明寺と彼の芸能事務所が、そのシステムの中枢を掌握するのはほぼ確定した。なぜなら彼ほど日本全国の興行網を実際に仕切っている任侠団体を、変幻自在に調整出来る者など皆無だったからだ。

特に道明寺は、映画は前世紀の遺物であり、そこに何の文化的な価値も金銭的な旨味もないと考えていた。だから彼にとって映画スターなどは、過去の栄光でドサ回りをさせて荒稼ぎさせる消耗品でしかなかった。この点がクレージーキャッツや植木等の主演映画の製作に意欲を燃やした渡辺プロダクションの渡辺晋や、山口百恵を歌謡界のみならず映画界においてもスターに育てあげた、ホリプロの堀威夫とは決定的に違うところだった。

彼は夢を見ない男だった。信じるのは、テレビの強力な波及効果だけだった。

ゆえに道明寺は、自社タレントのテレビにおける人気獲得に関しては手段を選ばなかった。高視聴率番組のプロデューサー、ディレクター、各賞レースの審査員に対しては、金、女、厄介事を迷うことなく行使して圧力をかけた。

某局の敏腕プロデューサーで、道明寺の意向を一切聞き入れない人物がいた。彼は新時代の天才を自称し、道明寺の事務所の演歌歌手たちを、時代遅れのドサ回りタレント、キー局の番組に出す価値など皆無と公言していた。

するとある日、一七歳になるプロデューサーの息子がバイクを運転中、大型トラックに幅寄せされて転倒し大腿骨を骨折した。事故は道明寺の部下の仕業と噂され、プロデューサーは震え上がって道明寺の意向に従った。「帝国の興亡──芸能アンダーグラウンド史」には、同様の事件が幾つか書き綴られている。

玄一郎のいる東京テレビの事例もあった。昭和五〇年代のことだが、制作局のディレクターの大学生の娘が突然失踪する。彼は道明寺の事務所のマネージャーと対立していたという噂があった。ディレクターは警察に通報したが、捜索しても行方知れずで、途方に暮れたが五日間ほど経ってディレクターがマネージャーの指示に従った二日後、ディレクターの娘は両手両足を拘束され監禁されていた真っ暗なマンションからバンに乗せられ深夜の代々木公園で解放され、交番に駆け込んだ。

ただ不思議なのは、ディレクターが万が一と思い役所で調べると、そのマンションの部屋が道明寺の関連会社の所有であったにもかかわらず、警察が調べなかったことだ。

「警察と道明寺が裏で何らかの繋がりを持っていたら……」と想像するとディレクターは戦慄した。これ以降、彼は道明寺の言うなりになってしまったのである。

どの事件も解決されず因果関係もあやふやなため、そのぶん誰もが道明寺を「触らぬ神」として扱うようになった。

七〇年代の半ばからニューミュージックの時代が来ると、道明寺は演歌の世界からあっさりと身を引き、版権ビジネスに乗り出していく。芸能界の仕組みに疎いフォークソングやロックのミュージシャンに部下を接近させ、青田買いして原盤権を取得するのだ。そして八〇年代になって彼らの楽曲が次々とミリオンセラーを記録するようになると、道明寺壮一の地位は不動のものとなった。

道明寺は芸能界で相当な暗闘を繰り返して来た男だが、実際に会った人間によると温厚そうに見えるという。それに道明寺は〝人たらし〟の名人でもあった。普段から情報網を張り巡らせていて、テレビ局の将来有望そうな若手プロデューサーやディレクターなどを見つけると、局長などを通して食事に誘う。局長と若手社員が約束の時間の数分前に行くと、道明寺は既に店の玄関の前で待っていて、彼らに深々とお辞儀する。都内の高級料理店を貸し切りにした食事が終わると、酒を飲んで饒舌になった若手社員の話をじっくり聞き、最後は丁寧にお礼をして手土産を自ら渡し、用意したハイヤーで送り届ける。

世話になっている業界関係者の冠婚葬祭には必ず花と共に道明寺の遣いが現れ、身に余るほどの額の祝儀や香典が届けられる。硬軟使い分ける老獪な道明寺にもう、誰も逆らう者はいなくなった。というよりも、言うならばもう、道明寺は人智を超えた存在になった——と、「帝国の興亡——芸能アンダーグラウンド史」の作者は記している。

そこまで読んで、玄一郎は軽い眩暈のようなものに襲われた。

道明寺壮一という男は、果たして何のためにこのようなビジネスを押し進めてきたのだろう。確かに巨万の富を得たかもしれない。絶大な権力を手中に収めたかもしれない。しかし、それで彼は幸せなのだろうか。

藤吉太郎も——この文章を書いたのが藤吉だとして、だが——何のためにこれを書き記したのだ。彼は何を、誰に訴えようとしたのだろう。

「帝国の興亡——芸能アンダーグラウンド史」の第一部は、道明寺は現在京都に居を構え、ほとんど誰とも会うことなく暮らしていると書かれ終わっている。存命であれば、現在八〇歳近い年齢のはずだ。

そして文章が書かれた当時の勢力図は、「四大ドン」と呼ばれる四つの芸能企業の力関係によって、ギリギリの均衡が保たれているという。俳優、アイドル、歌手、文化人までを擁するA社とB社。人気モデル、女優が数多く所属するC社。司会者、コメンテーター、関東のお笑い芸人を多数マネージメントするD社。もちろん、力関係で四大ドンの傘下に入る必要のない、影響を受けない大手芸能事務所も数社ある。

ただし、芸能界の複雑なパワーバランスの中で最も強力な力を持つのは道明寺壮一である。彼は京都にいて一切人前に出ず、マスコミに登場することなくビジネスの現場に立つこともなく、今もまるで遠隔操作のように、巨大な芸能界を手のひらに乗せている。

玄一郎はひどい疲労を覚えていた。この四階の部屋を見つけてから三日が経っていた。毎日朝からディスプレイに浮かび上がった文字を追い、スクラップブックをめくり、熱中してノートにメモを取った。

「俺は何をしているんだ――」

大学ノート三分の二ほどに綴られたボールペンの文字を眺め、少し驚きつつ呆れていた。本当にこれは俺が書いたものなのだろうか。まるで自動書記じゃないか。ウルトラマン君島部長が言ったように、自分もまた、何かに取り憑かれていたのではないか。

玄一郎はノートを閉じ、「Power Macintosh 6100」のパワーボタンを切った。コンピューターは人が「あっ」と小さく呟くような声を上げ、次の瞬間、ディスプレイは一切の光を失った。

沈黙だけが残った。

夢を見ていた。

そこは戦時中のニューギニアだった。

玄一郎は人を殺そうと思っていた。いや、殺すと強く心に決めていた。

それにしても暑い。しかもひどい湿気だった。玄一郎はカーキ色の略帽を被っていたが、額から汗が滴り顎をつたって足元へ落ちた。上着は軍隊では熱地用被服と呼ばれるもので、七分袖の夏用襦袢だ。その胸元から背中までが、やはりぐっしょりと汗で濡れていた。

場所は熱帯雨林の中にぽっかりと空いた、小さな広場のような空間だった。数棟の兵舎を繋ぐ渡り廊下があり、玄一郎はその外れの便所の中にしゃがみ、息を殺していた。相手は必ずそこから見える場所を歩くはずだった。

足元で何かが動いた。全長二〇センチはあろうかという巨大なムカデだった。つま先から這い上がろうとしたので、軍靴で踏みつけた。緑色の液体が飛び散った。それを舐めてみようと思った。死んだムカデの体液を舐めれば、気合いが入るとなぜか思った。人差し指ですくって舌の上に乗せると、口内に痺れるような苦みが走った。

そのときだった。兵舎のドアが開き、アセチレンランプの光が渡り廊下に伸びた。ひとりの男が出て来た。いつの間にか、霧のような雨が降り出していた。光はその霧雨に反射して、何か神々しいものが空から落ちて来たように見えていた。

狙う男が廊下を歩いて来たので、そっと便所を出てその壁に身を寄せた。相手が通り過ぎ、背中を向けるまで待った。長い長い時間だった。やがて背中が見えた。

男は昭五式布袴と呼ばれるカーキ色の上着に足元は編上靴、腰に帯革を巻き十四年式拳銃嚢を下げ、左手に五式軍刀を握りしめていた。

軍刀を手にしていたのは想定外だった。けれど、注意深く背後に接近すれば問題ないだろう。玄一郎は刃渡り五〇センチほどの銃剣を握りしめて廊下へ出た。

相手は、こちらのすべての動きをあらかじめ知っていたように、実に自然に立ち止まった。ゆっくりと振り返る。兵舎のドアが開けっ放しになっていたのだろう、ランプの光が霧雨に反射して男の顔を照らし出した。

道明寺壮一は、想像していたよりも何倍も端正な顔立ちをしていた。ほっそりとして顎が尖り、切れ長の目は潤んでいるようにも見えた。背が高い。何より若かった。夢というのは不思議なものだ。玄一郎は、そうか、今は太平洋戦争末期だから、彼はまだ若いのだと妙な納得の仕方をする。

道明寺は銃剣を構えた玄一郎を真っ直ぐに見つめていた。その表情には恐怖も驚きも、悲しみさえもなかった。この男の心はまるで深い森の奥にある泉だ、そう思った。もしも感情というものがあったとしても、誰も辿り着くことは出来ない。

「私を殺しに来たのか?」と相手は問うた。

玄一郎は相手を見つめて頷いた。

「なぜ私を殺したいと思うのだ」

「お前が俺の、大切な人を汚したからだ」

自分の発した声に驚いた。それはかすれて聞こえづらく、まるで喉が血を流しているようだった。

若き日の道明寺壮一は、一度天を仰ぐように霧雨に顔を向けてからもう一度、玄一郎を見つめた。

そして、「忘れたのか」と諭すように呟いた。

「何を、だ？」

そう問うと道明寺は、

「やはりそうだったのか」と呟いた。

彼の顔に、初めて感情が浮き出た。それはまるで深い森の奥にある泉の、澄み切った水底から汲み上げたような声だった。

「お前の大切な人を汚したのは、お前自身だったのだぞ」

胃袋の裏側から、恐ろしい記憶が津波のように押し寄せて来た。彼の言う通りだった。

「いいか、佐藤玄一郎よ。忘れるな」

道明寺は言った。

「お前の母親を汚し、そのうえ見殺しにすることで生き延びたのは、お前自身なのだ――」

そこで目が覚めた。

自分が誰で、ここはどこで、今がいつなのかしばらく理解出来なかった。

玄一郎は三階のウッドデッキにいて、フリードリックの「ハリウッド帝国の興亡―夢工場の

1940年代」を胸に乗せ、ベンチで仰向けに寝ていた。

玄一郎はゆっくりと身を起こした。もちろん、四階に続く階段はあった。二日ぶりに上ってみた。そこには白いアップル純正一六インチディスプレイと「Power Macintosh 6100」があった。

やはり、あれは夢ではなかったのだ。ゆっくりと革張りの椅子に腰を下ろしてみる。ただ、パワーボタンを押してもMacは起動しなかった。何度か試してみて、念のため電源プラグをコンセントから抜いて、もう一度差し直してもみた。しかし、それは二度と起動音を発することはなかった。

そこで初めて、玄一郎は藤吉吉太郎の意思を理解したような気がした。そして「帝国の興亡──芸能アンダーグラウンド史」を書いたのも、かつてのテレビマン・藤吉吉太郎だったに違いないと確信した。しかし彼はある日、自らのとても強い意志で封印したのだ。

藤吉吉太郎は九〇年代のある日、長年にわたる自らの研究をすべて捨てたのだ。だからこの四つ目のキューブのドアに鍵をかけ、山を下りた。そして死ぬまで二度と、ここには立ち寄らなかったのだ。

もしも何か、藤吉の固い決心をくつがえす別の力が働いたとしたら、それはこの古びた「Power Macintosh 6100」の意思だろう。彼は約一〇年、来訪者を待ち続けていた。そして三日間だけ目を覚まし、玄一郎に何かを伝え、自らの役目をすべて終えたと納得すると、持ち主と同じように永遠の眠りについたのだ。

玄一郎は部屋を出て沢まで下り、三日間何かに取り憑かれたようにメモを取った大学ノートを焼いた。煙が空へ向かって立ちのぼり、その黒い灰が流れ去っていったのを見届けてから、彼も山を下り、東京の喧噪へと戻っていった。

C

玄一郎はテレビマン生活に戻り、快調に活躍を続けた。いや、続けるはずだった。「美人女子大生失踪事件」以降も、ワイドショー内で彼が手がける事件報道は好調で、夕方のニュース番組やプライムタイムの報道番組からもＶＴＲ提供やコメント出演を求められた。後から聞かされたのだが、このとき実は内々に報道局社会部の部長が、玄一郎を引っ張ろうと画策していたという。

社会部とは主に国内の事件・事故・社会問題を扱う部門。「泥の中で泳ぐような」情報局とは違って、まさに報道のメインストリームである。もしもそのとき社会部にスカウトされていたら、玄一郎は青雲の志そのままに、硬派な映像ジャーナリストになっていただろう。

ところがそうはならなかった。ある日突然、海外ドキュメントバラエティ番組のロケディレクターを命じられ、一年半で世界二〇カ国を回るはめになるのだ。そう、あの「地獄のカリブ海ロケ」を含む、アジア、アフリカ、南米諸国を低予算と身の危険を抱えながら命がけで巡る、超過酷ロケ番組である。この背景には、局内のお家事情があった。

当時、東京テレビは虎ノ門に豪華な二六階建ての第二社屋を建てようとしていた。フジテレビ本社ビルの竣工から早一〇年、東京テレビの第二社屋建設計画は、明らかに出遅れたスタートであった。定例の社長会見の際、気鋭の若手経済評論家から「現状で東京テレビがそのような無謀な巨額投資に踏み切るならば、番組制作費までも削減しない限り投資家には絶望感が広がるだけだ」という意見が述べられる。

これは若手の論客として知られるその三〇代のアナリストがよく使う、皮肉を含んだパフォーマンス発言だったのだが、東京テレビ代表取締役社長の中林晋太郎は明らかに動揺し言葉に詰まるという失態を演じた。

案の定、東京テレビの株価は下落の一途を辿り、件の会見の二カ月後には、若手経済アナリストが予言したように、局内では制作費の一律一五パーセントカットが決定され、番組制作費の大規模削減プランが発表された。

そこに現れたのが、制作局で主にバラエティ番組を手がけていた統括プロデューサー、武井修という人物だった。

当時、他局の海外ロケ番組「世界を大冒険！フチまで旅しよう」が大ヒットしていた。そこで「ウチでも同じような番組を作れ」という編成局からの無理強いに、武井は「大発見！世界を覗こう」というパクリ番組を企画。尚かつ「予算は本家番組の四分の三で制作する」と宣言したのだ。

局の上層部に対する、武井プロデューサーのあからさまなスタンドプレーであった。実際、制作に関わる者からすれば無茶苦茶な話である。しかしテレビ局という魑魅魍魎の世界では、武井のように特に人徳もなく能力もなく、人脈もない人間が、上の顔色を窺い出世を目論んでこういう手段を使うのはよくある話だった。

武井は東京テレビ入社以降、ディレクター時代はこれといったヒット番組を作れなかった。そして三五歳のとき「自分にはモノ作りの才能はない」と見切りを付けて管理に徹したプロデューサーに転じ、組織の階層を上っていくことを決めた。

テレビ局には「テレビマン三五歳限界説」と言われるものがあり、それまでに何かを成し遂げなかった者は人事異動の対象になるとまことしやかに囁かれていた。武井はまさに、その説の通りに世渡りを図ったわけだ。

とはいえテレビ局とは本来、報道とエンターテインメントの企業である。予算縮小といってもまずは通常のバジェットで番組を始め、徐々に無駄を省いていくべきであった。しかし営業畑出身の中林社長は、「今やテレビ局も投資家を尊重する一流企業であるべし」とことあるごとに訓辞をたれ、自身は社長室に置かれたパソコン画面に向かい、日がな一日株価の推移に一喜一憂していた。

当然局内には不満がくすぶる。

情報局でも同僚ディレクターたちが三田の本社から離れた神楽坂や四谷界隈の居酒屋の個室で、夜な夜な秘かに愚痴を言い合っていた。会社中で同様の集まりがたくさん開かれていた。しかし社長の決断に対しては、一般社員などまったくの無力であった。

一方の武井プロデューサーは大手番組制作会社から、あの「ミス・無責任」こと岸本妙子をプロデューサーに雇い入れる。他人の痛みというものを感じる能力に欠如した岸本女史ほど、この予算削減プロジェクトに打ってつけの人材はいなかった。武井はすべてを岸本に任せ切りにし、自分は毎回のロケがどれだけ安い経費で上がったかという報告だけを受けていた。

結果「大発見！世界を覗こう」のディレクターたちは、毎回ＡＤなし、通訳なし、コーディネーターも極力なしという過酷な状態で、世界の果てまで飛ばされることになる。

しかも一回のロケで二カ国、三カ国回るのは当たり前。スタッフも二流のフリーランスや、運転資金が欲しい弱小制作会社しか雇えず、当然、実力の不確かな部隊なのでロケＶＴＲの出来は悪い。

そこで白羽の矢が立ったのが、情報局のワイドショーディレクターとして飛ぶ鳥を落とす勢いの佐藤玄一郎だったというわけだ。

さすがの武井プロデューサーも、予算の削減には成功したものの視聴率が上がらなければ本末転倒だと気づいた。そこで仕事の出来る自社の人間を投入したのだ。何しろ正社員の玄一郎ならば、外注スタッフと違ってギャラが発生しない。しかも悪いことに玄一郎は慶應時代、英会話研究会にいたため英語が不自由なく話せる。

しかし玄一郎ひとりですべてのロケを担当出来るはずもなく、視聴者の目は厳しかった。一部に「大発見！世界を覗こう」好きと称する熱狂的ファンはいたものの、その他の知恵のない手抜きロケはやがて飽きられ、結局番組は一年半で打ち切りとなった。

ただ、二〇カ国以上にわたる過酷なロケが、玄一郎に度胸と臨機応変さを植え付けたのも確かだ。当初は最悪の番組に配属させられたと憤ったものの、その悪条件は彼の能力を飛躍的に向上させた。モノを作る人間、特にテレビマンにとって「最悪の条件」を「運が悪い」と嘆くか、「かえって経験を積める」とプラスに変えるかは本人次第なのだ。

二〇〇八年、梅雨の季節だった。「大発見！世界を覗こう」の番組終了打ち上げパーティーは、赤坂一ツ木通り沿いの地下フロアにあるフレンチレストランを貸し切って行われた。制作局の幹部から番組MC、レギュラータレントに各制作会社の社長からADまで、この番組に関わったすべての出演者とスタッフが勢揃いし、情報局からも室田局長と君島部長が参加していた。

まずは壇上に統括プロデューサーの武井修が立ち、乾杯の前の挨拶でこう語り始めた。

「私はこの番組を心から愛していました。今はただ悔しさでいっぱいです。また、同じスタッフと番組がやりたい。いいえ、いつか必ず、同じ仲間で素晴らしい番組を作りましょう」

声を震わせ、目に涙まで溜める名演技だったが、冷笑すら起きなかった。

「お前のせいでいったい何人が地獄を見たんだ――」

そんな白けきった空気が会場には充満していた。

玄一郎はシャンパングラスを片手に、ウルトラマン君島部長と並んで立っていた。君島部長に、前々から聞いてみたかったことを尋ねてみた。

「部長は僕がこの番組に引っ張られるのを、反対しなかったんですか？」

君島は「おいおい、玄一郎。俺のことまで恨んでいるのか」と苦笑した。

「そうじゃないですけど――」

「この番組で君はディレクターとして鍛えられ、格段に実力を伸ばした、それを誰より感じているのは玄一郎、君自身じゃないのか」

　確かにそうだった。あのままワイドショーの事件報道を続けていたら、自分は小さくまとまっていたかもしれない。悲しいかなワイドショーには、日本人気質、島国根性の縮図のようなものが否応なくある。事件、スキャンダル、ゴシップ、芸能人の恋愛沙汰、そして不倫。自分より幸せな人を見て羨み、不幸な人を見て安心する。自分自身は少しも向上することがない。その点「大発見！世界を覗こう」は条件としては最低のロケ番組だったが、玄一郎をまだ見ぬ世界へと連れ出してくれた。かつて沢木耕太郎に憧れ自分も「深夜特急」に乗った。そこで様々な国を見たつもりだったが、それは所詮、学生の貧乏旅行体験に過ぎなかった。

　実際にその国で仕事として撮るべき映像を探し、日本で受け入れられるエンターテインメント番組に仕上げようとすれば、そこにはまったく新しい論理や、孤独で過酷な状況でギリギリの決断をたったひとりでする判断力、そして運までを引き寄せるクリエイターとしての強烈なパワーが要求された。

「ただな、玄一郎、この際だから正直に告白しとこう。室田局長からこの話を聞いたとき、俺が反対しなかったのは確かだ。むしろ大賛成で送り出した」

「ちょっと待ってください。室田局長からってどういう意味です？」

「何だ、知らなかったのか」と君島は呆れたように笑う。

「すべては室田のオヤジの画策さ。あの武井プロデューサーに、君を情報局から引っ張って来ようなんて機転が利くはずないだろう」

迂闊だった。言われてみれば確かにそうだ。

「制作局で格安予算の海外番組を立ち上げるという話が持ち上がったとき、室田さんが真っ先に『ウチの佐藤玄一郎を』と裏で動いたんだ。武井くんは当然歓んだよな、社員は人件費を番組予算から出すわけじゃないから、玄一郎を極限まで酷使出来る。我が情報局は制作局に大きな恩を売ったわけだ」

玄一郎は室田局長の姿を探した。立食パーティーだが隅に幾つかテーブルも用意されていた。室田はその片隅に陣取り、いつもの苦虫を嚙みつぶしたような顔で、ひとり生ハムメロンを食っていた。

「ついでにもうひとつ教えとこうか」

「まだあるんですか」

「『美人女子大生失踪事件』の後、報道局社会部が君の獲得に動いたのは知ってるよな。あれを全力で阻止したのも室田のオッサンだ。そのうえで、今回の過酷海外ロケ番組へのコンバートだ。まあ、部下に見事な〈研修〉をさせるもんだとさすがの俺も舌を巻いたよ。ただし『せいぜい二年以内に情報局に戻してくださいね』と制作局長に釘は刺したがね」

「ちくしょう」

室田は今、生ハムメロンを食い終わり、デザートのチョコレートケーキを頰張っていた。タヌキは甘党だったようだ。

「ただな、玄一郎」と君島は続ける。

「悲しいかな俺たち人間てのは、痛い目に遭わないと成長しないものだ。そう思わないか。特にテレビというものは毎週否応なく放送がやって来る。この切れ目なく続く厳しいコンテンツ制作には、〈才能〉だけではやっていけない局面が必ずやって来る。これが映画監督や小説家と大きく異なる点だ。俺たちテレビマンには、放送というルーティーンワークに耐えるだけの胆力と、愚鈍なほどの粘りが必要不可欠なんだ。現場をすべて制作会社任せにしていたら、実力は蓄えられない。よく物知り顔の識者やテレビ業界通と名乗る人々が、『テレビ番組はそのほとんどが外部の制作会社が企画制作している。局の社員はただ何もせず威張りくさっているだけ』などとしたり顔でコメントしたり記事に書いたりするが、少なくとも俺たちは長年、社員を最前線にどんどん放り込んで来た」

玄一郎は、番組をすべて外部業者に丸投げなどしたらコントロールも利かないし、士気もクオリティも下がると考えている。ただし武井プロデューサーのような御仁が現れるに至り、その伝統にも影が差して来たのかもしれない。逆に言えばウルトラマン君島や室田局長のような人物は、昔気質のテレビマンということになるようだ。

D

夏が過ぎ、玄一郎の新しい仕事が始まった。海外ドキュメンタリーである。情報局内では、最もレベルの高いミッションでもあった。

秋の改編でウルトラマン君島が、日曜午前一〇時より放映されている「サンデーワイド」の統括プロデューサーとなった。これは一週間のニュースを解説しながら、後半で展開される政治家の討論コーナーが目玉の硬派なワイドショーだ。そこに、月に一度約三〇分、玄一郎の担当する海外ドキュメンタリーが放映されるのだ。

君島が名付けたコーナータイトルは「GENリポート」。玄一郎の名と「〈現代〉に深く切り込んでいく」のダブルミーニングだった。

視聴率も高く、提供スポンサーが大企業で予算も潤沢だったが、玄一郎はあえて少人数のスタッフ編成でゲリラ的な撮影スタイルを取った。彼の脳裏にはマイケル・ムーアの「ボウリング・フォー・コロンバイン」（二〇〇二年）や、「華氏９１１」（二〇〇四年）があった。アポイントメントなしに取材対象へ突き進んでいくその画面には、どんなに巨額な製作費を投入したハリウッド映画でも勝てない、息の詰まる緊張感があった。

第一回のテーマは「アメリカ、最新カード地獄事情」。

二〇〇〇年の大統領選挙の際、とあるクレジットカード会社から共和党ジョージ・W・ブッシュ陣営に多額の政治献金があった。それによって合衆国大統領行政府は同カード会社に優遇措置を取った。老人や年金生活者、大学生にもカードが発行出来るよう、審査基準を緩和したのだ。

しかし一方で代金やローンの支払いが遅れたときの遅延金は三〇パーセント以上という法外な額になる。カード会社としては、別のローン会社が肩代わりするので痛くも痒くもない。サブプライムローンと同じ図式だった。

当然、全米各地で問題が勃発する。玄一郎はカード会社の元幹部を見つけ出し、カメラの前でその実態を暴露させた。被害者の様子も生々しく描いた。中西部、ミネソタ州やイリノイ州には収入もないのにクレジットカードを七枚、八枚と持っている大学生が何人もいた。そして彼らにやがて起こる悲劇を追った。アメリカという、資本主義が行きついた国で起こった想像を絶する事態のリポートだった。

第二回のテーマは「独裁国家は悪なのか？」。

独裁国家として悪名高いアラビア半島の、とある小国に潜入取材を決行した。日本に大使館がないので、玄一郎は放送しても抗議は来ないと踏んだ。日本では極悪非道と言われる独裁者ムスタファ・タジールが統治するその国、産油国のパンダールは、地獄のような国と考えられていた。

しかし、玄一郎たちが潜入してみると市場では豊富な食料があり、人々は明るくほがらか、健康保険など社会保障も充実、住宅もしっかりしている。外交も上手いので、過剰な軍備もしていない。国民の声を聞くと「不安定な中東にあって、とても生活が安定している」という声がほとんどだった。

ただし、為政者・タジールに対する批判は取り締まられ、情報統制がなされているのは確かだった。「独裁国家＝悪の枢軸国」と考えていた日本の視聴者には大きな反響を呼んだ。人間の持つ、「見たことがないものを見てみたい」という欲求を満足させるドキュメンタリーだった。

そして第三回「日本人の知らない国際兵器産業の闇」。

欧米の武器産業に関するリポート。中東のある裕福な国では、兵器調達に国防大臣の息子が責任者となっている。彼は欧州の兵器会社から、カスタムメイドの巨大旅客機・エアバスを一機もらい世界中を旅する。ロンドン、パリ、ニューヨーク、ドバイ。玄一郎はとある総合商社の石油部門ルートを通じて交渉し、「日本だけの一回限りの公開」という条件で、息子から同行取材の許可を得る。旅客機に同乗しながら各国の兵器産業を描いていく。

息子の「東洋の友人」と紹介された玄一郎は、小型カメラで禁断の取引現場を取材した。驚くほどの金額が動く。そして国防大臣の息子には巨大なダイヤモンド他、貴金属を含む数々の貢物が贈られる。

一方で別班がアフリカでこれら欧米の兵器や銃器がどのように使われているかを取材した。圧政に苦しむ民衆が毎日女子どもの区別なく、政府軍の兵士に虐殺されていた。アメリカのマサチューセッツ工科大学教授の「欧米の経済はもはや軍需産業なしには成り立たないのです。だから、戦争は定期的に起こらなければならない。兵器の在庫を一掃セールするためです」というひと言が強烈だった。


さらに第四回は「ウォータービジネス〜世界の水が多国籍企業に独占される日」。

水の汚染と水不足は、世界で深刻化している。配管が管理され、何の心配もなく水道の水が飲める日本とはまったく異なる事情がある。ボリビアでは子どもの五パーセントが五歳前に死んでいるが、原因は安全な飲料水の不足による疾病だ。水の汚染はナイル川から黄河まで、世界では枚挙にいとまがない。

　こうした状況に、欧米の多国籍企業はビジネスチャンスを求めて動く。発展途上国の水道の運営を、当地の政治家に賄賂を渡して民営化させ、そのビジネスを一手に受け負うのだ。

　強引なダムの建設はダム難民を生み、水源は多国籍企業がすべて押さえてしまう。すると水源の周囲では、井戸や川の水が枯渇する。こうして水道が整備されてもまだその水が飲める状態でない場合、ボトルの水を買えない貧しい人々は、汚染された水道水や河川の水を飲むしかなく、結果、疾病にかかる。一方で大企業は「水貴族」と呼ばれる。たいした努力もせず、巨額の利益を得ているからだ。こうした状況は世界中に拡大している。


　他にも、ＮＨＫも取り扱わないテーマにも、玄一郎は毎回その中心人物にアポなしで飛び込んでいった。そのスリリングな映像はある種のエンターテインメントであるとも捉えられ、普段は日曜午前のワイドショーなど観ない「Ｍ１層（二〇歳～三四歳の男性）」や「Ｆ１層（二〇歳～三四歳の女性）」の間でも話題になり、「ＧＥＮリポート・マニア」という言葉まで生んだ。

　東京テレビにとって幸運だったのは、この頃からテレビ番組がＤＶＤ化され販売されるのが一般化し、「ＧＥＮリポート」も、地上波では放送出来なかったシーンも特典映像として加え、再編集してＤＶＤ発売出来たことだ。これは「ＧＥＮリポート～世界禁断ワールド」と題されシリーズ全一〇作、三〇万枚のヒットとなり、玄一郎は社長賞を受賞した。

その後も玄一郎は「GENリポート」で、アフリカのエボラ出血熱発生地域、中東アルカイダの本拠地、中国国内の巨大反日デモ、メキシコの麻薬戦争等を取材した。これらはすべて、ひとりのスタッフも伴わない単独行だった。

こういう紛争地帯、危険地帯を報道で訪れていると、各国のクルーと繰り返し顔を合わせるようになり、やがて親しく会話を交わすようになる。そんな中のひとり、イギリスの公共放送BBCのドキュメンタリー・プロデューサーが、常にすべてを単独で行っている玄一郎を見て感心しつつも半ば呆れながら、「英国で働く気はないか?」と誘って来た。「日本で幾らもらっているのか?」と聞き、その男は具体的なギャランティまで提示した。東京テレビからもらう給料の二倍はあった。

しかし玄一郎はBBC制作のドキュメンタリー、そのクオリティの高さをいやというほど知っていた。何しろ彼らは一時間の番組を作るために、平気で一年も二年も費やすのだ。しかも世界中に独自のネットワークがあるので、学者、研究者、現地ジャーナリスト他、強力な外部調査網がある。だからアフリカでエボラ出血熱が発生したときも、独自の情報源からどこよりも早い連絡が来て、いち早くクルーを派遣することが出来る。このような体制があってこそ、エボラの拡散前から最大に拡散し、そして終息するまでの一部始終を撮影することが可能だったのだ。

しかも彼らは全員、大学でアカデミックなドキュメンタリー制作教育を受けているから、その素材をわずか二週間で編集し、国際商品として全世界に売ることが出来る。つまり誰もが撮影、構成、調査、編集、音楽、状況分析、すべてに長けたスペシャリストなのだ。

玄一郎がAD時代、ディレクターに買って来た煙草の銘柄が違うと頭を叩かれたような、前時代的で非合理な日本のテレビ界とは根本的に異なる。欧米の映像ジャーナリストたちは、才能・金・時間をつぎ込まなければ国際レベルの一級品は作れないことを、自明のこととして知り尽くしている。

心は大いに揺れ動いたものの、玄一郎は迷った末にBBCのプロデューサーの申し出をやんわりと断った。もしも本気でBBCで働くのなら、その前に少なくとも二年はイギリスの大学に留学して、ジャーナリズムとドキュメンタリーを勉強したかった。東京テレビに入社して八年。遊ぶ暇などないから貯金はそれなりにあったが、もう少し考える時間を自分に与えようと思った。

欧米のドキュメンタリストたちは大学で専門教育を受けた後、英国ならBBC、ITV、グラナダ等のテレビ局、もしくは独立制作プロダクションで修行をする。そして大抵の場合、三〇歳になる前には独立、同じ志を持つ仲間と会社を作る。そして自分たちの企画を世界各国のテレビ局やケーブルテレビに売り込んで資金を調達するのだ。つまり、企画から資金集め、撮影、対外交渉に編集、音楽付けに至るまですべて自前で行う。

一方、日本のテレビ局で番組を制作していれば、資金調達は必要ない。営業局がスポンサーから制作資金を調達してくれる。NHKなら受信料がある。つまり制作の人間は、単に番組だけ作っていればいいのだ。欧米のクルーと話していると、日本がいかに特殊な状況であるかが分かって来る。

確かに――と玄一郎は思う。日本のテレビはドメスティック・ビジネスだ。そもそも海外に向けて売ろうという発想そのものが微塵もないし、欧米のテレビとはエンターテインメントもジャーナリズムもそのシビアさとプロ意識が比べものにならない。

特に欧米の制作会社は、一騎当千の剛腕テレビマンがしのぎを削っている世界だ。当たれば一躍ヒーローだが、失敗すれば即クビになる。日本にもプライドを持った、世界に通用する優れたテレビマンが散見されるのも確かだが、この国内だけにしか目を向けない構造そのものを、変えなければならない気がした。

E

メキシコの麻薬戦争の取材を終えて日本に戻り、ひと息ついた頃だった。ウルトラマン君島部長から電話が来た。

「玄一郎、メキシコはどうだった、ひとりで大変だっただろう？　今夜あたりどうだ、無事の帰国を祝って一杯やらないか」

「ありがとうございます。僕は大丈夫です」

「そうか、じゃあ七時に——」と君島は店の名と場所、住所を説明した。

麴町にある中国火鍋の店だった。君島は労をねぎらう意味で気を使ってくれたのだろう、全個室の高級店だった。フロントで名前を言うと、チャイナドレスに身を包んだ女性の案内で、ＳＦ映画の宇宙船を思わせる暗い廊下を進む。個室の手前には壁を真紅で統一した、間接照明の薄暗いバーカウンターがあった。連れを待っているのだろう、端に若い女性がひとり腰掛けていた。玄一郎も促されるまま離れた席に座り、バーテンダーは「よろしければ」と食前酒を置いた。小さなグラスに入った辛口の酒だった。

約束の時間までまだ一五分ほどある。口にして、思わず「美味いね、これは」と言うと、バーテンダーは、

「ありがとうございます。シナモンのミモザでございます。シナモンスティックを煮出したジュースを、シャンパンで割ってあります」と答える。

そのとき、カウンターの隅の女性がこちらを見たような気がした。

ほぼ同時に背後から、「早いな、玄一郎」と声がした。振り向くとツイードのジャケットをカジュアルに着こなした君島が入って来たところ。そして、

「おお、君ももう来ていたか」と女性に向かって言った。

カウンターの女性が立ち上がり、こちらに黙礼した。限りなく白に近いライムグリーンのツーピースに身を包んだ、背の高いショートカットの美しい女だった。

「玄一郎。こちら、報道局外報部の野沢くんだ」

君島は言った。

「野沢翠（みどり）です」

口元にかすかな微笑みを湛えて言う。毛先が直毛の短めの黒髪。透き通るような色白の頬、意志の強そうな眼差し。

「とりあえず入るか、紹介はそれからだ」

君島が言い、チャイナドレスの女性の案内で個室に入り、円形のテーブルを囲んだ。

「野沢くんは、俺が外報部にいた頃の部下なんだ」

とおしぼりを使いながら君島が説明する。

外報部とは主に海外のニュースを扱う部署であり、東京に加えアメリカとヨーロッパ主要国、そして中東、南アフリカに支社がある。東京では米国の「ＡＰ通信」「ＵＰＩ通信」、英国の「ロイター通信社」他、海外の通信社から配信されて来るニュースや映像に、独自の情報と解説を乗せて報道する。

「今日、たまたま局のカフェで久しぶりに顔を合わせてね。聞いたら今夜は空いてるというから誘ったんだ。君、今は北米担当だったよな」

「――ハイ、そうです」

「玄一郎、君は今度アメリカに行くだろう？　それもあって野沢くんを誘ったんだ。彼女、イギリスからの帰国子女で、早稲田の政経を出てる。こんな感じだけど仕事が出来るんだ」

君島がそう言うと野沢翠は笑顔のまま目だけで睨んで、

「あら、こんな感じってどんな感じですか？　君島部長」と鋭く言う。

「いやいや、失礼」

さすがの君島もたじろいだように笑い、

「玄一郎、こういう娘なんだ」と助けを求めるように言う。

「こんなふうに美人でお嬢様育ちなのに、頭がよくて鋭いことを言うんだ」

「つまり可愛くない女ってことですね」

「おいおい、もう勘弁してくれよ」

と君島が言って、翠が初めてクスッと笑い、

「わかりました。美味しいものをたくさんご馳走して頂くことで許して差し上げます」と言ったところで玄一郎の緊張も解けた。

君島が「よおし、今夜は大いに食べて飲もうじゃないか」とメニューを開き、テーブルのベルを鳴らしてウェイトレスを呼んだ。

楽しい時間だった。白湯（パイタン）と麻辣（マーラー）、二種類のスープで食すラム肉の火鍋は絶品だった。ズワイガニ、フカヒレ、ブラックタイガーといった海鮮も申し分なく、二〇年物の紹興酒の味も素晴らしかった。

君島はディレクター時代の海外ロケ、特に南極やタイ・カンボジア国境など極地や危険地帯での体験を、失敗談を交えユーモアたっぷりに語った。玄一郎も君島に促されるままに、学生時代の「深夜特急の旅」から始まり、「地獄のカリブ海ロケ」やメキシコ国境の麻薬地帯、アルカイダが暗躍するアフガニスタンの紛争地帯などの話をした。君島のように面白くは語れなかったが、自分がいつになく饒舌に、そして陽気になっていることに気づいた。

それは取りも直さず、野沢翠という女性が聞き上手だったからだ。彼女は常に落ち着いた佇まいでいながらも、時に目を輝かせ、驚き、唖然とした表情を見せ、そして軽やかに笑った。

「ＧＥＮリポート」をオンエア時に、すべて録画して観ていてくれたというのも玄一郎にはこの上なく嬉しく、自分の仕事が誇らしく思えた。

翠は「ＤＶＤも社員割引で買っちゃったんです。私、ＧＥＮリポート・マニアなんですよ」

とも言った。

宴の時間はあっという間に過ぎ、気づくと二三時を回ろうとしていた。

君島は「楽しかったな。またやろう」と言い残し、早々に店の前でタクシーを拾い、杉並の自宅へと帰ってしまった。

二人で取り残されたような形になり、玄一郎は翠に尋ねた。

「お宅は、どちらなんですか？」

「上野桜木なんです。台東区の」

「そうですか、僕は文京区の本駒込で——」

と言ってから、

「——あの」と勇気をふるって切り出した。

「ここからほど近い神保町の古本屋のビルの最上階に『サロン書斎』という静かなバーがあるんです。もしよろしければ、もう少しだけいかがですか？　帰りは車でお送りします」

翠は玄一郎を見つめた。

「お言葉に甘えてよろしいですか」

「もちろん」

心の中でガッツポーズをし、タクシーに手を挙げた。

「素敵なお店ですね」

カウンター席に腰を下ろし、店内を見回して翠は言った。壁には三島由紀夫のオリジナルプリントの大きな写真や澁澤龍彥や夏目漱石の直筆の手紙が額縁に入れて飾ってあった。

遅い時間なせいか、幸い客は玄一郎たちだけだった。

玄一郎はオレンジベースの「バレンシア」を、翠はシャルトリューズ・ヴェールをソーダで割った「シャルトリューズ・モヒート」を注文した。

バレンシアの入ったそのグラスの、鮮やかな茜色と水滴をぼんやりと眺めていると、翠が自分をじっと見つめているのに気づいた。

顔を向けると、目が合った。

なんと美しい女なのだろうと思った。

仕事柄出会う女優やモデルと比べたら、野沢翠の顔立ちは、決して彼女たちほど整ってはいないだろう。けれど彼女には、それを補って余りある輝きのようなものがあった。

「実は私も、ジャーナリストやドキュメンタリストになりたいと思っていました」

翠は言った。

なるほど。外報部にいるくらいだから、考えてみれば決して意外ではない。しかし、

「だからロンドンのシティ大学で、ジャーナリズムを専攻したんです」

これには驚かざるを得なかった。玄一郎が海外の危険地帯で出会った、ＢＢＣのドキュメンタリー・プロデューサーたちが辿ったコースである。

「凄い。名門じゃないですか」

翠はモヒートのグラスに付いた水滴を撫でながら、こちらを見ずに微かに微笑んだ。

「秀才なんですね」

「私も、そう思っていました」

「――思っていた？」

「ええ。私は頭のいい子だって、信じて疑わなかったんです」

野沢翠は東京・上野桜木の生まれで、父は国際基督教大学の教授であり、旧ソビエト連邦の収容所生活を描いた「収容所群島」で知られるノーベル文学賞作家、アレクサンドル・ソルジェニーツィンを始めとしたロシア文学の名翻訳者であった。しかし翠が一二歳のときに大腸ガンで他界した。

母親は上智大学英文科の出身で、外国書籍の著作権を取得する日本最大の著作権代理店「ジェームス木村エージェンシー」で働いていたときに、亡き父と知り合った。翠を出産後は復職、ヨーロッパの英語圏から日本の出版に適した書籍を探し出す仕事をしていたが、父の没後、自ら希望を出し、中学生だった翠を連れロンドンに赴任した。心身共にタフな女性だという。

「私は小学校から四谷雙葉（ふたば）に通いました。ロンドンでは男女共学のパブリックスクールに入りました。ウェストミンスターです」

玄一郎は「ヒューッ」と口笛を鳴らしそうになった。エリート中のエリートじゃないか。

「でも――？」

「上には上がいたんです」

翠は続けた。

「シティ大学ジャーナリズムコースの同級生たち、彼らの勉強の仕方には凄まじいものがありました。まず、体力が違いました。特に男の子たちは、一日一時間二時間の睡眠で図書館の大量の本を読み、休むことなく膨大な文字数のレポートを書きまくるんです。例えば〝電子商取引〟というテーマが与えられると、お金の歴史、金融業界の歴史、多国間貿易の仕組み、コンピューターによる取引システムのメカニズム、その結果金融界に起こったこと等を一週間で調べて分厚いレポートを完成させるんです。

　私は頭のいい子ではなくて、単にお勉強の出来る子だったんです。先生や教授に言われたことをそつなくこなすことは出来る。誰かに誉められることは上手なんです。テストでいい点を取ったり、周囲から『翠ちゃんって凄いね』と言われることは出来るんです。でも、自分の未来を力づくで奪い取る、そのエネルギーに欠けていました。やがて、私は貧血に悩まされて外出も稀になるようになりました。

　その頃ちょうど母が日本勤務に変わることになって、そんな娘を心配したんでしょうね。一緒に帰ろうと言ったんです。私は自分が挫折するなんて、想像もしなかった。でも、もう自信は砕け散っていました。考えた末に、私も日本に戻って早稲田に入り直すことを決めたんです」

　二人の間に再び沈黙が流れた。

「――それで、東京テレビに？」と切り出してみたものの、翠は答えず、

「ねえ、玄一郎さん」と笑いかけた。

「ごめんなさい、気安く呼んでしまって。でも、玄一郎さんって呼んではいけないかしら？」

「どうぞ、玄一郎と呼んでください」

彼女にそう呼ばれるのは嬉しかった。

翠も「嬉しい」と少し恥ずかしそうに笑ってから、「玄一郎さんは、ロス・マクドナルドのハードボイルド小説『動く標的』を読んだことはありますか？」と聞いた。

懐かしい本のタイトルだった。玄一郎に本を読む歓びを教えてくれた、あの病院の息子の同級生が好きだった。玄一郎はどちらかというと本格推理小説の方に惹かれ、それで高島薫とアガサ・クリスティの貸し借りをしたわけだが、病院の息子からダシール・ハメットの「マルタの鷹」と共に、「動く標的」も「ハードボイルド小説の名作だから」と読むよう勧められた。

「あの中で、主人公のリュウ・アーチャーが、ミランダという依頼人の娘から、『あなたはなぜ探偵になったの？』と問われる場面があるんです」

細かい内容までは覚えていなかった。翠は続ける。

「すると探偵リュウ・アーチャーはこう答えるんです。『これは、ある男の仕事を引き継いでいるんだ』って。ミランダはリュウ・アーチャーのお父さんも探偵でそれを継いでいるんだと思うんですけど、違うんです。彼は『若い頃の自分を引き継いでいるのだ』と言うんです」

思い出した。そうだった。探偵リュウ・アーチャーは元警官だった。正義感に燃える若者だったが、警察組織に矛盾を感じたか何かで退職し、しかし探偵となって今度は一匹狼で、自分なりの正義を貫くようになる。

「ロンドンでひとりだけ、日本人の親しい友人がいました」と翠は言った。

「その人が日本語訳の文庫本を持っていて、別れ際に何を思ったのか、『飛行機の中で読んだら』ってくれたんです。実際に読んだのは、ずいぶん後です。私は日本に帰ったとき、本当に絶望していました。自分は仕事を持つことに向いてないのかも、誰か相性のいい男性でも見つけて、お嫁にいっちゃう方がいいのかも、なんて思って、早稲田に入ってもたいした勉強もせず、無為に過ごしてたんです。

　でも、ある日ふと思ったんです。それじゃあ、若い頃の私が可哀想過ぎるじゃないかって。あんなに一生懸命お勉強して、ＴＯＥＩＣで高得点を取って、ウェストミンスターにもシティ大学にも入って、貧血に苦しみながら、泣きながら徹夜でレポート書いてた女の子。彼女を放っておいていいんだろうか。あの一生懸命だった女の子を救ってあげられるのは、今の私しかいないんじゃないかって。だから、せめてマスコミに入ろうと決めました。夢を絶やしてしまったら、一〇代の自分があまりに惨めで可哀想じゃないか。だから彼女のために、少しでもジャーナリズムの近くにいてあげたい。それで出版社やテレビ局を受けました。運よく東京テレビに採用されて、英語力を買ってもらって、外報部へ配属されたんです」

　翠はそこで、玄一郎を真っ直ぐ見つめた。そして、

「救ってあげるつもりでいた若い頃の私が、私を救ってくれたんです」

　と微笑んでみせた。

　そのとき、玄一郎にははっきりとわかった。彼女の美しさと輝きの根源は、ここにあったのだ。

○時半に店を出た。靖国通りに出るとタクシーはすぐに捕まった。
車内では、二人はもうあまり会話を交わさなかった。左側の座席に座った翠は、窓の向こう

を流れていく景色を見ているようだった。

彼女はロンドンにいたたったひとりの親しい友人のことを、「その人」と呼んだ。あえて「彼」でもなく「彼女」でもなく。

本郷三丁目から不忍池の裏手を抜け、上野寛永寺の先で翠が車を降りる直前、玄一郎は意を決して、

「——また、会って頂けますか」と聞いた。

翠は小さな声で、

「of course（もちろん）」と答えた。

車内は暗く、その表情を読み取ることは出来なかった。

翠を降ろしたタクシーが再び走り出したとき、玄一郎はリアウインドウを振り返った。すると車が角を曲がるまで、小さな街灯の下に立ったままの彼女が見えた。

こうして玄一郎と翠はお互いの休みが合うと、局の外で時間を共にするようになった。

最初のデートは神田神保町だった。本好きの二人は新刊書店と古書店巡りをし、紅茶専門店でお互い購入した本を見せ合った。二度目は京橋のフィルムセンターで、夭折（ようせつ）した天才監督・川島雄三の特集上映を観て、三度目のときは東京藝術大学近く、上野桜木にある翠の実家に招待され、彼女の手料理を味わった。

小さいが瀟洒な一軒家で、翠の母親とも初めて対面した。インテリジェンスに溢れ、聞きしに勝るさっぱりとした性格の女性で、何より会話が魅力的だった。鴨長明の「方丈記」からチ

ャールズ・ディケンズの「大いなる遺産」、そして堀田善衞の「カタルーニア讃歌」まで語れるインテリでありながら、海外の暮らしが長いせいか、その言葉にはチャーミングなウイットが溢れていた。

ワインを愛する翠の母は、チリ産の「モンテス・アルファ・メルロ」のグラスを片手に、亡き彼女の連れ合いの書斎を案内してくれた。建物の構造としては三階部分に当たる、屋根裏部屋のような空間。そこには古今東西の名著の原書が置いてあった。ほろ酔い加減で語る彼女の言葉は、夫の想い出話に始まり、文学、絵画、映画に及んだ。

「お母さまは、色んなことをよくご存じなんですね」と、玄一郎は驚き、お世辞抜きにそう口にした。

「全部、死んだパパが教えてくれたの。あんな凄い人、いないと思うわ」

そう語る白髪をまとめた彼女の横顔は、年齢を超えて美しかった。

自分の母とも、あの病気さえなかったらこんなふうに過ごせたのではないか。階下からは、翠が夕食後の食器を洗う音が微かに聞こえていた。幸せな時間だった。

しかしそんなふうにデートを重ねながらも、玄一郎は未だ、翠に正式に交際したい旨を伝えられずにいた。女性に対して奥手ではあったが、それでも大学時代から東京テレビ入社後も、彼女と呼べる人がいたことはあった。

けれど彼にとって、野沢翠は別格だった。第一に、こんな美人で魅力的な女に、恋人がいないはずはないという想いがぬぐい去れなかった。彼女が誠実な女性だということは、会えば会うほどわかった。けれどそうやって翠の魅力に惹かれれば惹かれるほど、一抹の不安が恐ろしさとなって玄一郎を襲ったのだ。

告白さえしなければ、変わらず翠とこうして、二人で会うことは出来る。けれど「恋人になって欲しい」と伝え、「私たち、お友だちでしょ」と言われたらどうしよう。そう考えると、仕事のときの勇猛果敢さは一瞬で消え去った。

しかし、いよいよこの日こそは言おうと決意した。翠と初めて二人きりで、遅い時間に食事をしたときだ。外苑前にある「アビス」というフレンチレストランを予約した。隠れ家的な静かな店だ。照明は暗く、告白には打ってつけだと思った。

シャンパンの「ポル・ロジェ」を食前酒に、剣先イカ、ウニ、ムール貝、のどぐろを、白ワインの「リースリング」を飲みながら堪能した。デザートを待っているときに切りだそうと決めていた。ウェイトレスがメニューを持って去ったとき、

「――翠さん」

と何とか口にした。かすれて裏返ったような、我ながら間が抜けた声だった。

「どうしたんですか？」

翠は少し驚いたような目をした。純白のテーブルクロスがペンダントライトの照明に反射して、いつもにも増して彼女を美しく見せていた。

「僕でよろしければ、正式にお付き合いしてもらえませんか？」

翠は真っ直ぐに、じっと玄一郎を見つめた。

長い沈黙があった。

そして「――遅過ぎました」と目を伏せた。

まさか。頭を殴られたような気がした。

「少し前に早稲田時代の同級生から交際を申し込まれました。玄一郎さんとこうしてお会いするようになって、いつ言ってくれるのかしらと、ずっと待っていました。でも――」

目の前が真っ暗になるとはこのことだった。俺は何という失敗をしでかしてしまったのか。これまで何度も何度も、告白するチャンスはあったというのに。

今、自分はどんな顔をしているだろう。茫然自失とはこのことではないか。そう思っていたとき、翠の口元に微かに笑みが浮かんだ。

「嘘です」

翠は言った。

「私は、玄一郎さんの言葉をずっと待っていました」

そう言ってから翠は強い眼差しでこちらを見つめた。

「ハイ、歓んでお付き合いさせて頂きます」

もしもここがレストランではなく、周りに人がいなければ、玄一郎は歓声を上げていただろう。そして次の瞬間、全身の力が抜けた。

会計をして、店を出ても夢の中にいるような気分だった。まるで地面に雲の絨毯でも敷いてあって、その上を歩いているようだった。

翠は玄一郎の胸に頭を寄せて言った。

「ごめんなさい。私は時々、ああいう意地悪を言う女です」

「心しておきます」

翠は玄一郎の胸の中で小さく笑い、

「玄一郎さん、初めてお会いした夜、神保町のバーで、私が『動く標的』を貸してくれた友だちのことを言ったとき、ボーイフレンドだと思ったでしょう。そして、ずっとそれを気にしてた」と言った。

「安心してください。あれは女性です。私のルームメイトで、親友でした」

「驚いたな。君は僕の心の中までわかるのか」

そう言うと「わかりますよ」と呟いてから、

「どうしてだと思いますか」と聞いた。

翠は背中に回した手に力を込めた。

「佐藤玄一郎さんは、私の運命の人だからです。お仕事への尊敬から入ってお会いしているうちに虜（とりこ）になりました」

玄一郎はこれは夢でないか？　と思わずにいられなかった。試しに右手の親指を思いっきりつねってみた。痛い。これが現実だとわかったとき、わずかな指の痛みを感じながら、至高の喜びを感じていた。

突然、正面に立つ玄一郎に翠は言った。

「そして玄一郎さん。何かあったら私をしっかりと抱きしめてください」

高揚していた玄一郎は、このときの翠の言葉の意味をしっかり理解することが出来なかった。

第四章

A

情報局には、ひとりの伝説的な人物がいた。

痩せぎすで眼光鋭く、毒舌で、しかし身につけるものはすべて一級品。ランバンのスーツに、フェラガモの黒靴をピカピカに光らせ、椅子にふんぞり返って脚を組み、ダンヒルの靴下を引っ張りながら早口でしゃべるのが癖だった。

テレビの創成期、ほとんどのスタッフたちにはテレビ画面に何を映したらよいかわからなかった。日本舞踊・クラシック音楽・落語・歌舞伎・能等を映していた。革命が必要だった。そしてその男はまさにテレビ画面においてテレビでしか出来ない表現の創出に成功した四人のヒットメーカーのひとりであった。

他の三人はと言えば、まずは「光子の窓」「ゲバゲバ90分!」など、バラエティ番組の創始者・井原高忠（日本テレビ）。同じく日本テレビで六台のテレビカメラをスイッチングすることでプロ野球中継のシステムを作り上げた、スポーツ番組と「11ＰＭ」のプロデューサー後藤達彦。ドラマでは何と言っても山田太一脚本の「岸辺のアルバム」や、倉本聰脚本、高倉健主演の「あにき」などを手がけた大山勝美。

こんな錚々たるメンバーと並び称されるその人物は、もちろんとうに定年は過ぎていたが、会社側は彼の人脈と功績に配慮するとそう簡単に引退させるわけにはいかなかった。何しろ皇族から首相経験者、映画演劇芸能はもちろんのこと、歌舞伎の人間国宝からオカマの振付師、浅草のストリップ小屋の女主人までと底知れぬ幅の人脈を持っているのだ。

現在七八歳。相談役として情報局の奥に専用個室がある。そこの主、細川邦康は京都出身。父は東京帝国大学で航空学を学んだが、途中で京都帝大の法学部に進路を変え、弁護士兼弁理士となった、大正デモクラシー気質に溢れたスーパーエリート。息子の細川自身は京都で鳴らした不良グループのリーダーだったとかで、未だアウトローの匂いがする。戦後たまたま京都に来た立教大学のブラスバンド部に痺れ、上京。立教大学に入学し、テナー・サックスを手にしてジャズにのめり込む。これが昭和二六、七年のこと。学業放ったらかしで進駐軍クラブの人気バンドマンとして活躍した後、東京テレビに入社した。

二〇代から気鋭のディレクターとして頭角を現した細川邦康は、バラエティから国際情報番組、音楽番組に事件リポート番組とジャンルを超えた活躍をしたが、何よりその名を轟かせたのは――正確に言えば「悪名」を、だが――高視聴率を誇るＮＨＫ大河ドラマに対抗すべく、夜の八時台に女性歌手やアイドルに水着と褌（ふんどし）をつけさせて相撲を取らせた、「フンドシ水着ＳＨＯＷ」だろう。これは二〇パーセント超えの驚異の視聴率を記録したが、「教育ママ」「ＰＴＡ」という言葉が流行語になった七〇年代初頭のことである。「子どもが起きてる時間に何を流してる？」「最低俗悪番組だ」と全国の主婦層から徹底的に批判、糾弾されたのは言うまでもない。

他にも細川は「これが肝臓ガンだ！」と題して、スタジオにその日手術で切除された肝臓を持ち込み、「アジアのお葬式」を徹底取材して死人の顔まで見せて現地の人の顰蹙（ひんしゅく）を買ったり、「あなたが死んだらいくらかかる？」と遺産相続や葬儀の仕組みをわかりやすく解説し、日本中の珍事件・怪事件を発生から一週間でリポートする「クライムジャパン」などを制作してヒット番組を連発。俗悪ディレクターの名を欲しいままにした。

しかしそれは決して視聴率欲しさからではない。「テレビとは、人間が本能的に見たいもの、覗きたいもの、公序良俗に反するものを映し出すメディアである」という確固たる哲学に基づいたものだった。

部下に対しては、

「お前ら、見た目にお洒落でカッコイイ番組ばっかりやって、会社がつぶれて事務のお姉ちゃんがクビになったらどうすんだ！　好きなことをやるなら、会社に迷惑かけない程度には数字を取れ」

と靴下を引っ張り上げながら言うのが常であった。

というのも一方では、その演出・企画センスは抜群であり、セットのデザイン感覚は現役当時日本一と言われた。担当した午前中の情報ワイドショーでは、照明をその日の天気で微妙に変えるという細やかな技術にさえこだわりを見せ、元バンドマンなだけあって音楽番組を作る際には、台本ではなくオーケストラが演奏する譜面に、カメラのスイッチングを細かく指定するほどだった。

ある日の午後、そんな細川邦康から、玄一郎は情報局デスクの女性を通して呼び出された。個室をノックすると「入れ」という声。ドアを開けると細川は電話中だった。

「バカヤロー、お前の責任でこうなったんだ。よおく肝に銘じておけ」と怒鳴りながら、片方の眉を上げて目配せしてみせる。そして、

「なに？　今から詫びに来るだと？　テメエに会う時間なんて持ち合わしてねえ」と電話を叩き切った。

「よおし、佐藤玄一郎。よく来た。まあ、座れ」と唇の半分だけで笑ってみせる。

相変わらずだな、と玄一郎は心の中で苦笑しながら、「失礼します」と窓側にあるソファーに腰を下ろした。

細川と初めて顔を合わせたのはしばらく前。ワイドショーから武井プロデューサーの「大発見！世界を覗こう」にコンバートされ、「地獄のカリブ海ロケ」を終えた頃だった。玄一郎はほとんど海外に飛ばされっ放しだったし、細川は相談役という立場上、週に二日出社すればいい方だ。

編集に向かうため撮影済みのテープを抱え、廊下を急いでいたときだった。正面のエレベーターが開き、仕立てのいい黒のスーツに身を包み、ボルサリーノらしいハットを被った人物が降りた。

「あれが伝説の細川相談役か。初めて見たぞ」と思ったものの、声をかけていいものかどうかわからない。黙礼してすれ違おうとすると、

「――おい」と呼ばれた。

「ハイ、僕でしょうか？」

緊張して立ち止まり背筋を伸ばすと、細川は「お前さんの噂は聞いてるぜ。せいぜい気張ってやるんだな」とひと言、そのまま振り返ることもなく去ったのだ。

なぜか心が躍った。その後、怖い人、厳しい上司という周囲からの評判も耳にして、それは確かだと思うものの、玄一郎は今もこうして細川邦康と相対すると、身体中にエネルギーが溢れる気がする。

「活躍は聞いてるぜ。〈GENリポート〉のDVD、早くも第二弾が出るそうじゃねえか」

そう言いながらデスクを離れ、玄一郎の向かいに座り、脚を組んでダンヒルの靴下を引っ張り上げる。いつものスタイルである。

「ありがとうございます。恐縮です」と頭を下げ、

「相談役、今日は何か」と聞くと、

「かしこまるんじゃねえよ、いつもの雑談だよ」と笑う。

しかし細川はそう言ってから両肘を膝に突き、玄一郎を見上げるような仕草をした。

「なあ、玄一郎。最近のテレビ界には、少々おかしな奴が出没するから気をつけろ。人の手柄を奪う奴、知らぬ存ぜぬと嘘を平気でつく奴、自分のミスを他人になすりつける奴、ろくな仕事も出来ないのに上ばっかり見て仕事している奴、個人的恨みから部下を痛めつける奴、そして安易に他人の番組をパクッて罪を感じない奴、だ」

これが、玄一郎も聞いたことのある細川邦康のいつものロジックだった。一見、世間話風に一般論を語っているようだが、必ず裏がある。

「そういう連中を見抜いて上手く立ち回るんだ。賢くやれ。最近は気のいい職人肌のテレビ屋が減って、キツネみたいな汚い手を使う奴が増えたからな。だいたいテレビ局に入って来て、自分は才能がないから別の方法で会社で偉くなりたいなんて輩はロクなもんじゃないんだけど。まあ、テレビ局と言ったって一応会社だから、経営能力があってビジネスが出来る奴もいないと困るんだが。それはそれとして、戦略や人脈は大事だが、問題はそれをどう行使するかだ。そう思うだろう？」

細川の真意を測りかねた玄一郎は、話題の方向を少し変えてみることにした。

「相談役。前々からお聞きしたいと思っていたことがあります」

「何だ？」

「テレビとテレビ局が以前と様変わりしたという話は、室田局長や君島部長からも聞きます。特に二〇〇〇年代に入ってからは、この東京テレビでも、危機感を感じている者は決して少なくない気がします」

「社長が番組作りよりもパソコン画面に向かって、日がな一日株価の上がり下がりに一喜一憂してるってことか？」

細川はニヤリと笑う。

「いいえ、一般論です」と玄一郎もとぼけてみせてから、

「だからこそお聞きしたいんです。相談役がお考えになる、今、テレビマンにとっていちばん大切なこととは何でしょう」

「ずいぶんストレートに来たな」

そう独り言のように呟いてから、細川は窓の外の芝公園を見つめ、しばらく考えてから言った。

「まあ、ひと言で言えば、実力に裏打ちされた矜持（きょうじ）、つまり誇りだ」

玄一郎は身が引き締まる想いで細川を見つめた。

相談役はこう続ける。

「テレビ屋は、会社に飼われた卑しいサラリーマンだ。でもな、その影響力を考えれば、一分の矜持を捨ててはならない。そして番組を作るなら、自身に独自な技能が必要だ。なぜだと思う？　俺たちは常に飛び抜けた、研ぎ澄まされた刃みたいな才能と対峙するからだ。松竹新喜劇の藤山寛美を思い出してみればいい。名作『お祭り提灯』の丁稚の三太郎、『大阪ぎらい物語』の次男坊・栄二郎。〈アホぼん〉かと思わせておいて、鋭い台詞を吐く。だから観客は笑い、そして納得する。渥美清の車寅次郎もそうだ。彼らの芸には、俺たちの背負っている人生と業があるんだ。立川談志がいつも言うだろう、人間てぇのは、サボっちゃいけない、酒飲んじゃいけないと思いつつやっちまうもんだ。寄席とは、そんな人間たちの来る場所だ。だからそういう人間のダメさ加減を、背負っている悲しさを芸で表現しなきゃならねえ、落語は人間の業の肯定だってな。植木等の言う『わかっちゃいるけどやめられない』ってヤツだ。テレビの提供する娯楽も、本来はそうであるべきだった。

　ところが今はどうだ？　藤山寛美のような芸人のアホぼんでなく、本物のバカを『おバカ』と称してひな壇に並べて歓んでる。視聴者は自分よりものを知らない人間を見てただ安心するだけだ。しかもそんな番組がひとつ当たると、真似する局まである。こんなことを続けていたら、テレビは本当に終わってしまうぞ」

確かに、近年の番組は予算を削られていることもあって、タレントに頼り切っている。そもそも、今は当たり前になってしまったいわゆる「ひな壇」、つまり芸人やタレントをずらりと並べコメントさせるという手法は、元々は関西ローカルの番組が、予算のなさをカバーするため考え出した苦肉の策だ。幸か不幸か大阪には吉本興業を始め、ギャラの安いお笑いタレントが多くいた。

近年もうひとつ大流行の「街ぶらロケ」も同様だ。大阪なら、街を歩けば面白いオッチャンやオバハンがたくさんいる。それを芸人が面白可笑しくイジれば、実に安く番組が成立してしまう。その形態が、世の中全体の不景気のせいで全国ネットに広がったに過ぎない。

「単純に、作り手が頭を絞ればいいだけの話なんだ」と細川は言う。

「朝から晩までタレントを山ほど入れて、妙なセットでワーワー騒ぐ。あれは画を派手にして、企画のショボさを誤魔化してるだけだ。中身がしっかりあれば騒ぐ必要はない。ホリゾント（スタジオの壁）に綺麗な照明あてて、シンプルで品のあるセットで、芯を食った内容を展開すればいいんだ。それを今はスタッフが作ったVTRを流して、スタジオにはタレント大勢入れて、『いいですねえ』なんて拍手させて自画自賛させている。いいかどうかは観てる人間が判断することだろう。しかもスタジオのタレントが少ないと、バカな編成部員がやって来て『もっと賑やかに』なんて言って来る。枯れ木も山の賑わいじゃねえぞ。おまけに最近は会議で放送作家が『芸能人の過去の不幸話は数字が取れます』なんて言うと、バカなディレクターが鵜呑みにして、それで一二パーセントいったたって大歓びしてるらしいじゃねえか。終身雇用だから、そんな奴だって犯罪でも犯さないかぎり首には出来ない」

そう言ってから、細川はこちらを真っ直ぐに見据え、

「社外スタッフでさえ嫌がる、汚れ仕事をやってるお前さんならわかるだろう」と言った。

「要するに一生懸命働いている奴とそうでない奴の差が激し過ぎるんだ。しかもダメな連中はデキる人間の足を引っ張ろうと手ぐすね引いてる。いいか、玄一郎。気をつけておけ。下手を打つと寝首を掻かれるぞ」

やっとわかった。細川相談役はこれが言いたかったのだ。

そして、「さあ、どうする？」と眉を上げて笑ってみせる。

「わかりません。どうすればいいのでしょう？」

「この野郎め」と悪戯っぽく目を細めてから細川は言った。

「よし、教えてやる。まず人の嫌がることを進んで引き受けるのはこれからも続けろ。そこで人脈を築き、実績を上げ、その証拠を残してアピールし、誰にも文句を言われない状況を作り出せ。しかし余計な敵は、ある程度の地位を得るまで絶対に増やすな。何をして来るかわからんからな。

もうひとつ、くれぐれも賄賂やハニートラップには気をつけろ。芸能事務所は仕事の出来る奴を見つけると、囲い込もうと仕掛けて来るぞ。そして社内では派閥には入るな。どんなに信頼出来る上司でも、その派閥の長が倒れると昨日まで味方だった奴が敵になるからな。一匹狼の仕事人だと思われた方がいい。そしてこれからも、命じられた仕事はすべからく遂行しろ。そうすれば、会社もお前さんをある程度の地位に置くしかなくなる。そして最後に、いちばん

大切なことだ」

そう言って細川邦康は、人差し指を真っ直ぐに向けた。

「玄一郎、少なくとも二年以内に、自分が企画しプロデュースする番組をゴールデンタイムに作れ。そうすればお前は誰にも文句を言われることなく自由に、誇り高い仕事が出来るようになる」

B

東京テレビに入社してちょうど一〇年経つが、社屋の一六階のその部屋に入ったのはこれが初めてだった。そこには編成部の特別応接室がある。現場主義で海外ロケに出ているか、社内にいれば編集室に籠もりっ放しになる玄一郎にとっては、縁のない場所だった。

エレベーターを降りると長い廊下があった。廊下の先には巨大な木製のドアがそびえ立っている。その前に立ち、ノックしてみたが応答はない。仕方なくノブを握り、重い扉を押して中に入ったところで納得した。そこはまったくもって無意味なほどに、恐ろしくだだっ広い部屋だった。

入口から最も離れた壁は一面がガラス窓で、向こう側には先ほどエレベーターホールから見えた景色があった。雨に煙ったグレーの空である。その前にある、ロールスロイスのリムジンほどもありそうな長いデスクに着き、座ってこちらを見据えているのが、編成部長の権藤栄一である。

営業・編成との幹部会議、あるいはスポンサーやＶＩＰとの応対等でその部屋を使う。その手前、こちらから見ると横向きに座り、無表情でノートパソコンのキーボードを叩いているのは編成部員の部下、神崎悦子だった。

「大げさだ――」玄一郎は声に出さずに呟いてみた。すべてがバカバカしいほど大げさで、芝居がかっている。

権藤が言った。

「座りたまえ」

おそらく、玄一郎の立っているドアの前からは七メートルも先にある椅子に座れと言っているのだろう。仕方なくそこへ向けて歩き始めた。何歩あるのだろう？　一五まで数えたところで飽き飽きしてやめた。

権藤栄一は東大経済学部出身。東京テレビに入社するや編成部に配属され、巧みなＣＭフォーマット、つまりどこの時間帯にＣＭを入れるかという戦略を、入社わずか三年目にして構築した人物。その手腕は天才的だと社内の注目を浴びた。

その後は営業局で大手広告代理店や大スポンサーに食い込み、そのあまりに計算ずくの動きと、非情な策略家ぶりで同僚たちの評判は悪かったが、仕事は出来るので瞬く間に出世街道を進んだ。そして三〇代半ばにして編成部長の要職に就くという異例の抜擢を受ける。ジム通いで鍛えているのだろう、ひとかけらの贅肉もない肉体を持ち、決して本心を見せない周到さがあった。東京テレビにおける新番組企画採用の最終権限を持ち、視聴率の取れない番組は容赦なく切る。それが編成部長の役割と信じ切っていた。

横に座る銀縁の眼鏡をかけ、濃紺のスーツを着てノートパソコンを無表情に叩いている神崎悦子は、肥大した自意識の塊だった。

父親は大手総合商社の元専務で、ＮＨＫの元経営委員。祖父は保守政党の代議士で衆議院議長を務めた。一橋大学商学部経営学科卒のインテリで現在二八歳。しかしそれ以上に社内で知られているのは、そのクールな面持ちとは裏腹な組織遊泳術であった。彼女には、年上の男性上司に接近すると瞬く間にその心根を掴み腹心になってしまうという天才的な才能があった。テレビ局には、時折こんな女性が存在する。

椅子に座った。

権藤編成部長は、白いカップに注がれた珈琲を口に運ぶ。玄一郎に飲み物を出す気はないようだ。

「先日、君島部長と話した。編成としては君を、ゴールデンタイムでデビューさせたい。ついては佐藤くん、企画書を出して欲しい」

「――企画書」

玄一郎はオウム返しに口に出してみた。

権藤はデスクの上に載せられた書面を指先で叩く。

「放送枠はいいぞ。金曜の二一時。大人の視聴者の時間帯だ。スポンサーは一社。大手通信会社だ。中年以上のインテリ層に、高性能なモバイルを売りたいのだそうだ。特筆すべきは、テーマを特定せず自由にやっていいということだ。創業者の社長は苦労人だ。ネットなどで多少のクレームを受けても気にしないと言っている。質がよく、購買層を惹きつける面白いものを作って欲しいというのが先方の希望だ。ただし最近はＢＰＯ（放送倫理・番組向上機構）が目を光らせてる。ヤラセ、事実誤認、剽窃には気をつけろ。一年間は、視聴率を問わないそうだ。こんな好条件は滅多にない。どうだ、やる気あるか？」

　玄一郎は窓の向こうに広がる雨の落ちる空を見やり、そこから権藤に視線を戻した。

「素晴らしいお話だと思います。やらせてください」

　神崎悦子が言った。

「ただし、局全体の視聴率に影響する枠ですから、最低一二パーセントは取って頂きます」

　危うく舌打ちしそうになった。始まる前から最低視聴率を提示されるのは初めてだ。こんなことが横行するから、テレビ番組は単一化し、批判を恐れてリスクを冒さなくなる。そして数字を取るために無理をするから、過剰演出も増えるのだ。

　権藤が言う。

「滅多にない条件だ。何か頭に浮かぶ企画はあるか？」

　しばし考えるふりをしてから玄一郎は答えた。

「――人間、ですね」

「人間？」

「人間ドキュメンタリー。対象は国内外の人物。実は、企画書は二年前に書いてあります」

　権藤はうなずく。

「なるほど」

「取材対象に完全密着最低三カ月」

「三カ月、NHKでもそこまではやらんぞ」権藤は唸る。

かまわず続けた。

「話題の人物も、無名だけど魅力的な人物も取材対象です」

突然、銀縁眼鏡の神崎が割り込んだ。

「無名な人で大丈夫でしょうか? 有名人に限って選別すれば、数字が二、三パーセントは上乗せされると思われますが」

いったい、何を言ってるんだ? 神崎の意見はまさに定型であった。

「しかし、有名人には意外性がない。ネタが枯渇する可能性もある」

低く、間髪を入れず反論した。

「わかった。佐藤、有名でも、無名でも構わん。編成部は君に委ねる」

「ありがとうございます。コストをきっちり守って最上のものを作ります」

神崎が無言で、ジッと冷たく睨みつけるのを視界の端で感じた。

「四日後までに企画書を出してくれ。来週番組決定会議を設定する。編成局長と情報局長には、こちらで根回ししておく。君島部長には君から報告しておくように」

「わかりました」

立ち上がって歩き出すと、その背中に権藤が言った。

「一世一代の大チャンスだぞ。全力を尽くせ」

玄一郎は振り返って、編成部長の目を見て答えた。

「——心得ております」

去り際、銀縁眼鏡の神崎を見ると、無表情でノートパソコンを叩いていた。ところで、彼女は何をタイピングしているのだ？

翌週、番組決定会議は問題なく通過した。


その夜、玄一郎は御祝いに、滅多に行けない飯倉片町のイタリア料理店「キャンティ」で、野沢翠とトスカーナ産の赤ワイン「キアンティ・クラシッコ・リゼルヴァ」で乾杯した。

「いよいよゴールデンタイムに進出ね。ここはちょっと値が張るから割り勘ね。なんか私たち、お給料のほとんどを食事代に費やしてるみたいね。でも、滅多にないことだから。玄ちゃん、おめでとう」

「うん、ありがとう。とにかく着実に当てて、塁に出ることを目指すよ」

「どうしたの？　大チャンスなのに、浮かない顔ね」

翠は赤ワインのグラスを手に、微笑みながらも首を傾げる。

「そんなことはないよ。ただ——、まだ番組企画が会議を通っただけだし、これから人間ドキュメンタリーの具体的な対象者の人選や、何よりスタッフ編成という大仕事があるからね」

そう言ってワインを口に運ぼうとすると、翠は素早くそのグラスに蓋をするように手のひらで被った。

「ダメよ、玄一郎さん。本当のことを言いなさい。何か気になってることがあるんでしょう？」

「――君にはかなわないな。まるで全部お見通しみたいだ」

玄一郎は苦笑して、最上階の編成部特別応接室での妙に芝居がかったやりとりの様子を話した。

「どうにも素直に歓べないんだ」

「なるほどね、編成部らしいわ」

翠は口元だけで笑う。

「何しろこの五年間、東京テレビはフジテレビを抜いて視聴率トップを守り続けてるんだから、きっとそのプライドを見せつけたいのね」

「プライド、なのかな？」

玄一郎はワインを一口すすった。

確かに、株価と新社屋だけにご執心の経理出身の中林社長は「俺はわからんから。任せている」と、一見懐が大きいところを見せている。ところがそんな社長は、既にお飾りと化している。現在、この会社を動かしているのは実質、担当常務、編成局長、そして編成部長の権藤栄一だ。

「ウフフ、まるで戦時中の陸軍参謀本部ってところね」

「笑いごとじゃないよ」

「ホントだ」

翠はわざと驚いてみせる。

「編成局が参謀本部なら、東京テレビは敗戦国になっちゃう。でも玄一郎さんは現場の兵隊さんだから大丈夫よ。東京裁判にはかけられないわ」

そうだろうか？　と玄一郎は思う。これまでは単なる歩兵やせいぜい小隊長だったかもしれないが、これからは違う。総合プロデューサーとしてゴールデンの番組を仕切るのだ。視聴率を取れなければ、間違いなく俺は国外追放だ。

そのとき、「キャンティ」の名物、ミラノ風仔牛のカツレツが来た。クリームソースで和えたホウレンソウのパスタが添えられている。

翠は一口食べて、「うん、美味しい。幸せ」と目を細めて笑う。

玄一郎も釣られて嬉しくなった。

「翠は食べてるとき、本当に幸せそうだね」

そう言うと翠はナイフとフォークを動かす手を止めて、

「玄一郎さんは、もの作りをしているときが幸せでしょ」と彼を見つめた。

確かにそうだ。取材をして、素材を編集しているときは、すべてを忘れて作品に没頭出来る。

「編成部の人たちには、その充実感がないんじゃないかしら。確かに視聴率はテレビ局の生命線だけど、突き詰めていけば数字でしかないわよね。実体のないものに存在感を持たせようとすると、人間ってどうしても威圧的になったり芝居がかったりしちゃう。神崎悦子さんは確かにそんな感じね」

突然、神崎の名が出て驚いた。

「知ってるのかい？」

「同期よ」と翠はこともなげに言う。

そうだったのか。

「確かに頭のいい人。でも、玄一郎さんは大丈夫。番組は絶対に成功する。どうしてだと思う？」と翠は聞いた。

「どうして？」

そう聞き返すと、彼女はナイフを皿に置いて、その右手を玄一郎の左手に重ねた。

「私がいるから」と微笑む。

「確かに。凄い味方だ」

「ウルトラマンの異名を持つ君島部長も、あなたの強い味方でしょう」

翠の言う通りだった。そして、細川邦康だ。不意に呼び出したかと思うと「妙な奴に気をつけろ」と告げ、「ゴールデンタイムで番組を作れ」とも言った。その直後に今回の件である。何か局内の動きを察知していたのかもしれない。しかも、「視聴率も大事だが誇りを持て」と玄一郎の背中を押した。

「情報局には細川邦康という人がいるんだ。相談役でね。知ってるかい？」

「伝説のプロデューサーね」

「うん。色んな意味で、魅力的な人なんだ。奥深い。そして掴みどころがない」

「掴みどころがない？」

「うん、例えばね」と玄一郎は説明する。

「細川さんは元俳優で米国大統領だったロナルド・レーガンと、彼が亡くなるまで深い友情で結ばれていたという話があるんだ。話は一九六〇年代後半に遡る。レーガンがまだカリフォルニア州知事だった頃、実は来日して東京テレビだけに出演してるんだ。そのときのプロデューサーが細川さんだった。なぜそういうことになったかというと、当時の官房副長官・山口慎から、秘かに出演の交渉を持ちかけられたんだ。レーガンはオレンジや牛肉などの輸出市場を、日本で開拓したかった。だからアピールの場が欲しかったんだ」

元作家で政治家の山口慎は、デビュー作が芥川賞を受賞しベストセラー小説となった。その作品が映画化される際に実弟が出演し、それがきっかけで弟は大スターとなる。細川相談役は若い頃、その映画俳優と仕事しウマが合った。飲み友だちになり、この「キャンティ」で兄の山口慎を紹介された。実はこの店、飯倉片町の「キャンティ」も、細川から「勉強のつもりで一度行ってみろ」と勧められたのだ。

「キャンティ」は一九六〇年に開店した。日本初の本格的なイタリア料理店であり、何より文化人たちのサロン的存在だった。作家、演出家、作曲家、作詞家、映画監督、俳優、そしてユーミンこと松任谷由実のように、「キャンティ」を中心に麻布、六本木界隈で遊んでいたことから芸能界デビューした者も少なくない。

彼らは「キャンティ族」と呼ばれ、夜な夜な交遊を深めた。特に深夜営業の店がほとんどなかった六〇年代に「キャンティ」は午前三時まで開いていたため、黎明期のテレビ関係者が収録後に集った。つまり産声を上げたばかりのテレビジョンが巨大産業へと変貌していく様を、間近で見つめていたのがこの店なのだ。

「そして一九八〇年の大統領選挙でロナルド・レーガンがジミー・カーターを破って当選するとね」と玄一郎は続ける。

「細川さんは山口慎と一緒に渡米して、大統領就任式に列席するんだ」

「なるほどね」と翠は言う。

「ロナルド・レーガンが第四〇代アメリカ大統領になったのは一九八一年。山口慎は東京都知事選挙で負けたものの、その頃には国政に復帰して、保守党若手タカ派の急先鋒になっていた。米国の大統領就任式に出席するくらいの実力者にはなっていたわけね」

「凄い。年号と歴史がスラスラ出て来るんだな」玄一郎は驚いて言う。

「私はお勉強が出来る子だったたって言ったでしょう」と翠は笑い、「さあ、続きを聞かせて」と促した。

「うん。ただし、細川さんが望んだのは名誉なんかじゃなかった。アメリカで派手なロケ番組が作りたかったんだ」

「ウフフ、カリフォルニア州知事時代に売った恩がそこで効いて来るのね」

「ああ。レーガンの秘書官を通して、アメリカで仕事をする際のあらゆる便宜が図られたそうだ。絶対的オフリミットなはずの合衆国陸海空軍基地の撮影許可から、戦車や戦闘機の貸し出し、軍用兵器実験場でのロケまでやりたい放題だったらしい。墜落したＵＦＯを運び込んで宇宙人の死体を解剖したって噂の通称・エリア51こと、グルーム・レイク空軍基地にカメラが入ったのもそのときが初めてらしい。このジャーナリスティックな視線から下世話な興味本位までを雑多に内包してるのが、実に細川さんらしいんだよ。僕はね、細川さんが実はその陰で日本政府の密使的な動きもしてたんじゃないかってことも疑ってる」

「ふーん、まさにアンダーグラウンドな世界ね」

「僕はあの人にとても気に入られているようだ。でも、細川さんは時々摑みどころがない」

「でも、玄一郎さん。私すべての人間は、厄介な部分をいい意味でも悪い意味でも持っていると思うの。細川さんもひと言では語れない複雑さがあるから言い知れない魅力があるんだと思う」

食後のカプチーノを口にしながら玄一郎は、時々芯を食ったことを言う翠の澄んだ瞳を思わず驚嘆の目で見つめてしまうのであった。

C

ゴールデンタイムの新番組、放送は四カ月後だ。しかし大きな問題があった。スタッフがいないのだ。今まで一匹狼でやって来た玄一郎の行動が、ここにきて裏目に出た。

しかもさらに悪いことに、心強い味方、ウルトラマン君島部長が制作局の制作部長に異動になった。前々から噂はあったのだが、翠とキャンティで食事をした翌日、正式な辞令が出たようだった。

「聞いたか?」

電話をすると君島は低くそう言った。

「ハイ、聞きました」

「制作部で動いていた、新しい知的エンターテインメント番組プロジェクトが本決まりになった。上層部の意向だ。この異動はやむを得ない。玄一郎、助けてやりたいのは山々だが、君はもう既にひとりでレギュラー番組を回せる力を持っている。何かあったら助けるが、出来るだけギリギリまで君自身でやり通せ。そしてさらに力をつけるんだ。いいな。もしも本気で困ったら、いつでも俺に言って来い」

君島の異動は、ある意味では既定路線だったとも言える。NHKの伝説的な看板アナウンサーを父に持つサラブレッドである。将来、腕の立つ管理職として上層部への道が嘱望されていた。情報局という「泥沼」で敢えて汚れ仕事を経験し、そこからゴールデンタイム番組の豊富なエリートコース「制作局」へ。最終的には局の参謀本部である編成局に異動になることが、かなり高い確率で予測された。

ひと時でも、異動した君島に頼ろうとした気持ちが甘かった。自分で動くしかない。まずは情報局内で常に三本から四本の番組を統括する、先輩チーフプロデューサーの合田に事情を話し、何人かのスタッフを貸してもらえないか頼んでみることにした。

「ダメだね」

合田はにべもなく言った。

「だめ？　せめてひとりか二人でも無理ですか」

デスクでパソコンのキーボードを叩いている合田は、かたわらに立つ玄一郎を振り返ることもなくディスプレイに向かいながら言う。

「今ウチがどういう状態になってるかわかってるだろう。裏の〈ワイドスクランブル〉にやられて、編成からは強化案出せって毎日のようにせっつかれてんだよ。最低三カ月だぁ？　ふざけんな。そんなところにスタッフ出せるわけねえだろ」

情報局には計六人のチーフプロデューサーがいる。そして各班のチーフプロデューサーが配下にプロデューサーを置いて、複数の番組を束ねている。しかし班と班の壁は意外に厚く、互いに競い合っていることもあり班同士の仲は決してよくない。特に合田は君島部長と歳が近くライバル心があった。君島に可愛がられている玄一郎には、内心面白くないものがあったのかもしれない。

結局、他五人のチーフプロデューサーとも交渉したが、答えは全員が「ノー」。誰ひとり協力してくれる者はいなかった。彼らの玄一郎を見る目は、まるでよその国の民族を見るようだった。

最後はほとほと疲れ果て、室田情報局長に泣き言を言いに行った。

室田はニヤニヤと目尻を下げ、

「どうした、玄一郎。珍しくまいってるみたいじゃねえか」と笑う。

「人が集まりません。何が悪いんでしょう？」

「やっかみに決まってるだろう。みんな嫉妬してるんだ。お前みたいな三〇半ばの若僧に次々と番組を当てられて、今度はゴールデン進出ときた。ホイホイ協力しようなんてヤツはいないさ」

「しかし、今度の番組は〈GENリポート〉なんかとはわけが違います。僕ひとりがいくら頑張っても無理だ。スタッフは最低二〇人、いや、それでも足りないかもしれない」

そう、ゴールデンタイムの番組を統括プロデューサーとして仕切るのだ。しかも世界を股にかけた重厚かつエンターテインメントな大型ドキュメンタリー・シリーズである。出来ればオンエア前に、一〇本ほどの撮影をスタートさせておきたい。ならば腕の立つテレビマンを、可能なら三〇人は集めておきたいところだ。

しかし室田局長は、

「合田たちも編成にケツを叩かれて、ただでさえ人手不足な中頑張ってるからな。俺にも彼らに対して、無理に人を貸せとは言えない事情もある」と言う。

「じゃあ僕はどうしたらいいっていうんですか」

さすがの玄一郎も頭を抱えた。

すると室田はデスクに肘を突き、人差し指を立てて、

「玄一郎、ひとつだけ方法がある」と言った。

「――何ですか、教えてください」

「はぐれ者部隊と初心者作戦ってやつだ」

「はぐれ者?」

「そうだ。テレビマンがヤクザな商売だってことを忘れたか？ 局を見渡してみろ、不祥事を起こしてくすぶっている連中がわんさといるぞ。上とぶつかって干されてるヤツもいる。そういうのに限って腕は立つもんだ。あとは入社したばかりで右も左もわからない若手だ。妙な先入観がないぶん、キラリと光る自由な発想をする場合がある。社外のフリーの連中、外部の制作会社にも、仕事は出来るが恵まれてないヤツはいるはずだ」

なるほどその手があったか。さすがは老獪な室田局長。しかも、

「局次長の谷村に、早急にリストを作らせる」とまで言ってくれた。

　情報局のナンバーツー・谷村準朗は、室田局長が岩波映画でフリーディレクターをしていた時代、明治大学文学部在学中ながら助監督のアルバイトをしていたところを目を付けた男だった。卒業後、映画製作会社で働き始めるも、室田が東京テレビに中途入社した際、人事部に強引にねじ込んで入社させた。異常なほどの処理能力と鋭い勘を持つ。ある種段取りの連続と言われるテレビ制作の現場にとって、これほど有能な人物はそうそういない。ただし、彼が東京テレビで頭角を現し局次長になったのには、局内の組織を縦横無尽に立ち回る、室田局長の狡猾さがあったからこそなのは言うまでもない。

　それでも、「局長、僕はすべてを仕切って操れるでしょうか」と玄一郎はまだ不安だ。

「バカヤロー、それが統括プロデューサーの役割だろう」

「──まあ、そうですけど」

　そう言うと室田はニヤリと笑い、こう続けた。

「お前にもうひとつ教えてやることがある」

「何か、秘訣ですか」

「秘訣なんてない。これから言うのは常套手段だ。いいか、集めた連中の中で、ダメなヤツは絶対に出て来る。これは仕方がない。この場合どうするか、だ」

「どうするんです？」

「即刻、首を切る」

　室田は手刀で自分の喉元をかっ切ってみせた。

「しかもその日のうちにだ。絶対に助けようなんて気を起こすな。そいつに妻や幼い子ども、老いた親がいてもだ。バッサリ斬れ。そして新しいヤツを入れろ。こうしてスタッフの質を徐々に上げていくんだ。いいか、ゴールデン番組ってのは巨大な船だ。安全に航行させようと思うならば、方法はそれしかない。ダメなヤツがひとりでもいたら沈むぞ。氷山を見逃したタイタニック号だ。お前だってこの番組をコケさせたら、三、四年は確実に干される。想像してみろ、ひとつも仕事がなくなるんだ。毎朝定時に出社して、昼飯食って夕方まで新聞でも読んで暇をつぶし、六時に退社する生活だ。冷たい海に沈みたくなかったら、徹底して非情になれ」

やはり、室田局長は恐いオッサンだった。ただし最後に、

「なお、この番組は我が情報局にとって最重要番組だから、谷村局次長の直轄にする。異存はないな」と言った。

これは朗報だった。あの「仕事人」谷村準朗がいてくれると思うと、玄一郎に微かな安堵が訪れた。

少しホッとして細川相談役の個室へ向かうと、ドアが開いたままになっていて、細川はいつもの洒落たスーツ姿のままデスクに足を乗せ、ハードカバーの洋書を読んでいた。映画「オール・ザット・ジャズ」の一場面の写真に、タイトルが見えた。どうやらブロードウェイ・ミュージカルの天才振り付け師、ボブ・フォッシーの評伝のようだった。

「そうか、やったな」

ゴールデンの新番組が決まったと報告すると、心から歓んでくれた。本を放り投げるようにしてデスクに置き、ソファーに座るよう促す。そして自らも正面に座ると、

「いよいよバッターボックスに立つわけだ。しかも打順は四番だ。さあ、どうする？」と、玄一郎を試すように問う。

「まずは大振りしないことだ。お前はホームランを打てる男だ。ただし今じゃない。確実に当てて塁に出ろ。最初から自分のやりたいことをしようとするな。視聴率を取りにいくんだ。場外ホーマーや大量得点はいつだって出来る。つまり番組の視聴率が上昇して水平飛行に入るまでは、実験的なことはやらないことだ。無理に自分らしさを出す必要もない。新しいこと、今まで他の番組がやってないことを狙うのはいいが、徹底してリサーチしたうえで慎重にやることだ。

　そして次が大切だ。軌道に乗るまで一円たりとも赤字を作るな。編成に番組お取壊しの材料を与えることになる。当たったら、三パーセントから五パーセントの範囲でオーバーしても、奴らは何も言って来なくなる。そこで初めて長打を狙え。ただしよく研究してからだ。必要とあらば俺の人脈を利用してくれてもいい。便宜を図る」

　細川相談役の人脈と便宜。これは底なし沼のように深くユーラシア大陸のように広い。身震いがした。

「そして番組が当たって軌道に乗っても油断するな。秘かに次の新番組の企画書の準備をしておけ。番組には必ず賞味期限がある。そいつは三年かもしれないし、二〇年の場合もある。そこで大切なのは、もしも視聴率が下がって来て、これ以上は無理だと思ったとき、お前から編

成に打ち切りを申し出ることだ。お前の評価が下がらないうちに、だ。自分から『私の判断では、これ以上続けるのは危険です』と言えば、番組は終わるがお前の名誉は保たれる。そこで用意していた企画書を素早いタイミングで提出するんだ。信用はまだ担保されているから、編成はその企画を食うだろう。それが成功すれば、いよいよヒットメーカーの入口に立ったことになる。俺は、ずっとそれを繰り返して来た」

細川はそこで初めてニヤリと笑ってみせた。

「そこまで来たらこっちのもんだ。ヤツらは冒険を嫌う。自信がないんだ。だから数字ばかりをあてにする。そこを狙ってやるんだ。俺はそうやったおかげで、『細川は番組を外したことがない』という印象を連中に植え付けたわけだ。そうすると、編成や営業からは面白いように次の依頼が来るって仕掛けだ」

なるほど、伝説のプロデューサーはこうして生まれたのだ。

礼を言って立ち去ろうとすると、

「そうだ、ひょっとすると来週あたり社長が交代するぞ」

と細川は意味深に囁いた。

「社長が、ですか。つまり中林社長は解任される？」

「そうだ。外部から凄いのが来る。楽しみにしとけ」

そう言ってドアが閉められた。

経営者の交代。玄一郎にはあまりに高次元の話で、それで何がどう変わるのかなど想像もつかなかった。

翌週、谷村局次長からリストをもらった。

「玄一郎、とりあえず有象無象を取り混ぜて放り込んでおいた。何か問題があれば俺にすぐ伝えてくれ」

そのリストを基に全員に連絡し、情報局の会議室で面接した。朝から夕方まで、丸三日かかった。

まさに有象無象、玉石混交。様々な人材がいた。

外部のフリーランスでは、華麗なる経歴を持つ老ディレクター、元自主映画監督にアダルトビデオ監督経験者、他局だが高視聴率を記録したバラエティ番組の元ディレクター、痴漢もどきの事件で告発されたが不起訴になった中年プロデューサー。

一方、社員では、酔って報道局長を殴ったドキュメンタリーディレクター、腕はあるのだが領収書の人数を割増しし国税に指摘され出勤停止になったプロデューサー、酒気帯びバイク運転でコンビニに突っ込んだディレクター、等々。どれも普通の管理職なら絶対に使いたくない面々だ。そして入社二年から四年の若手社員が数名。誰もがまだ大学生のような幼い顔つきをしているが、何らかの理由で所属の部署から放り出された連中なので、癖はありそうだ。ただし、東大、神戸大、慶應理工学部と大学は一流だ。

結果、玄一郎は全員採用することにした。やらせてみなければ実力はわからない。途中経過を見て、あまりに酷い場合は室田局長に言われたように切るつもりだ。

当初の思惑通り、三〇人は確保した。社員以外は出来高制。社員も、出来ない者は取り替える。社外の人材は、六〇分番組一本につきギャラを発生させることにした。企画は自分でももちろん出すが、全員に出させ、最終的に玄一郎が決定する。

他に番組デスクとして女性ひとり、AP（アシスタント・プロデューサー）に青木聡という男を局常駐で雇うことにした。APはチーフプロデューサーの言わば右腕になる存在である。〈はぐれ者軍団〉の中から選びに選んだ。

谷村局次長から、青木は「経歴的には最も問題がありそうな人物だが、実力は一級品」との折り紙付きで推薦を受けていた。確かに一癖も二癖もありそうな履歴であった。

まだ二四歳。中学時代からコンピューターオタクだったが、高校在学中より写真家を目指すようになり、一九歳のとき、とある写真誌のコンテストで最優秀賞を受賞。その賞金一五〇万円を手にアメリカを放浪。ニューヨークに辿り着き、最先端のアートフィルムに出会う。そこで映像に目覚め、帰国してテレビ制作会社のADになった。

しかしお仕着せのバラエティやロケ番組ばかり作らされることに愛想を尽かし、世界的なポップアーティスト・高杉亭のアシスタントとなる。高杉は彼のコンピューターの知識を高く買ったが、薄給で労働条件が厳しく、青木は一年足らずで彼の元を離れてしまう。

そこでブラブラ遊んでいたとき、闇金融で儲けた高校時代の悪友から、高級出会い系サイトのシステム構築をやらないかと持ちかけられる。渋谷道玄坂上のその手の業者が集まる雑居ビルの一室を事務所にして、青木はサイバー社会の闇の底を垣間見ることになるのだが、同時にひとつの出会いがあった。同じビルに所属事務所がある地下アイドルとねんごろとなり、彼女が妊娠するのだ。

二人は結婚し、やがて女の子が生まれたのを機に安定した仕事を求め、以前勤めていたテレビ制作会社に戻ることになった。

会社も歓迎してくれた。もはやコンピューターとネットなしに、テレビ制作は出来ない状況になっていたからだ。青木は資料作成、リサーチ、情報交換と、デジタルとサイバーの知識を駆使し、まさに八面六臂の活躍をする。

また、かつてニューヨークで写真家になることを目指していたことから、独学ながら英語はネイティブ並みで、やれと言われれば英語圏のサイトに不法ハッキングすることさえ出来た。下請けの制作会社に凄い男がいるらしい、そんな噂が谷村局次長にまで届いたのだ。

青木聡は、玄一郎が今まで出会ったことのないタイプの若者だった。一九〇センチに届こうかというひょろりとした長身で、舌っ足らずなしゃべり方をする。しかし、いかにも自信なさげに語るその言葉には、なぜか不思議な説得力があった。ひ弱な口調でありながらも、確信の持てないことは一切口にしない。逆に言えば、彼が何かを断言すれば、それはかなり信憑性のある情報だということを示していた。

「そうか、こいつは才能があり過ぎるんだ――」

玄一郎は思った。頭がよ過ぎて色んなことが出来過ぎて、自分が何をしたらいいのかわからず戸惑っているのだ。上手く導いてやれば、凄い結果を出してくれるはずだ。

翌日の仕事終わりで、浅草雷門の前で翠と待ち合わせした。梅雨時にしては珍しくよく晴れた、気持ちのいい夕方だった。もう六時半だというのに、夏至に近いこの季節はまだ昼間のように明るい。

シックな紺のワンピースに白のジャケットを羽織った翠の清楚な装いがいつにも増して魅力的で、短めのワンピースの裾から伸びた脚が美しく、玄一郎は思わず見惚れた。

「今日はアメリカ大使館でインタビューがあったのでこんな格好です」

翠はそんな玄一郎の視線に微笑み、軽く両手を広げて「どう?」とポーズを決めた。

「凄く似合ってるよ。とても素敵だ――」

腕を組んで浅草ROXへ向かって歩き始める。

翠と付き合うようになってから、素直に自分の気持ちを口に出せるようになった。こんなふうにまだ明るい時間に、女性と堂々と腕を組んで歩くことも、昔の玄一郎なら照れ臭く気後れしてしまい決して出来ないことだった。

でも今は違う。この聡明で美しい恋人と歩けるのが、誇らしく幸せだった。

本日のデート、その舞台は老舗の洋食屋「ヨシカミ」。一九五一年創業で、コーンポタージュ、ポークソテー、カニサラダ、カツサンド、そしてビーフシチューが名物だ。翠のリクエストだった。

「ここはね、亡くなった父がよく連れて来てくれたの。イギリスやロシアでは、こんな美味いものは食えないっていつも言ってたわ」

まずはカニサラダが出て来て、二人はビールで乾杯した。

「細川相談役が僕に色々な便宜を図ってくれると言ってくれた。正直、ある意味心強いが、あの人は本当に底知れない感じがする」

「細川さんといえばね」と翠が言った。

「ウチの外報部長が、細川さんの立教の後輩なの。もちろん歳は二〇以上違うんだけど、同窓ということで若い頃から可愛がってもらったんですって。それで色々と聞かせてもらったの。玄一郎さん、この前、細川さんとロナルド・レーガンの話をしてくれたでしょう？　あれにはまだ続きがあるのよ」

「続き？」

「細川さんはね、鄧小平とも親しかったんですって」

「中華人民共和国の最高指導者・鄧小平。中国を変えた人物だ。そりゃまたデカイ名前が出たもんだね」

「でしょ？　それはレーガンが大統領に就任する三年前の一九七八年のこと。やはり旧友の山口慎代議士から連絡を受けて、中華人民共和国、当時はまだ副総理だった鄧小平が来日するので、その全行程を撮影してくれないかという依頼を受けるの。山口氏曰く、『この人は中国を変える人物でいずれ最高指導者になるから』って。そこで細川さんはこの中国の要人に日本の何を見せたら刺激を受けるだろうとテレビ屋ならではのプランを練って、山口代議士や中国大使館や外務省と折衝した。日中国交回復に尽力した田中角栄邸の訪問から始まって、日米自動車紛争直前、最も勢いのあった頃の日産、トヨタの自動車工場、そしてソニー、パナソニックのテレビ、VTR事業を見せた。最後は鄧小平を新幹線に乗車させ、その全行程を撮影、ドキュメンタリーフィルムに収めたんですって」

「うむ、画が浮かぶね」

「そうよね。案の定、鄧小平さんは上機嫌で旅を楽しむと同時に、戦後の焼け野原からの日本の飛躍的な発展に大いに刺激を受けたの。当時彼の抱えていた最大の案件は、何と言っても毛沢東の発動した文化大革命でボロボロになってしまった中国をどう立て直すか、だった。おそらく日本の復興と、中国の未来を重ね合わせたのね。だから外報部長が言うには、鄧小平の改革開放路線と市場経済の導入のきっかけは、細川邦康の日本案内がかなり影響していたかもしれないって。凄いと思わない？」

「スケールが大き過ぎる話で僕にはついていけないな」

「まさに伝説の人物よね」

そのとき「ヨシカミ」名物のオムライスがテーブルに置かれ、翠は「わぁ」と音を立てず手を叩いてみせる。

翠はオムライスをスプーンで口に運び、肩をすくめた。

「ウン、美味しい」

翠は「ビールをもう少し欲しいわ」と店員を呼んだ。

「でもね、話はそれだけじゃ終わらないの」

ビールが運ばれ、玄一郎のグラスに注ぎながら翠は続ける。

「まだあるのかい？」

「ここからが本題よ。細川さんが撮影したドキュメンタリーは中国の国営放送局・中国中央電視台でも放映され中国国内で凄い反響があった。だから、鄧小平から直々に『ホソカワさん』と呼ばれる仲になり、日本の首相官邸に当たる中国政府の中枢・国務院とも直接連絡が出来る立場になった。何しろ当時一〇億人が暮らす未知の大国が市場経済に移行したのよ。同じアジアにとんでもない手つかずのマーケットが生まれたわけだから、日本では様々な人物が利権を得ようと細川さんに接近して来た。中でも真っ先に細川さんを訪ねて来たのが、道明寺壮一と〈MUGEN〉の犬養徹だったというわけ」

思わぬ名が翠の口から発せられた。

道明寺壮一——四年前の夏の日が、鮮やかにフラッシュバックした。キューブを四つ重ねた奇妙な山荘で読んだ、藤吉吉太郎が死の前に書き残したと思われる、あの虚しくも長い物語。〈四大ドン〉と呼ばれる四つの芸能企業の上に君臨して昭和平成を生き、今は京都の北部で隠遁生活を送っているが、彼が眉ひとつ動かしただけでテレビ局の上級幹部の首が飛ぶと言われている芸能界の帝王だ。

そして〈MUGEN〉は言わば芸能界の新興勢力。その会長を務める犬養徹は、慶應大学商学部卒業後、大企業就職には目もくれず「大人のオモチャ」と呼ばれていたアダルトグッズの問屋業で財を成し、やがてVHSビデオデッキの普及によりアダルトビデオの制作・販売にも乗り出すようになり、これが大成功して東京に進出。その後、輸入CDや輸入雑貨、若者向け衣料へと手を広げAV業界はスッパリ撤退し、九〇年代にはレコード会社と人気アーティストを抱える巨大芸能企業に変身していた。

地方の小さなアダルトビデオソフト販売の会社がなぜそこまで急激な大成長を遂げたのか？犬養徹が天才的な経営者であったことは確かだが、そこには常に謎がつきまとっていた。

なるほどそういうことか。道明寺と犬養は、中国という共通の巨大利権で結びついたのだ。

「彼らは国家間の友好関係はまず文化交流から始まるということを知っていた。ドメスティック・ビジネスだけに終始していた日本のエンターテインメント界においては、やはり先見の明があったと言わざるを得ないわね。今やチャイナマネーに頼る日本の芸能・娯楽業界だけど八〇年代初頭の当時、そんなことを考えた業界人はいなかったでしょうね」

翠は続ける。

「道明寺は八〇年代半ばから中国本土で日本の歌手のコンサートを企画した。それがちょうど、犬養が地方のＡＶ販売業者を辞め東京の芸能界に進出して成功を収める時期と一致するの。そして娯楽に飢えていた中国の人民が狂気乱舞したのは当然のことだったわね。でも、これは外報部長の想像だけど、道明寺と犬養は、芸能ビジネスだけをやっていたんじゃないはずだって」

「――他に何をやってたっていうんだい？」

「芸能関係以外の、企業の中国進出ルート作りじゃないかしら。自動車産業、ゼネコン、誰もが中国市場を、喉から手が出るほど欲しがった。実権を握る中国共産党幹部に会いたがった。だから彼らはそれに手を貸す代わりに、莫大なリベートを手にした」

時代はバブルを迎えようとしていた。そのときに国内で自動車とゼネコンを押さえたら鬼に金棒だっただろう。それを言うと翠は、

「どちらにせよ、その際に各日本企業から、道明寺と犬養にダークマネーが大量に流れたことは間違いないわね。でも、細川相談役はすべての動きを知りながら自分は関与しなかった。だから東京テレビにいられる」

そのとき、鉄製の鍋に盛られた「ヨシカミ」特製のビーフシチューが、湯気を上げてテーブルに到着した。

「ウフフ、来た、来た」

翠は嬉しそうにフォークを手にする。

玄一郎は考えていた。細川邦康と道明寺壮一の関係を、だ。細川もまた、翠の言うダークマネーに手を染めたひとりだったのだろうか。

D

いよいよ新番組の制作がスタートした。

全体会議は時間の無駄と考え、出られる人間のみ、月一回の状況報告にした。初回は番組コンセプトを伝える玄一郎の演説のみ。ただし三〇人に上るスタッフとは随時、ＣＣメールや電話、海外にいる場合はスカイプで連絡を取り意思確認をした。

取材対象の人物選びが始まった。リサーチャー、プロデューサー、ディレクターから情報が入った段階で、ＡＰの青木とデスクの女性がスタッフのスケジュールを調整、改めて全体会議が開かれた。そこで挙げられた候補は以下の通り。
・関西で中華料理屋のチェーン店二〇〇店を、三四歳の若さで展開させた男。

・ハーバード大で最先端の人工知能を研究する、独身の日本人女性研究者の考える未来。
・元経産省の大物官僚で、政府の無策を叩き続けるベストセラー作家。
・第三次世界大戦は必ず起こると主張する、ケンブリッジ大学の教授。
・ヨーロッパとアメリカ東海岸で異常な人気を誇る日本人映画作家。
・紛争地で危険な取材を繰り返し、スクープを連発する日本人ジャーナリスト。
・日本にカジノを作るという構想を貫き続けるビジネスマンの先なき交渉。
・FBIに所属する米国一の犯罪心理学者の見た、過酷な事件現場三カ月間。
・アメリカでマリファナを吸える州を渡り歩き、合法性を訴える日本人学者。

等々、他一〇本余り。

それぞれが資料を提出して説明、実際にアポイントメントを取り、取材対象者に会ったときの印象、周辺取材の結果などをプレゼンした。誰もが自ら掘り起こした企画こそ最高だと自信を持ち、尚かつ他のスタッフの提案に「負けたかもしれない」と唸る。途中休憩を挟んで三時間の会議は熱気を帯びた。

これはいけるぞ——玄一郎は手応えを摑んだ。そして誰に言うでもなく呟いた。

「まだまだ知らない凄い人物が、この世界にはいるということだ。それを長期シリーズで展開していけば、どんなドラマ、いや、ハリウッドのエンターテインメント映画よりも予測不可能で面白いリアルな世界が描けるはずだ」

そう口に出してみて、自分の言葉に驚いた。

「リアル・ワールドか」

思わず顔を上げると、隅の席に座っていた青木聡と目が合った。

青木が頷く。

「番組名は、『リアル・ワールド』はどうだろう?」

玄一郎は言った。

「いいですね、わかりやすくて尚かつ広がりがある」

〈はぐれ者軍団〉のひとり、酔って報道局長を殴ったドキュメンタリーディレクターが即座に答える。

「言葉としての間口が広い。子どもから高齢者までにアピール出来るな」

いつの間にか「長老」のあだ名が付いた、様々な名番組を作って来た老ディレクターが言った。

全員が同意した。

番組名は「リアル・ワールド」に決定した。

玄一郎はその場で一〇本の制作開始を指示。翌日から各班はそれぞれロケ地などのリサーチを始め、三週間後には日本各地、世界各国に飛んでいった。これから少なくとも、三ヶ月は帰って来ない。

玄一郎はインターネットと電話で各班に状況確認をし、必要があれば自ら世界各地の現場を渡り歩きアドバイスした。そして撮影が終わってからは、一〇月の初放送日前日まで死ぬ気で編集現場を回った。

一〇本の企画が進行する中で、その仕上がりとインパクトを考え、一本目は「第三次世界大戦は必ず勃発すると予言するケンブリッジ大教授」に決めた。担当ディレクターは〈はぐれ者軍団〉の中でも最高（最悪？）の問題児、酒気帯びバイク事故でコンビニに突っ込んだ男だ。

中学生かちょっとマセた小学校高学年くらいにもわかるよう、世界の裏情勢をＣＧを交えて丁寧に説明し、教授の唯一無二かつ天才的な思考、その日常に迫った傑作に仕上がった。

玄一郎は最終的な編集とＭＡ（映像に効果音や音楽、ナレーション等を加える作業）に立ち会った。完成は放映日前日の昼前だった。

そこから眠ることもなく夜まで局内で過ごし、オンエアはスタッフルームにて、ロケに出ていない全員で観賞した。終わると拍手と歓声が湧いた。それぞれが握手して抱き合い、そのまま近くのワイン居酒屋で打ち上げ。全員が疲れ切っているにもかかわらず、異様ともいえる興奮に包まれている。午前三時まで飲んで解散。

しかし――、翌日の朝、九時二〇分には運命の報告が来る。番組視聴率がビデオリサーチ社から届くのだ。

一瞬、自分がどこにいるのかがわからなかった。しばらくして、自室のベッドの上だと気づいた。遠くで携帯が鳴っていた。

ＡＰの青木だった。

「先輩、出ました」

「いくつだ？」

「一二・一パーセント」

「二桁いったか」

ほっと胸を撫で下ろす。

「ハイ、初回ですから悪くない結果です」

「わかった。一一時には出社する。番組宛に来た視聴者の感想メールを見られるようにしておいてくれ」

そう言って電話を切った。

確かに悪くはない。問題は次からだ。このまま一〇パーセントを割らず半年進んでくれたら、編成による番組お取壊しはないだろう。テレビ業界では、一桁台の視聴率を「シングル」と呼ぶ。シングルに落ち込まないよう、番組のテンションを保たなければならない。

一一時の情報局オフィスは、局長、局次長以下の管理職は出社しているが、社員は番組デスク、管理部門を除いてまだ誰もいない。

ガランとしたフロアを横切り奥の室田局長の元へ行くと、谷村局次長らも集まって来た。

「玄一郎、まあまあの出だしだな」

プリントアウトされたビデオリサーチからの視聴率を手に、室田が言う。

「初回は様子見です。今後、強いネタを随時入れていきます」

「うむ。何かあれば、少々の制作強化金は用意する。ただし、わかってるだろうが二桁は絶対に割るな。それから、くれぐれも企画を先鋭化するな。女子どもにも受け入れられるネタを選べ。いいな」

「了解しました」

このように、テレビ局において「二桁」と「シングル」では雲泥の差だ。天国と地獄と言ったっていい。

シングルに落ち込むと、編成がすぐにやって来て「番組強化案」を明日までに出せと言って来る場合もある。大物タレントを入れてナビゲーターとして出演させろ、美容、グルメ、芸能人関係のネタをやれと横やりが入るのだ。そうなったら、大抵の番組は死への道を辿る。彼らは「強化案」というが、それらは一時の気休め、カンフル剤にしか過ぎない。

視聴率——これはテレビ局の営業・編成・制作現場と、広告代理店の間で駆動する「基軸通貨」である。受信料で経営を成り立たせるＮＨＫに対し、民間放送のテレビ局は基本的に、視聴率を基準にＣＭを中心としたスポンサー収入で経営が成り立っているからだ。

「視聴率がそこそこよく」

「コンプライアンスに問題がなく」

「視聴者からクレームが来ない」

これさえ守られていれば、スポンサーも広告代理店もほぼ文句は言って来ない。つまりどんなに内容が低次元でも、許される範囲の視聴率が取れれば、何事も起きないのだ。

一方どんなにクオリティが高くて内容が画期的でも、視聴率が悪ければ、その後の放送継続は保証されない。編成も上層部も決していい顔はしない。打ち切りの可能性も高くなる。「金」にならないからだ。

そして何より確実なのは、そんなシングルの番組を一度でも作った人間には、よほどの才能と粘りがない限り、次の機会はほぼないということだ。そして二度やらかせば、テレビマンとして一生、完全にチャンスを失う。

「視聴率がテレビ局の基軸通貨」ということには、もうひとつの意味がある。それは「スポットCM」の広告料というものが、テレビ局にとって実に旨味のあるビジネスだからだ。

なぜなら「スポットCM」は番組の合間に流されるので、当然のことながら番組制作費がまったくかからない。では、スポンサーはどういう基準をもってスポットCMの広告料を支払うのか？　それは各局が取る平均視聴率が参考にされる。ゆえにテレビ局は必死になって全体の視聴率を上げようとするのだ。

だからどこの局でもそうだが、社屋の目立つところに、どの番組が他局を押さえ視聴率のトップを取ったという手書きの貼り紙が、これ見よがしにベタベタと掲示されている。

現在全局中で視聴率のトップを走る東京テレビでも、ロビーを抜けたエレベーター横にはゴールデン（午後七時～一〇時）・プライム（午後七時～一一時）・全日（午前六時～翌午前〇時）の三つを指す、「視聴率三冠王」という貼り紙が誇らしげに飾られ、社員及び外部スタッフを鼓舞し続けている。まさに視聴率とは局の放送ビジネス、その浮沈を左右する指標なのだ。

こうした視聴率を優先するシステムは「悪」だと言う識者もいる。ただし、民放テレビがスポンサーから番組提供料やスポット放送料をもらって運営している企業である以上、致し方ないシステムだとも言える。

少なくとも玄一郎は、局で番組を制作する人間がそれに文句を言うのは筋違いだと考えていた。いや、むしろ視聴者が無料で優良なコンテンツに接することが出来る、ある意味「最強の広告ビジネスモデル」だと言えないだろうか。

映画もいくら話題性がありクオリティが高い作品であっても、客が入らず興行収入が低く、制作費や宣伝費が回収出来ないとなると、公開間もなくスクリーンから消えてなくなる。残酷だが、これはエンターテインメントや表現物をビジネスにしている現場の常なのだ。

玄一郎の「リアル・ワールド」もそうだが、番組には社員以外にフリーランス・ディレクター他、様々な人々が関わる。室田情報局長は番組を「大型客船」にたとえたが、プロデューサーには、その舵取りをする醍醐味もある。ゆえに視聴率というものが番組の命運を握る。

ただし数字だけに囚われ過ぎ、過度に「分析家」的作り方をするとコンテンツから魂が失われ、逆に視聴率を落とす場合も多々ある。視聴者は賢明だ。そして企画演出が優れていて良質で数字の取れる番組が作られ続ければ、局としては外部にある、多数の番組制作会社（テレビ制作プロダクション）にも仕事を落とし共存して、さらなる巨大メディアとして繁栄していくことも出来るのだ。

このようにテレビ局には、実に多くの外部関係者が出入りしている。芸能事務所、制作会社、セット美術関係者、レコード会社、リサーチ会社、映画会社、映画製作会社、イベント関係者、等々。テレビ局とは、こうした外部関係者のハブ、拠点となっているのだ。

そして当然のことながらその中には、健全な者もいれば怪しい者もいる。玄一郎がその事実を身をもって知るのは、もう少しだけ先のことになる。

「リアル・ワールド」は硬派なドキュメンタリー番組だったにもかかわらず、徐々に視聴率を上げていった。番組の主人公となる取材対象の選出がキャッチーかつユニークだったことと、民放ではめったにない三カ月以上にわたる長期取材が効いたのだろう。クオリティが高いと評判が立ち、三カ月後には平均で一四パーセントを超え、半年後には一五パーセントを超えることもたびたびあった。

しかしそれでも玄一郎は、時折あの局最上階にある編成の会議室に呼び出され、神崎悦子から「ラインナップが地味過ぎる」とダメ出しされ、改善案を考えるよう指摘された。

タイトスカートの脚を組み、冷たい表情でただパソコン画面に映し出されたデータだけを基に語る神崎を見ていると、今このときも、中東の紛争地帯や南米のジャングルで危険と隣り合わせで奮闘している〈はぐれ者軍団〉たちを思わずにいられなかった。「神崎悦子をそんな危険で過酷な海外ロケに放り込んでやりたい」という欲求にかられるが、もちろんそれは飲み込んだ。数字が安定している今は、自分を抑え「参考にします」と聞き流していればいい。

「リアル・ワールド」はタレントを一切起用していなかったので、著作権クリアが容易なこともあり、放送後の東京テレビが提携する有料配信サイトでも視聴可能だった。始めるとアクセス数も多く、放送外収入にも寄与した。ＤＶＤも売れた。こうなると多少だが予算も上積みされる。いい循環だ。ここまで来れば一年は継続出来るはずだ。

ただし、その時点で玄一郎は三人のディレクターを首にしていた。室田局長に「非情になれ」と言われたことに従ったということもあるが、それ以上に仕事の出来ない者は、他のスタッフについていくことが不可能になっていた。〈はぐれ者軍団〉たちは凄い勢いで先鋭化していった。彼らは自分が作る映像の出来栄えに酔いしれ、尚かつ他のディレクターが撮る回に刺激され、強いライバル意識の下、さらに高度な作品に挑戦していった。それを、上昇する視聴率が煽り立てたのだ。

情報局長・室田源二は番組を「巨大客船」にたとえたが、それで言えば「リアル・ワールド」は帆船だった。いや、〈はぐれ者軍団〉が操る海賊船かもしれない。視聴率という強風を背に受け、もう誰にも止めることは出来なかった。いや、そのはずだった——。

E

二〇一一年三月一一日、午後二時四六分一八秒。玄一郎は情報局フロアの隅で、椅子を並べ横になっていた。前日から徹夜で編集作業に立ち会い、午前中に会議があったのでそのまま眠らず、しかし昼飯を食ってしまうとさすがに眠気に襲われ、倒れるように眠りに落ちていた。まずは、フロアの方々から凄い叫び声が上がった。

情報局のフロアが揺れていた。東京テレビ社屋が、いや、東日本全体が揺れていたのだ。デスクやロッカーの上からはファイルや資料、デスクトップパソコンまでが滑り落ち床に散乱する。女子社員が悲鳴を上げた。天井の蛍光灯がブランコのように舞う。机の下に潜り込む者もいた。長い長い一三〇秒だった。

しかし地獄はそこから始まった。何しろそこはテレビ局だ。どこよりも早く、被災地からの

郵 便 は が き

料金受取人払郵便

高輪局承認

1613

差出有効期間
2027年3月
31日まで

108-8790

512

東京都港区芝浦 3-17-12 吾妻ビル5階
駒草出版 株式会社ダンク 行

ペンネーム

□男 □女 (　　　)歳

メールアドレス (※1)　新刊情報などのDMを □送って欲しい □いらない

お住いの地域

都 道
府 県　　　　市 区 郡

ご職業

※1 DMの送信以外で使用することはありません。
※2 この愛読者カードにお寄せいただいた、ご感想、ご意見については、個人を特定できない形にて広告、ホームページ、ご案内資料等にて紹介させていただく場合がございますので、ご了承ください。

本書をお買い上げいただきまして、ありがとうございました。
今後の参考のために、以下のアンケートにご協力をお願いいたします。

(1) 購入された本についてお教えください。

書名：

ご購入日：　　　　　年　　月　　日

ご購入書店名：

(2) 本書を何でお知りになりましたか。(複数回答可)

□広告(紙誌名：　　　　　　　)　□弊社の刊行案内
□web/SNS(サイト名：　　　　　　　)　□実物を見て
□書評(紙誌名：　　　　　　　)
□ラジオ／テレビ(番組名：　　　　　　　)
□レビューを見て(Amazon／その他　　　　　　　)

(3) 購入された動機をお聞かせください。(複数回答可)

□本の内容で　□著者名で　□書名が気に入ったから
□出版社名で　□表紙のデザインがよかった　□その他

(4) 電子書籍は購入しますか。

□全く買わない　□たまに買う　□月に一冊以上

(5) 普段、お読みになっている新聞・雑誌はありますか。あればお書きください。

[　　　　　　　　　　　　　　　　]

(6) 本書についてのご感想・駒草出版へのご意見等ございましたらお聞かせください。

(※2)

[　　　　　　　　　　　　　　　　]

映像が次々と送られて来た。ハリウッドが総力を上げて作ったＣＧよりも恐ろしい津波の映像である。

　番組はすべて報道特別番組に切り替わった。当然、「リアル・ワールド」の放映も見送られることになった。玄一郎は自宅待機してもいいのだが、三月一一日以降も毎日出社した。翠に電話すると、上野桜木の実家は父親の残した蔵書が崩れ悲惨な状況になったというが、母親は幸い怪我もなく無事。しかし外報部も海外との対応に追われ、二人は会うこともままならなかった。

　自分のデスクで、ただただ情報局のテレビ画面を見つめ続けた。スポンサーはすべてＣＭを自粛し、ＡＣジャパン（元・公共広告機構）のメッセージフィルムが繰り返される中、翌三月一二日には、福島第一原発一号機建屋の水素爆発が映し出された。白い煙が噴き上がり、画面右上には「国内史上最大マグニチュード八・八、死者不明者一四〇〇人超」という文字が載せられ、画面下には日本地図と、赤・ピンク・黄に色分けされた「大津波警報」「津波警報」「津波注意報」の文字が不気味に点滅し続けた。

　そして一四日には三号機が爆発、こちらは一号機とは違って、キノコ雲のような黒い煙が上空数百メートルにまで上がった。しかしそれでも、政府も東京電力も、果たしてそこで何が起きているのかを正確には摑めないようだった。

　四月になって少なくとも東京は平常通りの日常に戻れた頃、〈はぐれ者軍団〉のひとり、アダルトビデオ監督をやっていた男が、ひとつの企画を持って来た。旧ソ連チェルノブイリ原発事故から約四半世紀、その地が今どうなっているかを探ってみたいというのだ。

彼はかつて、東大大学院で社会学を学んだインテリの元AV女優を連れてその地を旅するというドキュメンタリー映画を製作していて、その映像も見せてくれた。キエフから北に約一〇〇キロ、ベラルーシとの国境近くにプリピャチ市というところがある。そこはチェルノブイリで働く労働者とその家族のために造られた街である。しかし、放射能のためゴーストタウン化した。閉鎖された遊園地、錆び付いた観覧車が映し出されていた。

ピンと来た。このうらぶれた寂しい廃墟の遊園地、誰も乗る者のいない観覧車の画だけでも強烈なインパクトがある。玄一郎はただちに「リアル・ワールド」の抱える四人のリサーチャーに調べてもらうよう指示を出した。

すると思わぬ報告が上がって来た。英国在住の生物学者が事故以降チェルノブイリ周辺を調査していたが、その地では生息動物のヒエラルキーが変化しているというのだ。ナマズが巨大化し、この地域には珍しい狼が数を増やし地上動物の頂点に立っていた。

正直なところ、民放地上波で原発関連のネタはタブーである。政府から必ず有形無形の圧力がかかるからだ。福島第一原発の事故以降、スポンサーもナイーヴになっている。

ただし、チェルノブイリ周辺に起きた異常は放射能によるものではなかった。有刺鉄線で半径三〇キロを二五年近く人間から隔離していたため、生態系の序列が変わってしまったのだという。

「どう思う?」

APの青木に聞いた。

「あまりいい言い方ではありませんが、室田局長のおっしゃる『女子どもに受けるネタを入れていけ』という方針には合うんじゃないでしょうか」

「そうだな。出来るだけ興味本位にならず、真摯な態度で取材をすれば、広い年齢層にアピール出来るかもしれない」

玄一郎はディレクターとリサーチャーに、さらに慎重に調べて欲しいと指示を出した。


青木とそんな会話を交わした数日後のことだった。

玄一郎が局の廊下を歩いていると、小太りで黒縁の眼鏡をかけた、特徴的な人物が歩いて来た。番組リサーチ及び海外映像版権獲得会社「ＴＶインク社」の社長、木田喜一である。

つばの狭いハットを頭に乗せ、金ボタンのブレザーコートを着て、チェックの派手なズボン。首にはネクタイではなく高級なアスコットタイを巻いている。いつものスタイルであった。

玄一郎を見つけると、ちょっと女性的な仕草で手招きした。

「ＴＶインク社」は、リサーチ能力と海外映像版権獲得ネットワークに関しては日本一と呼ばれている会社である。木田は青山学院大学経済学部卒業後、ＮＨＫの子会社、ＮＨＫエンタープライズで数々のドキュメンタリー制作に現場で関わって来た人物。一五年前に一念発起して作ったのが、当時珍しい番組リサーチ業務と海外映像の版権ビジネスをする「ＴＶインク社」だった。

木田はＮＨＫ及びすべての放送局に入り込んだ。ＮＨＫエンタープライズにいたという経験とコネが効いた。彼のビジネスは急成長を遂げる。乃木坂に五階建ての自社ビルを持ち、近年は海外ネットワークを利用して、テレビ番組の買い付けだけでなく映画・音楽の版権ビジネスにも手を広げようとしている。東京テレビではゴールデンタイム、そのほとんどの番組に関係し、「リアル・ワールド」にも二名のリサーチャーを派遣してもらっていた。彼らはすこぶる優秀だったが、ただし、TVインク社の調査費は格段に高かった。

「ご無沙汰してます。社長、何か？」

玄一郎は尋ねる。

「玄ちゃん、アレ、やめといた方がいいわよ」

テレビ局にはこういう、ゲイでもないのにオネエ言葉を使う人物がよくいる。

「アレ、と言いますと？」

「聞いてるよ。チェルノブイリの件」

どうやら自社のリサーチャーから聞いたようだ。

「まずいですか？」

「マズイですかじゃないわよ。お宅は民間放送でしょ、スポンサーがあってのテレビ局。こういうのはね、NHKにやらせとけばいいんですよ。民放ならエンタメに徹しなさい。エンタメ、エンタメ。こんなネタ放送して、番組終わっちゃったらどうすんのよ？」

もちろんデリケートな企画だということはわかりきっている。しかし、この時期だから何とか上手く作り上げて放映したかった。玄一郎には、編成から苦情が入っても何とか切り抜ける自信があった。

今の「リアル・ワールド」には勢いがある。木田は単純に、万が一問題が起きて自社の関わる番組が終了し、売上げが落ちるのが嫌なのだ。

「干されるよ、玄ちゃん」

小柄な木田は、肩で押し上げるように玄一郎の脇腹を軽く突く。

「〈リアル・ワールド〉打ち切りになったら確実に干されちゃうよ。仕事を取られて窓際に追いやられたテレビマンほど、惨めなものはないよ」

事なかれ主義、金儲け優先のくだらないヤツだ。しかし玄一郎はこの木田という男が、下手に正義感を振りかざすと、局の社員であってもおかまいなく陰で誹謗中傷する輩だという噂を知っていた。

「社長、アドバイスありがとうございます。慎重にやります。僕も会社員です。我が身は可愛いですよ」

「わかってるじゃないのォ」

木田は下卑た笑みを見せる。

「さすがは只今売り出し中の佐藤玄一郎クン、実によくわかってらっしゃる。賢いね。じゃ、今度軽くメシでも行こうよ、ねっ」

そう言って玄一郎の肩を叩き、木田は去っていった。

ここにもまた魑魅魍魎だ。その背中を見送りつつ、翠に報道のルートで調べてもらおうと思った。

次の土曜日、紀尾井町のカフェ「オーバカナル」で待ち合わせした。翠は白のスキニーフィットジーンズに、紺・赤・白のトリコロールカラーのトミーヒルフィガーのポロシャツ、グリーンのサマーセーターを肩にかけて現れた。新緑の眩しい穏やかな午後だった。

「オーバカナル」はパリのカフェ風に、道路に面した外にテラスがあるのが売りだ。二人はそちらに座を取り、カプチーノを注文した。

「調べてみたけど、この人物、かなりやっかいね」

翠はMacBookのトラックパッドをスクロールしながら言う。

「木田喜一は、ほぼ全局の上層部と通じてる。現場だけじゃなく編成、営業ともね。飲食やゴルフを頻繁にやっていて、かなり親密だって話。というのも木田はＮＨＫから民放まですべての局の内情を知ってるので、情報交換のためには各局の上層部も彼との交際はないがしろには出来ないのね」

「なるほど。どこの局も他局が今後どんな番組を仕掛けて来るのか、どの大物タレントに当たりをつけているのか、喉から手が出るほど知りたいってわけだ」

「ええ。木田は実際のリサーチ業務をやってるわけじゃないし、ＴＶインク本社にいることなく毎日各局の編成や現場を回っているわけだから、言わば情報の塊、歩く情報源みたいなものなのね。極端な話、他局の人事や局内の小さな噂話、『あの若手ディレクターは仕事が出来る、出来ない』『あのＡＤは将来出世しそう』みたいなレベルの話まで把握してる。そして切れ者であることは確か。

木田とＴＶインクがここまで伸びたのは、彼が〈情報は宝〉ということをしっかり認識してたから。下請けのテレビ制作プロダクションだと各局による縛りがあって、複数の局を跨いで仕事をするのが難しいけれど、リサーチ会社だとその壁を楽々越えることが出来た。しかも木田はかつて番組制作者であったから、将来性のある若手社員の相談によく乗っているんだって。お酒の席を設けたりして、彼らのコンサルタント的役割もしているようなの。ただね、これがくせものなのよ」

「若手の相談に乗るということが？」

「そう。一見、面倒見のいい外部組織の社長のように見せかけているところが、実はタチが悪いのよ。現場のプロデューサーやディレクターが何かの事情、大抵は上からの指示でやむを得ない場合が多いんだけど、彼の会社を切ったり、リサーチ料を値切って来たり、新番組にTVインクを入れなかったりすると、非情で陰湿なやり方をされるんですって」

そういう局面になると木田は直接プロデューサーやディレクターに抗議するのではなく、チーフプロデューサーなど相手の上司に、「彼は大丈夫なんですかねぇ」などと吹き込む。しかもデッチ上げを含んだネガティヴな情報を入れて来るという。確かに、会社組織でそういうことをやられると部下はこたえる。

「悲しいけど、噂って悪い方が広まるじゃない？」と翠は言う。

「あのディレクターは制作費を使い込んでるとか、あのプロデューサーはデスクの女の子を愛人にしてるらしいとか、直接本人と付き合いのある相手なら『そんな馬鹿な、あいつはそんなヤツじゃない』って一笑に付せることが、第三者には無責任に面白可笑しく伝わってしまう。例えばAというディレクターとBというディレクター、どちらを使うかという局面に立つと、『じゃあ噂のない方にしようか』となってしまう」

「なるほど。『そういう噂が立つこと自体、お前はダメなんだ』、そう言われてしまえばそれまでということか。組織というものの危うさを、ある意味よく摑んだ卑劣なやり方だな」

本来、野武士集団であるべき番組制作態勢が、コンプライアンスを気にするあまり脆弱になったところを突かれたともいえる。細川相談役が現役バリバリだった頃は、木田のような輩が入り込む余地はなかったんだろうな——玄一郎はそんなことを考える。

「でもね、そういう裏面を持つ関係会社だからといって、仕事が出来ないとか優秀でないとかというわけではないの。そこが彼らの賢いところ」と翠は続ける。

「歪な形の関係性が生まれているとしても、ちゃんとした仕事をしているうちは、たとえ誰かが勇気を持って告発したとしても、こうしてテレビ局が大企業になってしまった以上、外部組織をそう簡単に切ることは出来ないから」

つまり木田のような妖怪を生んでしまったのも、テレビ局という存在があるからこそ、とも言える。

そう言えば玄一郎の同期で、木田とよく飲み歩いていた男がいた。ところが営業に異動になった途端、「社の廊下ですれ違っても、目も合わせてくれなくなった」と嘆いていた。仕事上の付き合いで友人ではないと言えばそれまでだが、木田にとってテレビ局社員とは、ひとつの仕事上のツールでしかなかった。ゴルフで上層部に取り入るのも、飲み会を開いて若手の相談に乗るのも、彼らを自分の使いやすいコマにする手段だというわけだ。

「さあ、玄ちゃん、ここまで調べたご褒美は？」

MacBookを閉じ、翠は首を傾げてみせる。

「うん、四谷三丁目に、一日二組しか入れないリーズナブルなフレンチレストランがあるんだ。夫婦でやってる小さなお店だよ。本来土曜日は休みなんだけど、特別にお願いして開けてもらってる。小皿で出て来る料理が美味しいしワインの品揃えもいいよ」

「ウーン、最高。だからあなたが好き」

翠はそう言って玄一郎の手を取って立ち上がらせた。

「君が好きなのは僕なのか、それとも美味しい料理なのか」

玄一郎は苦笑する。

「両方に決まってるでしょ。ここからなら歩いていけるわね、お散歩しましょう」

翠はそう促し、二人は清水谷公園からホテルニューオータニの脇を抜け、上智大学グラウンドを見下ろす土手をのんびりと歩いていくことにした。時刻は五時半、レストランの予約は六時だ。

「最近思うんだけどね」と、玄一郎は繋いだ翠の手の温もりを感じながら言う。

「僕ら政府の総務大臣から免許をもらって運営している民間放送は、近年とみに過激な政権批判などしなくなっているよね。果たしてこれでいいんだろうか。『放送法』には〈公平で不偏不党な放送が望ましい〉なんて書いてあるから、あるときお上から『停波するぞ』、『お前の放送局の電波を止めてやる』なんて言われたらひとたまりもない。でもそれって、恫喝に近い言葉だよね」

「そうね。イギリスではコミッティーと呼ばれる複数の有識者による委員会があって、そこでの議論と同意の下に、テレビ局は形式的に女王陛下から放送免許をもらうシステムになっているの」

ロンドンでの生活が長かった翠は言う。

「つまりメディアというものが民主主義によって守られているわけ。だからイギリスのテレビは、政府に大企業、果ては王室まで、アンタッチャブル（不可触領域）に突っ込んでいけるわけ」

「王室までってところが、実にイギリスらしいね」

玄一郎は感想を漏らす。

「つまりメディアとして成熟してるの。だからイギリスの友人が来ると、『日本ではなぜ、朝から晩まで子ども向けの番組をやっているの？』なんて尋ねられるわ。ちょっと極端かもしれないけど、彼らにはそう見えるらしいの」

この国に存在する、旧郵政省・総務省と組んだテレビ局や広告代理店を頂点とする巨大なヒエラルキーを持つ共同体には、視聴率を「基軸通貨」にした仕組みがある。ゆえに内容がいくらよくて評価が高くても、最悪打ち切りとなる。これは先に述べた通りだ。

かつては番組のスタート当初はシングル、つまり一〇パーセント超えを達成出来なくても、前例のない実験的な番組の先行きを考えて可能性を感じた場合、粘りに粘って見事二〇パーセント番組に仕立て上げた名プロデューサーもいた。内容によっては耐える編成マンもいた。

ところが今は、どのタレントが出たから、どのネタを扱ったから毎分の視聴率が上がった下がったという、数字至上主義のテクニック論が若手から中堅まで横行し、かつてはバリエーションに富んでいたコンテンツが減って、番組は画一的になっている。

玄一郎は、民間放送である限り視聴率は当然大切だが、必要以上の分析がある意味、各局の番組の類似化を招き活力を低下させていると考えていた。

そして実験的番組が減り、現状は人気タレントのフリートーク番組や、女性タレントの街歩きロケなどが増えている。これらは台本もなく、「制作費が安い」「手間がかからない」「時間がかからない」「トラブルが少ない」の四本柱で重宝され、数字の取れるコンテンツとして多用されている。

「僕はね、翠」と玄一郎は言う。

「そういう気軽な番組もあっていいと思うんだ。でも、作り込んだ番組も必要だと考えてる。だから東京テレビのブランド力を上げていくうえでも、手作りの〈リアル・ワールド〉のクオリティをもっと充実させたいんだ」

「そうね。番組を商品として捉えると、その質を上げていかなければならない」

「それは僕ら現場の人間が、黙々と築いていくしかないんだろうな。今の編成を始め現在の東京テレビ上層部を考えると、とても険しい道だけど――」

「あなたなら出来るわよ、玄一郎」

翠はそう言って玄一郎の腕を抱き、彼の肩にその柔らかなショートヘアを乗せた。

「リアル・ワールド」が始動して一年が過ぎた頃、社長が交代することが正式にアナウンスされた。細川相談役が言っていた「凄い社長」とは果たしてどんな人物なのか、末端の玄一郎には知る由もなかった。何しろ多忙過ぎた。やるべき仕事に忙殺されて、社内の人事にまで気が回らなかったというのが正直なところだった。

一方、喜ばしいこともあった。「リアル・ワールド」で取り上げたアカデミー賞最優秀長編アニメ映画賞受賞経験のある有名アニメーターの密着ドキュメンタリー、その四カ月の記録が、ついに視聴率二〇パーセントを超えたのだ。彼が以前より「リアル・ワールド」に興味を持っていてくれたのが幸いした。それまでの全作品、ほとんどのカットの使用許可をくれたし、放送回の最終編集まで、何度もアドバイスをくれた。

「ハイクオリティ・アニメーションとはどうやって出来るのか?」を、鮮やかな編集で観ている人たちに理解出来る仕組みにした。番組のクライマックスを彼の次作、予算のかかった大作映画のメイキングに出来たのも効いた。「リアル・ワールド」だけに全面協力が与えられたのだ。玄一郎が半年前から監督に直筆の手紙を何通も出し、プロデューサーにも何度も面会をお願いし、粘り強く交渉した結果だった。

放映直後にそのアニメーション映画は公開され、第一週からぶっちぎりの興行成績一位の大ヒットとなった。「リアル・ワールド」でのメイキングが、絶妙な効果を生んだのは間違いない。監督本人から直接、玄一郎の携帯に興奮した様子で熱いお礼のメッセージが伝えられた。

編成の神崎悦子が「アニメのメイキングなんて地味過ぎるから絶対だめだ」と、何度も指摘して来た回だった。玄一郎はその度にあの最上階の会議室に呼び出された。神崎は権藤編成部長にはもちろん、室田情報局長にまで訴えたと後に聞いた。自分の主張することに従わない玄一郎が、どうしても許せなかったらしい。

玄一郎は、神崎悦子もそうなのだが、過去のデータを持ち出し前例のないことをやりたがらない若い社員が増えているのが気に入らなかった。「データがないと作れないのか。前例がないからデータもないんじゃないか」と言いたかった。

E

岩崎利一郎新社長が正式に就任した。

玄一郎がその姿を初めて見たのは、東京テレビ社屋内にあるホールで執り行われた新入社員入社式だった。毎年、各部局持ち回りで記録用のＶＴＲを撮影する。本年度は情報局の担当で、玄一郎がその責任者を任されることになったのだ。

ダークブラウンのスーツに身を包んだ岩崎利一郎は、整髪料などは一切使わない白髪混じりの長めの黒髪を無造作になびかせ、颯爽と壇上に立った。御年七二歳。細身で長身だが、華奢な印象は寸分もない。印象はどこまでも穏やかだが、全身に自信がみなぎっているように見えた。

何より印象的だったのはその切れ長の目だ。冷たいのか熱いのか、一見しただけではわからない。ただ誰もがその眼差しに捉えられると、畏怖と尊敬の念を覚えた。

会場は一瞬にして風がやみ、鏡のように波ひとつない海の如く静まりかえった。

岩崎はよく通る伸びやかな声で語り始めた。

「入社おめでとう。しかし、ここで早速であるが、おめでたくないひと言を諸君に言わせてもらおう。君たちはこうしてめでたく入社式を迎えたわけだが、もしもひとり立ち出来るスキル、能力、技能、そして知識のある人間に育つことが出来なければ、君たちが我が社に居続ける意味や価値はない。今、メディアの世界はそういう局面に入った。何でも安易に人に任せず、ひとりですべてを処理出来るような能力を身につけたまえ。自分で考え自分で行動する。その能力を磨く自信がない者は、今すぐこの講堂から出ていって欲しい。難関を突破してテレビ局に入社したからといって、間違っても一生会社の看板に寄り掛かって安泰などと思うな。テレビと映像の世界は、今後一〇年で激変するだろう。君たちも、会社の看板を外したら〈ただの人間〉になってはならない。かつての高度経済成長期ならいざ知らず、今は普通に仕事をしていれば、会社が自分を守ってくれるなんていう時代ではない。会社で経験を積み、他社に引っ張られたり、この会社から独立出来るぐらいの実力を身につけた社員が育たないと、テレビ局でも新聞社でも、簡単につぶれてしまう時代が既に来ているのだ――」

新入社員たちは一様にポカンとした表情となり、役員と人事担当者は全員凍りついた。

「新入社員に対して、入社早々解雇を口にするなんて」と、組合から労働協約違反だと訴えられても仕方ない訓示だった。

しかし玄一郎が見る限り、岩崎社長は〈テレビ局とはスペシャリスト集団であるべし〉という、組織の社会的存在理由を、本質的な部分で見抜いていた。

国内のネット動画配信が普通になり、巨大資本の外資系動画配信も出現している今、テレビは既にギリギリまで追い詰められている。下手をすると前世紀の遺物になりかねない。電波網というインフラはもう特権ではない。優秀なジェネラリストもビジネスマンも必要だろうが、最終的にはテレビ局自体の抱えるコンテンツ制作集団の優劣が生き残りを決める、その事実を指摘していたのだ。

「一流企業・高収入・有名タレントと仕事が出来る華麗な世界」などと浮かれていた新入社員は、皆、下を向いてしまった。そう、これからの時代は、誰もが自分自身の力で、その能力をフルに使い、走らなければならないのだ。岩崎社長の登場は、最初から強烈だった。

その三日後、秘書室から玄一郎の元に電話があった。岩崎新社長が、局内の様々な分野で活躍する若手社員一〇名を集め、食事会を催したいという。なぜ自分が？　と玄一郎は驚いた。もちろん玄一郎にとっては雲の上の人であり、これからも仰ぎ見るだけの人であるはずだった。

場所は四谷に近い新宿区若葉の裏通りにある一軒家のイタリア料理店。玄一郎は夏のボーナスで買ったものの、一度も袖を通したことのないラルディーニのスーツを着ていった。翠が見立ててくれたものだった。

集められたのは、入社七年目ながら「早くも独立してフリーに？」と噂されている人気局アナに、長らく中東に駐在しイラクから緊迫したレポートを送り続けていた報道局の敏腕ディレクター、常に視聴率二五パーセントをキープし「笑いの天才」と称されるバラエティ番組のプロデューサー、ハーバード大卒で国際弁護士資格も有する政治部女性記者など、まさに今後の東京テレビを担っていく気鋭の一〇人だった。

洋館造りの一室、全員が着席し緊張して待ち受ける中、岩崎新社長がにこやかに片手を挙げて入室して来た。秘書室長の町山が後に続く。

町山は制作現場出身で元人事部長。東京テレビの隅々まで知っている人物である。会話をスムーズに進める穏やかな雰囲気と明るさを持っていた。

雰囲気と調度品の趣味は一級品だが、若手との会食ということで、メニューはリーズナブルなチョイス。岩崎社長の配慮だった。それが彼らをリラックスさせたのは言うまでもない。高級食材はないが味は絶品。スプマンテ、白のガヴィから赤のバローロ、レモンチェッロ、グラッパと、酒もふんだんにあった。コースが終わりデザートが出たところで岩崎社長が言った。

「ご存じかもしれないが、私は長年通信社にいた人間だ。だから東京テレビに声をかけられたときから、各民放の社長やＮＨＫの会長、テレビメディアに精通する専門家まで、年長者を中心に十数名の識者に会って話を聞いて来た。しかし今からは、君たち会社の内部の人間に話を聞く番だ。何でもしゃべって欲しい。遠慮することはない。ジャーナリストとしてのキャリアは長いが、テレビ屋としては新米だ。『これからこの会社をよくしていくためには、いったい何をすればいいのか』を、大いに聞かせてくれ。町山くんがメモする。酒はまだまだある。ざっくばらんにいこうじゃないか」

全員が驚きどうしたものかと戸惑っていたが、「まずは弁の立つ君からどうだ？」と指名された人気アナウンサーが、持ち前の明るさで話し始めると一気に場が和んだ。次々と発言が飛ぶ。さすがは東京テレビを代表する気鋭の若手だ。誰もが頭がよく意欲に溢れ、アルコールが入りながらも話は論理的で面白く大いに盛り上がった。

最初は少し気後れしていた玄一郎も、

「何かのときに海外出張に当日に旅立たなければならないケースもあると思います。今のように一週間前に申請というルールでなく、管理部に言って帰国後に海外出張届を出せると格段に仕事のスピードが上がると思うんですが」などと提案した。

岩崎社長がニコニコしながら聞いていることもあり、若手同士の会話はどんどん白熱した。笑いもたくさん起きた。楽しかった。玄一郎はこの会社で、これほどの自由を感じたのは初めてだった。酒も進み一時間ほどが過ぎると、岩崎は、

「町山、今メモしたことを明朝からレポートにまとめてくれ。彼らの熱い気持ちを、明日から実行しようじゃないか。こんな会をまたやろう」と言った。


そして実際、これまで旧態依然としてところどころ動脈硬化を起こしていた社内のシステムが、驚異的なスピードで改善されていったのだ。あの場にいた者と社内で出くわすと、「凄いな、本当に会社が変わり始めたじゃないか」と驚き合った。

例えばこの会の翌日、一一時頃玄一郎が出社すると同僚が掲示板を見て来いと言う。そこには「新管理規定」とあり、緊急性のある場合、海外出張の申請は管理部に断れば帰国後でもよいと書いてあった。それはド肝を抜くスピードだった。

また、玄一郎ら一〇名が自らの持ち場に帰り新社長との会話、その革新的な姿勢を語ったことにより、大きな波及効果もあった。誰もがこの会社で仕事をすることが何倍も楽しくなり、骨身を惜しまず邁進するようになったのだ。

やがて本当に、ユニークな新番組が次々と生まれた。かろうじて視聴率三冠王だった東京テレビはさらに躍進し、いよいよ独走状態に入った。岩崎利一郎は単なるテレビ局経営者ではな

く、別次元の人間だった――。

岩崎利一郎、一九四〇年生まれ。父は東大教授で天文学の権威、祖父は海軍の主計中尉であった。しかし祖父は明治後期より欧米を何度か視察した経験から、秘かに日本の敗戦を確信していたという。岩崎は東大経済学部卒業後、日本通信社に入社。自ら上層部を説得して、初の社内留学制度を利用して英国オックスフォード大学に留学した。

やがて日本通信社では、外報部、政治部を経て、経済部長となった。その時期にはソニーの盛田昭夫に井深大、さらには本田宗一郎、松下幸之助、海外では「伝説の経営者」と呼ばれたゼネラル・エレクトリック社の最高経営責任者、ジャック・ウェルチとも交流を持った。その人脈は現在に至るまで底知れず、内外の政官財に及ぶ。フィクサーとしてディズニーランドを世界で最初に日本へ誘致しようと動いたのが、実は若い頃の岩崎だったというのも信憑性ある情報である。

その後、携帯キャリア会社他、主に通信・メディア系七社の社外取締役を経て、古巣の日本通信社の副社長となるが、東京テレビの創業家の社主・溝口兵衛門の三顧の礼を受け、東京テレビ社長職に就任した。

そんな華麗なる経歴を持つ岩崎社長には、ロシアのプーチン大統領と数回会ったとか、ビル・クリントン他米首脳陣と頻繁に会う仲だったとかという伝説が幾つもあった。またシリコンバレーの友人の導きでベンチャー企業だった頃のマイクロソフト社、若き日のビル・ゲイツ、そしてスティーブ・ジョブズに至っては、彼がスティーブ・ウォズニアックと共に

「Apple II」を開発していた頃に会っていたという話まであった。

　しかしその後定期的に開催され、やがて「一〇人会」と呼ばれるようになった若手との食事会で誰かが水を向けても、「ああ、そういうこともあったなあ」と笑うだけだった。経営者には過去の武勇伝を自慢気に語る人物が多いものだが、岩崎は徹底して現在と未来のことしか語らなかった。「会社のさらなる改善点は?」、「メディアはどうなるのか?」、「人工知能はこれからどうなると思う?」、「映画の未来は?」とか「モバイルは今後どう発展していくか?」等々について、若手に対し貪欲に意見を求めるだけだった。


　玄一郎が特に岩崎社長に驚かされたのは、三回ほど「一〇人会」が開かれた後だった。「リアル・ワールド」の会議でひとつの企画が提案された。その名も「バチカンの秘密」。ダン・ブラウン原作、トム・ハンクス主演の映画「天使と悪魔」では、バチカンに隠された謎が数多く語られる。番組でリサーチしてみても、バチカンが凄い人物とエピソードに溢れ、まさにネタの宝庫であることがわかった。

　しかし、バチカン市国と言えばローマ教皇庁によって統治される、カトリック教会と東方典礼カトリック教会の中心地。言わばキリスト教の「総本山」である。そんなところで撮影許可は下りるのか?　しかも〈はぐれ者軍団〉の担当ディレクターは、「ローマ法王のインタビューは必須です。それがないと番組が成立しない」とまで言い張り譲らない。

　もちろん実現すれば最高だ。チーフプロデューサーとしては何とか叶えてやりたい。さてどうしたものか?

隣に座っていた青木が、

「先輩、社長に相談してみたらどうでしょう」と言い出す。

「社長に？」

「ええ、確か東京テレビはバチカンの建造物修復に一枚噛んでるはずです。そのルートで何とかなりませんかね」

「うーん」

唸りながらもダメ元で秘書室に電話してみた。すると一五分後には玄一郎の携帯に折り返しの連絡があり、二時間後の「本日午後四時半に来てくれ」とのこと。驚くべき話の早さだった。

一二階の社長室に向かうと、エレベーターホールで町山秘書室長が出迎えてくれた。

「秘書室長、ご面倒おかけして申し訳ありません」と頭を下げると、

「何を言ってるんだ。僕たちの仕事は、君らの番組作りをサポートすることだ」と肩を叩かれた。

町山に誘われて部屋に入ると、自らパソコン画面に向かいキーボードを叩いていた岩崎社長は顔を上げ、

「どうした、玄一郎」と笑顔を見せる。

バチカン企画の構想を話した。静かに聞いていた岩崎は、やがて無言で立ち上がりデスクの電話の受話器を取る。

「事業局長を呼んでくれ」

五分ほどで事業局長が現れた。

事業局とは海外大物シンガーの招聘やコンサート、世界の有名美術館等の展覧会を開催する、放送とは違う事業を司る部門である。玄一郎は再び番組概要を話した。

社長は愛用の「ウォーターマン」の万年筆を、右手で器用に回しながらしばし無言で考える。顔を上げ事務局長に聞いた。

「バチカンの建造物の修復に、我が社は資金援助しているな。ところで君は明日から何してる？」

「ええと、来年の法隆寺宝物展の打ち合わせが山場でして。それから局長会など」

「法隆寺は来年だろう。局長会も出なくていい。明日からローマに飛んでくれ、番組の撮影交渉だ」

「はあ」

事務局長がポカンとした表情をしていると、

「玄一郎、お前も行けるな」と言われた。

突然のことだが「ええ、もちろん。でも、いいんでしょうか」と答えた。

「こういうときのために資金援助をしてるんだ、かまわん。それに、我々は番組あってのテレビ局なんだ。ついでにお前も人脈を作って来い、若手を過ぎたら人脈が命だぞ。俺も教皇庁に連絡を入れておく」

冷や汗をかいてお礼をしつつ社長室を出た玄一郎は、事業局長に恐縮しながら礼を述べた。

「いいんですよ」と事業局長も微笑む。

「僕もローマにちょっと用事があったので、いい機会です。でも、この会社も変わりましたね。社長があのスピード感だと、誰もが変わらざるを得ない」

そう、今や会社全体がプラスのオーラを持っていた。まるで別の生命体に変わってしまったようだ。東京テレビ従業員一二五〇人が全員、前を向いていた。胸を張り誇りを持つ歓びに満ち溢れていた。しかもこの変化は、岩崎利一郎というたったひとりの人物の生き方と哲学によって巻き起こったのだ。

さらに、玄一郎の企画を社長がバックアップしたことは、当然のことながらあっという間に社内に広がった。現場を助ける社長など、普通に考えればいるもんじゃないからだ。岩崎はただ単に、正しいことをして社員を助けてくれるだけの経営者ではなかった。彼はその波及効果までをしたたかに算出していた。只者ではなかった。やはり細川相談役が予言したように、凄い男であった。

F

ところが、こんな時期にトラブルは別の方向からやって来た。「リアル・ワールド」のリサーチ資料が、外部に漏れ始めたのだ。

APの青木が、他局で進行中の番組制作の現場で小耳に挟んだという。彼の所属する制作プロは、東京テレビ以外の局からも仕事を受けているので、別系統のネットワークがあった。

「次は何を取材するか?」、「今、どの取材対象を追っているか?」、ヒットしている番組の内部資料なら当然他局も欲しがる。まして今や視聴率二〇パーセントを叩き出す「リアル・ワールド」なら尚更だった。

実は玄一郎も青木も、秘かに妙だとは思っていた。この数カ月、他局の類似番組と企画が微妙に被るのだ。それで泣く泣くボツにしたネタも数本あった。

数日後、各制作会社に友人がいて、豊富な情報網を持つ青木が報告して来た。

「先輩、わかりました。ＴＶインクです。間違いありません」

「やっぱりそうか――」

予想はしていた。というか、リサーチ資料が事前に流れるということは、当然番組に関わっているリサーチャーが誰より怪しい。「リアル・ワールド」のリサーチャーは四人。そのうち二人が「ＴＶインク社」の社員だ。

「リサーチ依頼した同じ資料が、他局で使い回しされていました」と青木は続ける。

「それだけじゃありません。〈リアル・ワールド〉で使用許可を依頼した海外映像も使い回しされています。そうすればコストは減るし、利益は上がる。これはアウトです。完璧に業界のモラルを逸脱してます。しかも、友人のつてを辿って、ＴＶインクを辞めたリサーチャーに会うことが出来ました。木田社長は、以前からそのやり口を社員に強要していたそうです。彼は良心の呵責（かしゃく）と木田のパワハラに耐えかねて退職したんです。他にも裏は取れてます。確かな情報です。どう対処しますか？」

玄一郎は細川邦康相談役の個室に向かった。

細川は今日もドアを開け放し、デスクに足を乗せてテレビを眺めていた。画面はＣＮＮニュースで、英国のキャメロン首相の演説が映っていた。

「キャメロンは口が立つねえ、下手な番組より面白えや。どうした、玄一郎？」

「ちょっとお話がありまして」

振り返って眉を上げた。

「おっと、その顔はただごとじゃねえな」

そう言って立ち上がる。

「ここだと声が漏れる可能性がある。応接室に行こう」

情報局の応接室で、玄一郎は事のあらましを語った。

「――なるほど。テレビ屋の世界はそこまで堕ちたということか」

聞き終わった細川は伸びをして両手を頭の後ろに組み、身体を反らせてみせた。

「昔は企画が他局に漏れたら、ネタを流した放送作家なんかが有無を言わさず一生出入り禁止になったもんだ。もっとも、そんなことをするヤツは滅多にいなかったがな。さあ、どうするかだ、玄一郎」

そう言って座り直す。

「その木田って野郎はかなりの知恵者だぞ。今後、同じ手口で著作権ビジネスに乗り出していく可能性もある。下手に敵に回すと面倒なことになる。ウチの企画が版権ごと他局へ持っていかれたらどうなる？　地上波だけじゃねえぞ、衛星、ケーブルテレビ、動画配信――そうなったら責任を取らされるのは誰だ。いや、ハッキリ言おう、犯人は誰になる？」

問われなくともわかっていた。あの木田喜一のことだ、すべてが玄一郎の差し金だと見えるよう画策しているかもしれない。そもそも、既にそういうお膳立てがあっての情報漏洩である可能性すら高い。

「いいか、お前と〈リアル・ワールド〉は舐められてるんだ。いや、このままだと東京テレビ全体がコケにされるぞ。玄一郎、コイツは勝負だな。しかも命がけになるぞ」


三日後、木田を情報局に呼びだした。

いつものハットにブレザーコート、アスコットタイという姿である。

「今日はどうしたっていうの、玄ちゃん」と上機嫌だ。

「お呼び立て致しまして申し訳ありません。応接室へどうぞ。お飲み物は珈琲か紅茶、いかが致しましょう」

「うーん、アイスティにしようかな」

狭めの第五応接室に入る。デスクの女性がアイスティを運んで来た。

「おっと見ない顔だ。新人かい？」

ハットを彼女に渡しながら木田は言う。なるほど、彼の頭の中には全スタッフの顔と名前が、隅々まで刻み込まれているのだ。

「新庄くんと言います。色々と忙しくなったので、常駐のデスクをひとり増やしました」

テレビ局におけるデスクは一〇〇パーセント女性であり、電話受けから雑用までこなす。新庄霞は小柄で大人しい二六歳。地味で無口だが、テキパキと真面目に仕事をする女の子だった。

「いいねえ、〈リアル・ワールド〉。これはまだまだ伸びるよお」

「ありがとうございます。木田社長のお陰です」

「さて、あらたまって話って何かしら？」

木田はアイスティにミルクを入れる。

デスクの新庄霞が去ったところで切り出した。

「実は木田社長にご報告がございます。まずはこちらをご覧ください」

玄一郎は封筒から資料を取り出した。番組取材対象に対する調査資料である。

三通、それぞれ日付が振ってある。東京テレビが発注したリサーチ対象への詳細が、別の二局にそっくりそのまま流用されている。しかもご丁寧に、玄一郎ら「リアル・ワールド」スタッフが作った構成表まで添付されていた。その他、大量の調査情報、こちらで許可を取った海外映像のカラー画像も添えられていた。ＡＰの青木が独自の人脈を駆使して入手したものだ。Ａ４用紙にして一〇〇ページ以上に及んだ。

木田は資料を手早く読み終わると、紙の束を持ったまま黙り込んだ。三分、五分——、やがて顔を上げて言った。

「玄ちゃん。それで、俺にどうしろって言うの？」

「それは、私が社長に聞きたいことです」

「俺の会社、番組から下ろそうと、そういうつもりか」

「いえ、今のところ番組から外そうとは考えていません。ただし、それなりの処置は考えています。加えて再発防止のためのルール作り、そして契約書の見直しなどが必要になるかと思います」

　木田は資料をテーブルに静かに置いた。そして応接室の窓を眺めた。小柄な木田が座ってい
る目線からは、空しか見えないはずだった。

　再び長い沈黙。

　玄一郎も言葉を発しなかった。ただ、正面に座る男を真っ直ぐ見据え続けた。

　やがて緊張に耐えられなくなったように、木田が「ふうっ」と大きなため息をついた。

　続いて、

「処置ねえ――」と呆れたように言ってみせた。

「ところで局長がさあ」と口元を緩める。

　この男は何を言い出す気だろう。

「局長？　ウチの室田ですか」

「そうだよ。室田さんがさあ、俺に、玄ちゃんを助けてやってくれって言うんだよねえ」

「どういう意味です」

「玄ちゃんもサラリーマンでしょ、会社員なら偉くならないと。悪い噂立てられたら、困るで
しょう」

「悪い噂？」

　木田はやっと玄一郎の目を見た。

「玄ちゃん、バレてないと思ってんだろう？　ところが俺の耳には入ってるぜ。あんた、去年
買った新車、あれ、制作会社のＡＢＣプロから提供されたっていうじゃねえか。まだあるぞ、

夏と冬に行った個人的な海外旅行、こっちは編集所のＨＤスタジオの丸抱えだろう。しかも往き帰りビジネスクラスだって？　さすがは東京テレビの社員さん、贅沢なもんだな。これ、本当かどうかは別として、噂だけで致命的だよ。上層部が聞いたらどう思うかな～」

最後は唄うような口調だった。

怒りを通り過ぎて呆れた。いったいコイツの頭の中はどうなってるんだ。

確かに去年ボーナスを頭金にワーゲンゴルフを買った。翠とドライブに行きたいと思ったからだ。しかし、お互いに多忙で一度も果たせてない。旅行に関しては、この五年、仕事以外で海外に行ったことなんてない。

「噂を流してるのはあんただろう」

玄一郎は低く言った。

「誰であろうといいんだよ、噂なんてものは」

木田はせせら笑う。

「大切なのは、俺がひと言囁けば、東京テレビや出入りの制作プロには、信じる人間がゴマンといるってことだ」

「木田社長、あなたは自分が何を言ってるかわかってるんですか」

玄一郎は念を押す。

「これは恐喝ですよ」

「恐喝？　上等じゃねえか。いいか、佐藤。どっちが得して損するかよおく考えてみろ。お前さん、〈一〇人会〉とかいう社長がお気に入りを集めた飲み会に呼ばれて、ずいぶんイイ気になってるそうじゃないか。でもな、そうやって〈我が社のホープ〉とか呼ばれる若僧こそ、嫉妬されてるってことを忘れるな。ちょっとの噂でも、そいつをネタに足を引っ張ってやろうっていう連中は、テレビ局には嫌っていうほどいるんだぜ」

　怒りが頂点に達し沸騰した。

「ふざけるな！」

　玄一郎は力任せに両手でテーブルを叩き、怒鳴った。

「あんた、自分が最低のことをやってるのがわからないのか」

「ハッハッハ」と勝ち誇ったように笑う。

「熱くなってんじゃねえよ、クソガキ」

　木田は立ち上がって出口に歩き始めた。

「いい加減大人になれ。恋人もいるそうじゃねえか。その気になれば、俺はお前なんかいつでもぶっつぶせるんだからな」

　細川相談役や室田局長が言うには、かつてテレビ局社員は絶対権力者だったという。善し悪しは別として、それはテレビがメディアの王様だったからだ。ところが今はこうして外部業者が上層部に食い込み、一般社員に圧力をかける。やはり異様な状態だ。

「お前が首にでもなったら、あの外報部の綺麗なお姉ちゃんとの仲はどうなるのかな？　いいか、佐藤、お前らサラリーマンなんてもんはな、しょせんは会社の犬だ。クリエイターだあ、笑わせんな。サラ公はサラ公らしく、給料もらって安泰に暮らすことだけ望んどけ。自分の将来をよおく考えてみろ。頭を冷やしたら俺に詫びを入れに来い。土下座しろとまでは言わねえ。反省したら、今日お前が言ったことはなかったことにしてやる」

そう捨て台詞を残し、木田は出ていった。

玄一郎はソファーに沈み込んだ。

ふと、強い煙草を吸いたいと思った。大学卒業と同時にやめたので、もう十二年になる。もちろん本気でもう一度吸い始めようなんて思わないし、もっとも今吸おうとしても、東京テレビ社屋が全館禁煙になって既に一〇年が経つ。

部屋の窓の外の鉛色の空をボーッと見ていたら、やがて一〇分が過ぎ、応接室のドアがノックされ、青木が顔を覗かせた。

「――先輩」

「おう。ご苦労さん。どうだ、首尾は？」

と聞くと青木は長い手足をひらひらさせて入って来て、

「僕を誰だと思ってるんですか。赤子の手を捻るってヤツですよ」

と、ロッカーの中に仕掛けたＣＣＤカメラを取り外した。

「ええ、昔はケーブルがあったからちょっと面倒だったんですけど、今はWi-Fiで飛ばせるから便利ですよ。別室で全部モニターしましたから大丈夫です。バッチリ撮れてます」

そして、「でも――」と言ってクスクス笑った。

「何だよ」

「いえ、何でも。ただ、先輩がテーブル叩いたときにはビックリしましたよ。スゲー、この人マジだって」

「やり過ぎたか？」

玄一郎はちょっと不安になる。

「何をおっしゃいます、名演技っすよ。五階の小さな編集室、四時から押さえてあります。あそこなら防音だから大丈夫です。鍵もかかります。映像は大切な証拠なんで、一応バックアップは取ってます。ただしこの段階でこれ以上コピーは取りたくないですから、僕が直接ノートパソコン持っていって再生しますね。先輩は細川相談役への連絡だけお願いします。ああ、そうそう、さっきの会話、文字起こししたテキスト、ワードにして先輩のメルアドに送ってありますから」

「もう書き起こしたのか？」

「僕、日本語と英語ならリアルタイムでタイピング出来るんです。画面をモニターしてる間に出来ちゃいました。じゃ、後で」

青木はそう言って、ＣＣＤカメラを片手に飄々と応接室を出ていった。

「――あいつこそ敵に回したくないぜ」

玄一郎は独りごちた。

五階の編集室は六畳ほどの小部屋だ。簡単な録音も出来るように防音になっている。

細川相談役は青木のノートパソコン画面の映像を見つめていた。やがて、木田が部屋を出ていったところで顔を上げる。狭い部屋で長身を持て余すように立っていた青木を振り返り、

「おい、若けえの、やるじゃねえか」とニヤリと笑った。

「恐縮です」

「このノートパソコン、もう少し借りていいか」

「どうぞ、お使いください」

青木が去ると、

「テレビ局もずいぶんと舐められたもんだな」と細川は座り直した。そして、

「玄一郎、こいつは慎重にいかなきゃならんぞ」と低く言う。

「――ハイ」

「やっぱり俺の想像通り、この木田という男はタチが悪い。お前が思っている以上にだ。おそらく局内で相当な根回しをしてる。中途半端な上層部に進言して、もしもそいつが取り込まれていたら握りつぶされる。いや、それどころかお前が逆に極悪人だ」

それは大いに考えられることだった。木田は部長、局長クラスにまでゴルフや接待を通してコネクションがある。可能性が決してないとは言えない。

「これはもう、頂点からいくしかない。これから俺が言う通り打て」

玄一郎はノートパソコンでワードの新規書類を開いた。

細川の指示で口述筆記した文章が以下。

〈岩崎利一郎代表取締役社長様

相談役の細川でございます。情報局の佐藤玄一郎と連名でのメールです。

お忙しいと存じますが、社内で行われている外部業者による不正行為に関する、重要な映像データと書き起こし文章がございます。大変、恐縮ですが、人事局長と三〇分ほどお時間を頂ければと存じます。いつでも結構です。よろしくお願い申し上げます。

相談役・細川邦康、情報局・佐藤玄一郎〉

これが、金曜日の夕方。

玄一郎はその週末、夜ほとんど眠ることが出来なかった。

月曜日の午前一〇時、出社してすぐ、メールを送信する。

いくら細川の進言であり、玄一郎がその仕事ぶりを認められているとはいえ、多忙な社長がメールを見落とす可能性だってないわけではない。あるいは些細な案件として、部長クラスに処理、調査を任せるかもしれない。もしそうなったら、握りつぶされたり、細川が指摘したようにかえって厄介なことになる。

一〇時五〇分、秘書室から携帯に電話があった。今日の一二時までに、細川と二人で社長室に来るように言われた。凄いスピードだった。

正午ちょうどに、玄一郎と細川は社長室の前に着いた。町山秘書室長が出迎え、無言で中へ促される。人事局長は既に来ていた。青木が書き起こした文章を渡した。

岩崎社長は、入って来た細川と玄一郎に軽く目配せすると、

「まずは映像を見せて」と言ってデスクに着いた。

動画は既に町山秘書室長宛に添付メールで送付していた。

再生される。社長は黙って観ていた。無表情だ。動画が終了した。

「わかった。細川さん、玄一郎、悪いがちょっとだけ外で待っていてくれ」とひと言。

五分足らずで、町山秘書室長が出て来た。

「本日、一三時より緊急の役員会が決まりました。つきましては細川さん、ご面倒ですが、オブザーバーとして出席して頂けませんか。社長からの要望です」

「うむ、承知した」

町山は言う。

「佐藤くん、君もだ」

驚いた。

「僕が、ですか。役員会ですよ」

「何を言ってる。君は証人じゃないか」

それからわずか四〇分足らず。八階の大会議室にて、幹部クラスが全員緊急招集され、役員会は開かれた。

広々としたフロアに、岩崎社長を頂点として、副社長、専務以下、各局長がずらりと並ぶ。細川と玄一郎は、メモを取る町山秘書室長と共に隅に着席した。室田情報局長と目が合った。いつものぶ然とした表情なので、その心中は窺い知れない。

各人の前にそれぞれ一台、小型モニターが設置されている。動画が流れたようだ。玄一郎たちからは見えないが、木田と玄一郎の会話が小さく聞こえる。

終わって、岩崎社長が口を開く。

「ＴＶインクと取引のある局は？」

制作局長と編成局長が手を挙げ、最後に苦虫を嚙みつぶしたような顔で、室田が手を挙げる。

次の瞬間、社長の怒号が響いた。

「君たちはこんなことを見逃していたのか。君らの部下は、こんな奴の言いなりになっていたのか？　情けない、まったく情けない。君らは社業というものを、いったいどう捉えているんだ！」

全員が無言だった。玄一郎は心臓が飛び出すかと思うほど驚いていた。あのいつも紳士的でクールな社長が、ここまで怒りを露わにするものなのか。

「各局の責任者は、全部長及びチーフプロデューサーと、木田の関係を調査しろ。徹底的にだ。誤魔化すな、そして容赦するな。洗いざらいさらけ出せ」

後に明らかにされたことだが、木田の持つブラックな情報網は、他局を含むテレビ制作現場のほとんどに及んでいた。

「関連していた局長、部長、ＣＰ（チーフプロデューサー）は減俸三〇パーセント半年間。もしも金品を授受していた者がいたら、即刻で懲戒解雇だ。いいな」

先ほどから何か言いたそうにしていた専務のひとりが、意を決して切り出す。

「しかし社長、木田社長及びＴＶインクは、長年我が社の重要な番組に関わってくれています。何より今後、ＴＶインクの持つリサーチ力なしに、優れた番組作りが可能かどうか不安が残ります。今回の件は多少行き過ぎだったかもしれませんが、今までの功績に免じて、どうか穏便に――」

社長は不意に立ち上がり、窓辺へ近づき外を眺めていたが、やがて振り向き、その専務を指さした。

「君は、今の映像を観てなかったのか？」

静かに言った。

「木田という男の、あのヤクザのような態度を見なかったのか。いや、あいつはヤクザにも劣る卑しい恫喝屋だ。あんな奴が我々の社屋を自由に歩き回っている。君はそれが嫌じゃないのか？　俺は嫌だ。虫酸が走る。あんな毒虫のような輩が大手を振って出入りし、情報を玩んでテレビ局というものを無茶苦茶にしている。その意味がわからんのか。いいか、これはメディアというものに対しての冒瀆だ。報道、エンターテインメントに対する侮辱だ。我々は怒り、悲しみ、憎しみすら持って対峙せねばならんのだ」

全員が黙り込んだ。ある者は頭を垂れ、ある者は放心したように宙を見つめた。

「いいか、これは言わば氷山の一角だ。テレビとは癒着が起きやすいメディアだ。テレビ局がある意味、絶対的権力を行使出来るからだ。だからこそ、我々は襟を正さねばならん。芸能界や外部組織と一緒に仕事をして上手くいけば、肩組んで酒でも飲みたい気持ちはわかる。それはいい。仕事を達成した歓びは、大いに味わえばよろしい」

そう言ってから「経理局長」と指さした。

「今後適度に接待交際費を増やしなさい。そして出来るだけ相手から奢られる機会を減らせ。

すべてこちらで払え。どうしても接待されるなら、相手を選んで一人五〇〇〇円以下。これを社内に徹底させろ。そして言うまでもないが、可及的速やかに、TVインクと東京テレビとの取引をすべて停止しろ。そして他の局にも、木田がどういう男かそれとなく伝えろ。また、もしもTVインクを辞めて、我が社の番組で働きたいというスタッフがいたら救済の道を考えろ。以上だ」

そう言って岩崎は全員を見回した。

誰も、何も言わなかった。再び沈黙が訪れた。

「この際だから、わかりやすく言っておこう」

岩崎はそう言ってゆっくりとその場を歩き始めた。

「もしも、我が社が自動車メーカーだったらどうする？　部品会社の社長に、本社機能を思うままに操作されていたということだ。不良部品を使って自動車を作らされていたということだ。我々が新幹線を製造する会社だったらどうする？　航空機を製造するメーカーだったらどうする？　重大事故を引き起こす自動車を、墜落する飛行機を作るということだ。何百人という人を死なすことになるぞ。間違っても、メディアが虚業だなんて思ってはいかん。腐った報道、腐ったエンターテインメントを届けたら、人の心が腐る。人の心が傷つき腐ってしまったら、それは俺たちの責任だ。そして腐った仕事をしている会社は、何より自分が腐敗していくぞ」

そして改めて、全員をゆっくりと見渡した。

「いいか、過去に木田の手によって不当な扱いを受けた社員がいたら、調べて復権させろ。二週間以内に元の部署に戻せ。もちろん社員の不当な扱いに関与していた管理職には、再度処分を下す。責任を逃れたり隠蔽しようとする者には辞表を書いてもらう。もしも社長の俺が、些細なことで怒っているなどと考える者がいたら、それは大馬鹿者だと肝に銘じろ。巨大な船の船底に、今、小さな穴が開いたのだ。やがて船は沈没する。それが今回の案件だ。尚、この案件を告発した情報局の佐藤玄一郎に累を及ぼす者がいたら、俺が直接、断を下す」

そう言い残すと岩崎は会議室を出ていった。一切振り返ることはなく、全員に対し一瞥すらしなかった。その場は、嵐が過ぎ去った後のようだった。テレビマンという名の下に慢心した心の枝が、幹が、何本も折られてなぎ倒された。

第五章

A

その日の夕方、玄一郎は久しぶりに翠を食事に誘った。彼女に会いたかったし、酒を飲みたい気分だった。銀座一丁目交差点で待ち合わせて、三丁目ガス灯通りにあるスペイン料理店「エスペロ」へ。スパークリングワインのカヴァで乾杯し、まずはイベリコ豚の生ハムとエビのアヒージョを頼んだ。

「今まで黙っていてごめん。今回のことだけは、解決するまでは、君にさえ言えなかったんだ」

「いいのよ、玄一郎。私こそ気づいてあげられなかった」

翠はテーブル越しに右手を伸ばし、玄一郎の手のひらに重ねた。

緊急役員会が開かれたこと、木田と「TVインク社」の件は情報が社内を一気に駆け回り、翠の耳にも届いていた。

「報道局も大騒ぎになってたわ。あなた、本当に大変なことをひとりで抱え込んでいたのね」

「――うん」

白ワインの「ゴ・デ・ゴデーリョ」が来る。二人は改めて杯を交わす。

玄一郎は一口飲んで、「ああ、美味い」と思わず漏らした。

「ワインが飲みたかったんだ」

「今夜は飲みましょう。さぞプレッシャーに押しつぶされそうな日々だったのね」

翠は微笑む。

「確かに――いや、正確に言うと、すべてが終わってから事の恐ろしさに気づいたと言った方がいいかな」

役員会議が終わり、玄一郎と細川はとりあえず情報局の個室へ向かった。細川はソファーに腰を下ろし、「参ったぜ。あの社長は想像以上に凄い男だ」と言いながらいつものように靴下を引っ張り上げた。しかしその手が微かに震えていたのを、玄一郎は見逃さなかったのだ。

「細川相談役は僕に木田とのやりとりを盗撮して告発しろと言った。僕もそれしか方法はないと思ったし、青木という強い味方もいた。でも、あれは細川さんでさえギャンブルに近い手段だったんだよ、きっと」

玄一郎は社長が去った後の会議室を思い出していた。細川と町山秘書室長と共に起立して役員たちを見送った。そのとき、室田情報局長と目が合った。いつの間にか長い付き合いになってしまったが、あんな室田の表情を、玄一郎は初めて見た。その目は「俺が真っ先に気づくべきだった」と言っていた。しかし同時に、他の役員たちの冷たい視線も強く感じた。

ふと顔を上げると、翠が頬杖を突いて悪戯っぽく笑っていた。

「何を考えてたの？」

「別に。君こそ、その笑いは何だい」

「そうね」翠は考えるふりをする。

「細川相談役って、そういう危険な手を使うからセクシーなんだわって思ったの」

翠はそう言って、エビのアヒージョをバゲットに載せて口に運ぶ。

「ウーン、絶品。玄一郎も食べて」

バゲットに手を伸ばそうとして思い出した。

「そうだ、社長に会ったんだって？」

「そうそう。報道局長との打合せがあって、私はアテンドで行ったの。途中、局長の携帯が鳴って中座したとき、『君、ちょっと』って呼ばれたから、お茶でも入れるのかしらって思ったら、耳元にソッと『野沢翠くん。佐藤玄一郎、アイツはいいぞ』ですって。わあ、この人は何もかもお見通しなんだわって、胸がキュンキュンしちゃった」

「君はフケセンの気があるな」と玄一郎。

「そうよ、知らなかった？　私、父が早くに亡くなったでしょう、だからファザコンなのよ」

「うむむ」

続いてヤリイカの詰め物・ウニソースが運ばれる。翠は「このソースもまた、パンにつけると絶品なのよねー」とバゲットをまた一切れ取った。

「そうだ、玄一郎。アメリカ出張、決まったんでしょ？」

「うん、堀井恒弘に会ってくる」

「ＩＴ界の革命児ね」

堀井恒弘は早稲田理工学部在学中のインターネット黎明期、いち早くホームページ制作会社を設立して大成功を収めた人物。そこで得た莫大な資金を元に事業を拡大。その後はM&Aに乗り出し、新聞社、テレビ局、プロ野球球団の買収をしかけ、若者を中心に羨望の眼差しで見られたものの、旧世代の大人たちからは強いバッシングを受けた。そんな雑音を避けるように、数年前からはアメリカ西海岸、サンフランシスコに拠点を移し生活している。

玄一郎は「リアル・ワールド」始動当初から、メールでの出演交渉を進めて来た。感触は最初から良好だったのだが、何しろ堀井は多忙な人物だし、彼に関してだけは玄一郎自身が取材前にまず一度、じっくりと話したかった。

ＴＶインクの一件が発覚する直前に「リアル・ワールド」の出演承諾と、スケジュールを丸三日空ける旨のメールが来た。そこには「私も前々から、東京テレビの佐藤玄一郎さんとはお会いしたかったのです。〈リアル・ワールド〉は日本から定期的に送られて来るので熱烈な一視聴者でした」と書かれていた。

実は、二人は同じ一九七五年生まれ。玄一郎は同世代の人間として、テレビという言わば旧世代メディアの人間として、最先端を走るＩＴ界の風雲児と一対一で、忌憚のないところを語り合ってみたかった。

やっと、その願いが叶うことになったのだ。

その夜、玄一郎と翠は白の「ゴ・デ・ゴデーリョ」を空けた後も、お祝いと称して高級赤ワイン「ラ・グランハ」を飲んだ。珍しく酔った二人は、お互いを抱え合うようにして夜の銀座通りを歩いた。

「何にしても、あなたが首にならなくてよかったわ」と翠は笑った。

「うん、岩崎社長に代わって、この会社はどんどんよくなってる。僕は今ほど、東京テレビの社員になってよかったと思うことはないよ」

「ウン、私も東京テレビに入ったからこそ、あなたに出会えた」

「ああ」

玄一郎は翠の肩を抱いた。夜風が心地よい、満月の夜だった。


TVインクの木田の件はすべての社員の知るところとなり、社内の空気は一変した。上司が意味不明な命令を部下に下したり、無意味に尊大な態度で部下を扱うようなこともなくなった。秘書室長の町山が社内ホットライン室長となり、全社員が不当な扱いや不正を告発出来るようにした。町山本人も精力的に社内を歩き回り、様々な部局の社員たちと直接対話を交わすよう心懸けているようだった。

番組を作るということは、時に「狂うこと」「熱狂すること」を必要とする。したがってこのテレビ局という組織では、常識で測れないことも起こる。しかし熱狂の一方には「常識」がないとミスや不祥事が起こるし、何より「常識」の中に生きる大衆に向かったコンテンツ作りは出来ない。東京テレビという組織に、「情熱」と両立して「常識」という哲学を植え付けたのが岩崎利一郎だった。

しかし、玄一郎にはひとつ心配事があった。岩崎社長は一般社員には絶大な支持を受けているものの、役員には厳格な態度を取ることも多く、強い反発があった。何しろ外部から、創業家の溝口兵衛門によって言わば一本釣りされた人材である。特に生え抜きの役員たちの中には面白く思わない人物が多く、彼らはしばしば会合を持って愚痴を言い合っているというまことしやかな噂があった。愚痴で済んでいればいいが、エスカレートしてクーデターなど起こされたら、この会社は奈落の底に落ちる。玄一郎はあの日の役員たちの、冷たい視線が忘れられなかった。

アメリカ出張を明日に控え、その報告のため細川相談役の個室を訪れた際、そのことを口にしてみた。すると細川はニヤリと笑う。

「玄一郎、お前がそんな心配をする必要はない。あの社長は只者じゃない。しかも相当なくせ者だ」

「——くせ者？」

「ああ、紀尾井町会ってヤツがある。政界・財界のタヌキ親爺どもが、夜な夜な福田家辺りに集まって悪だくみをしてる会だ。岩崎社長はその正式メンバーではないが、顧問として毎回呼ばれるほどの人物だってわけだ。かつて山洋商事の会長・瀧澤弘毅って男がいたのは知ってるな。戦後、上海に隠されていた旧日本軍の在留資産を持って引き揚げてきて、保守政党の結党資金にした。昭和の黒幕、戦後最大のフィクサーだ。紀尾井町会は、その瀧澤がかつて結成していた楼郾会がルーツだ。岩崎利一郎は、その瀧澤が認めた数少ない男だそうだ。俺の古い馴染みの悪友にゼネコンの会長がいてな、そいつが紀尾井町会のメンバーで、そこから仕入れた話だから確かだ。で、お前の言う役員たちの動きだがな——」

そこで細川は声をひそめ、わざとらしく身を乗り出す仕草を見せる。

「最近、岩崎社長への不満分子たちの会合が頻繁に開かれてるのは本当だ。ただし、岩崎社長はそこにスパイを送り込んでいる」

「スパイ？　穏やかじゃないですね」

「ああ、穏やかじゃない話だ。だからこそくせ者なんだ。岩崎社長はただの正義感に溢れた直球型経営者じゃないぞ。古巣の日本通信社時代、会社側と労組の狭間に立って、相当痛い目に遭ってる。お決まりの裏切りと足の引っ張り合いだ。時は七〇年安保真っただ中だ、死人も出たって話だ。修羅場をくぐり抜けてる。しかもその後、世界初のディズニーランド誘致に陰で動いたって噂は知ってるな」

「ええ、岩崎社長を語るときには必ず出て来る逸話ですね」

「そうだ。その際、フィクサーとして米国のディズニーサイドへの働きかけと浦安誘致に動いたのが岩崎社長だ。つまりあの社長は、そういった内外の権謀術数の現場で、三〇年も死闘を演じて来た男なんだ。だからウチの、あんなチンピラ役員とは格が違う。情報網の張り巡らせ方は半端じゃない。清廉な熱血漢に見えて、実は複雑な男なのさ」

B

ユナイテッド航空838便は、午前九時二五分にサンフランシスコ国際空港に到着した。

そこからタクシーで約四〇分。ダウンタウンの中心、ユニオンスクエア近く、マーケット・ストリートにあるフォーシーズンズホテルへ直行する。

チェックインを済ませ荷物を置き、一時間後にロビーへと降りた。約束の時間きっかりに現れた堀井恒弘は、リーバイスのジーンズにヘインズの白いプレーンなTシャツ、足元はナイキのエアマックスで、薄手のレザージャケットというラフなスタイルだった。日本でマスコミに露出し、「六本木ヒルズ族」と持てはやされていた頃とはまったくイメージが違った。体重はおそらく二〇キロ近く落ちただろう、陽に焼けて精悍な顔つきをしている。

聞けば現在はサンフランシスコ南に位置する水辺の高級住宅地フォスターシティに住み、毎朝一時間のジョギングと、午後にはコンドミニアムのプールでのスイミングを日課にしているという。

堀井の運転するメルセデス・ベンツのCクラスカブリオレで、市の中心からゴールデンゲートブリッジを渡ったサウサリート地区へ向かう。

夕暮れの海辺のシーフード・レストランで、炭酸水のサンペレグリノを飲みながらランチをとった。メニューはキャビアに無農薬野菜のブルーチーズソースのサラダ、鯛のカルパッチョ。そして仔牛のカツレツと自家製ガーリックトーストを味わう。テラスの向こうにはサンフランシスコ湾が広がり、大小の船がゆったりと行き交っている。巨大クルーザーで盛大な船上パーティーを楽しんでいる人々もいた。

まさに別世界だ。玄一郎がその光景を眺めていると、

「佐藤さん、日本のテレビ業界の現状はどうなのでしょう」

堀井が不意に尋ねた。

「すみません、僕は世間話というものが出来ない。だから嫌われるんだ」と笑う。

　しかしそのストレートさが、玄一郎には心地よかった。

「いいえ、僕も前々からお会いしたいと願っていた堀井さんに、こうしてやっとお目にかかれたんです。お天気の話から始めるつもりはありませんよ」

　そう答えると堀井は照れたように笑う。そうか、本来はとてもシャイな男なのかもしれない。だから無駄話が苦手なのだ。

「今、アメリカの子どもたちはほとんどのミュージックビデオやドラマを、iPhone で観ています」と堀井は話し始めた。

「あのポケットに入る小さな薄いデバイスが一枚あれば、インターネットもメールも出来る。音楽も聞けるしゲームも出来る。本も読めます。簡単な支払いも出来る。もちろん電話もね。僕らが子どもだった頃とは大違いだ。当時は各家庭にテレビ、ラジオが一台ずつ。ステレオコンポにレコードプレイヤーくらいしかなかった。それが今やプラットホームは驚異的に広がりました。この勢いはもう誰にも止められませんよ。日本もその波に呑み込まれるでしょう」

　おそらくその通りだろう。そして堀井は「今後日本で間違いなく巻き起こるのは、ネット配信ビジネスの爆発的な拡大でしょう」と言い切る。

「そこで僕が今最も関心を持つのは、スポンサー収入をメインとした日本のテレビ局が、どうやって新しいビジネスモデルを作るかです。やろうとしたら革命的な大工事になる。いや、破壊的イノベーションと言った方がいいかな。テレビ局が二つや三つ平気で潰れるかもしれない。テレビの現場にいらっしゃる佐藤さんに、こんなことを言うのは大変失礼な話だけれど」

「いいえ、僕もそう思います。おかげさまで〈リアル・ワールド〉のＤＶＤ売上げも配信収入も上がっています。でも、かつて〈GENリポート〉という番組を初めてDVD化して発売しようとしたとき、上層部は大反対でした。曰く『日本人はテレビ番組に金は払わない』と。その偏見は未だ根強い。そんな中で配信ビジネスを確立させようとすれば、確かに破壊的な革命が必要かもしれませんね」

「今、佐藤さんがおっしゃった、『日本人はテレビに金は払わない――』、ずいぶん昔に逆の意味で僕に言った人がいました」

堀井はグラスを口に運び、水平線を眺めた。

「〈MUGEN〉の犬養徹さんです」

思わぬ名が、思わぬ人の口から出た。道明寺壮一と手を組んで、細川相談役を介して中国利権を手に入れた人物だ。

「だから彼はアダルトビデオに手を出したんです」

「お知り合いなんですか？」少し驚いて玄一郎は聞いた。

「深い付き合いはありません。僕がまだ大学生の頃、彼の会社のホームページ構築をしたんです。滋賀まで行きましたよ。倒産した巨大なスーパーマーケットの建物を改造して、数百台ものビデオデッキを回してガーッとダビングしてた。地元の主婦たちを安くパートで雇ってね。彼は元来ポルノなんかに興味はなかった。やりたかったのは昔から芸能です。ただ、AVの黎明期、まだ〈大人のオモチャ屋〉とか呼ばれてた頃のアダルトグッズ業をやったとき、一万円以上もする粗悪なAV作品が飛ぶように売れてるのを見た。そこで気づくんです。日本人はブラウン管に映るものに金は払わない、しかしポルノだけは別だってね。バブル直前、イケイケだった日本人のセックスアニマルぶりに目を付けたってわけです」

なるほど、犬養の会社の異様なほどの急成長の裏には、そういうからくりがあったのだ。

「その点、アメリカには元々有料のケーブルテレビというシステムがありました」

堀井は話を戻す。

「アメリカでは今、地上波も含む八〇チャンネル以上がスマートフォンやタブレットで簡単に観られるようになってます。フェイスブックもアップルもツイッターも映像制作・配信を計画している。通信の融合が大規模に進んでいるんです。こうなると何が変わるかというとタイムシフトが可能になる。録画の必要がなく、いつでもどこでも好きなコンテンツが観られるシステムです。アメリカではもう、タイムシフトは常識です。一方、番組制作の方ではハリウッド映画のスタッフに制作を要請して、正味四五分のドラマ一本に、六億円以上もの資金を注ぎ込むこともある。こんなことがなぜ可能かというと、世界中に配信出来るからです。業界と政府によるコンテンツ流通における世界戦略が、共通言語として成されているからなんですね。もちろんその裏には、両者によるアンダーグラウンドでダーティな駆け引きもあるようですが」

予想はしていたもののアメリカと日本とのメディアの進捗は、驚異的な差があるようだった。それは取りも直さず既得権益を守る者とそれにすがる者の多さが原因だ。日本は世界水準から完全に取り残されている。

「堀井さんは今後、日本のテレビ業界がどうなると考えていますか。ここまでのお話をうかがっていると、座して死を待つしかないような気さえして来る」

「でも僕は、アメリカではあくまで選択肢が増え、ユーザーの利便性が向上しただけ、とも言えると考えてます」と堀井は言う。

「となるとやはり重要なのはコンテンツ？」

「まさにその通り。アメリカ人なら『You can say that again』、『もう一度言っていいくらい、あなたは正しい』と言うところでしょうね」

堀井は笑顔を見せた。

「日本人はその職人気質から世界中に供給出来る、圧倒的にいいコンテンツが作れるはずです。しかし、なぜかそれをアピールしない。やる気がないのか、そもそも無理だと思い込んでいるのか。僕は本当に不思議です。ＮＨＫの朝ドラ『おしん』は最初はシンガポール、台湾、ベトナムで火が点き、今や北米からヨーロッパまで、七〇カ国で観られていると言われてます。サッカーアニメの『キャプテン翼』も世界中で放映され、ジダンやトッティ、デルピエロにインザーギ、メッシ、イニエスタと、欧州リーグで活躍している選手で、あの作品に影響されなかった者を探すのが難しいくらいです。それほどのコンテンツを持ちながら、なぜか世界市場を前にすると誰もが尻込みしてしまう」

「それはやはり日本人の気質なんでしょうか？」

「そうですね。アメリカ人は『俺たちの国で生まれたハンバーガーは美味いだろう』と自慢して世界中にマクドナルドを作った。でも日本人は『鮨の美味さがガイジンにわかるはずはない』と内に籠もってしまう」

「なるほど。近年、日本のテレビ局はコンプライアンスに病的に敏感です。これも一見襟を正しているように見えて、実は内向きの体裁を気にしているだけという気がします。それで表現の幅を自分で狭めている。ネットが発達して誰もが意見を言えるようになって以来、テレビは炎上を怖がって戦々恐々としてる状態です」

「怖がるのは時間の無駄、エネルギーの無駄だと僕は思うな」と堀井は断じる。

「だって炎上は多くて三人、下手するとひとりの人間だけの手で行われてるなんて場合があるんです。匿名性をいいことに何人もの人物に成りすまして火を点ける。炎上したものがまとめサイトに乗り、それを週刊誌・スポーツ紙等のメディアがネタにして、それをまたテレビが取り上げる。しかも炎上ネタには故なき悪意やガセネタが入っているからタチが悪い。結局のところ日本人全員がお互いを傷つけ合ってる。最悪の循環です。かつて週刊誌が反中・反韓記事で売上げを伸ばしたと言いますが、あれも決して外に向かってるわけじゃない。『中国嫌い、韓国許せない』と言って、日本人たちの小さな村社会で溜飲を下げてるだけです。しかも中韓が訴訟して来ないから、一般の日本人は自分たちの言動がどんな酷いことなのか気がつかない。その陰で、日本の外交は大打撃を受けてます」

堀井はアメリカで暮らしているが、その収入は自社で構築・運営しているニュースサイト、動画配信と、人気の有料メールマガジンで得ている。そのため彼はこうして世界の情報を最先端で受け取りながらも、市場である日本をクールに眺めているのだ。

「ネット民には、現実のリアル世界で自己を認めてもらえない人が多い。しかもやっかいなことに妙な正義感もある。だから彼らにとってテレビは、まだまだ巨大なネタ元なんです。ネット民はテレビをパトロールして、何かを取り締まってる気でいるんでしょう。それで歪な快感を覚えてる。しかもネットは悪いことを書けば書くほど情報が拡散されやすいですからね。そこで彼らはスポンサー企業、すべての部署の電話番号をネットで公開するなんてことをやる。対応するスポンサーサイドは、突然会社中の電話が鳴り出すから大変なことが起こったと思うでしょう。こうしてテレビ制作者は過敏になった」

「もしも堀井さんがテレビ局の人間ならどうします？」

玄一郎は聞いた。

「そうですね。やはりテレビや映像表現は、自由で幅がある方が絶対いい。公序良俗に反するものやタブーは、上手く表現出来れば面白いんです。アメリカでは今、第二次大戦に米国が負け、ナチスドイツと日本に占領されたという仮定で起きる近未来SF物語とか、大統領とその妻のダブル不倫のサスペンスドラマなんてのが放送・配信されています。こんなストーリー、日本では企画することすら不可能なんじゃないですか。ただし、それらはすべて有料放送なんです。有料のケーブルテレビが生まれたとき、アメリカの連邦通信委員会FCCが地上波以外には表現の自由性を与え、通信で流されるコンテンツにも同様の措置を取ったからです。ですからもしも同じことを日本でやるならば、行政は放送と通信の融合を速やかに進め、この米国モデルを取り入れることです。そして現行の〈放送法〉を抜本的に見直す。これは官僚の仕事であり、政治的課題になりますが」

なるほど。そういうところはまさに、アメリカがエンターテインメントの国である所以だ。面白いものを世界に放つには、政治と行政が積極的に動く。そして個人の、「大人」としての裁量を重んじる。有料放送と配信の契約はクレジットカードだろうから、基本的に「子ども」は観ることが出来ない。「大人」なら、公序良俗に反するかどうかご自身で判断なさいということだろう。

「こういうことを言い出すと反感を覚える人もいると思うけど」と堀井は言う。

「もしも僕が地上波テレビ局の偉い人なら、まずはクレームに強い組織を作るな。やり方はこうです。まずは綿密な計画のうえ、わざとクレームが入る事態を引き起こします」

「わざと？」

「ええ」

そう答えて堀井は皮肉っぽく笑う。

「もちろんその組織は、どんなクレームも無力化するくらい、理論武装しておくんです。それを繰り返していけば、スポンサーにも免疫がつきます。要は下手な不買運動やら、企業イメージが落ちることさえなければいいんです。さっきも言ったように、苦情マニアや炎上ネット民はごく少数ですから、こっちが尻尾を掴まれなければ、やり過ごすことは簡単です。そこですべてのスポンサーの会社には、クレーム電話対応係一本しか外線は作らないようお願いする。メールでの窓口しか置かない。それ以外の固定電話は会社から一切なくして、日常業務は社員個人の携帯とメールでやりとりすればいい。あとは、メディアが彼らネット民に捏造などの隙を見せないこと。これはあくまで門外漢の僕の案ですが、タブーを破るための表現の自由の構築とクレーム対応は、表現の世界にとって極めて重要な問題だと思いますよ」

「ふむ。テレビの表現性を高めるために、クレーム・バリアを作る。全局はもちろん、関係機関や総務省、経済産業省にも働きかけて、表現の幅を元に戻すわけですね」

「そもそも放送免許が政府管轄の総務省というのが時代錯誤です。第三者委員会に委ねるべきだ。メディアが政権批判、権力批判出来ないというのは、世界基準から考えておかしい」

続けて堀井は「第二義的には才能を集結させることです」と言った。

「外部、他業種から才能を広く集めるんです。そして強力なコンテンツ集団を作り上げる。司馬遼太郎は三〇〇年前の江戸を〈才能の市〉と呼びました。能、狂言、人形浄瑠璃、歌舞伎、演芸が発達し、数多くの絵師、戯作者、俳人が大都市・江戸に集結して切磋琢磨した。その中で能力のない者は淘汰され、結果的に才能さえあれば食っていけるシステムが構築されたわけです。アメリカで言えば、マイケル・クライトンという人物がいました」

「スティーヴン・スピルバーグの『ジュラシック・パーク』の原作者ですね」

「ええ、まさに才能の怪物みたいな人ですが、彼は元々ハーバード大学の医学部を卒業した医者でした。そして病院研修時に様々な人間模様を見た。病院内部には、宝の山のような面白いストーリーがあったんです。九〇年代になって、クライトンは当時かなり低迷していたテレビドラマ界に進出します。あの『ER緊急救命室』です。自身が体験したリアルな現実と豊富な医学知識を礎にして、一度観始めたらやめられない展開を作り、魅力的で人間臭い登場人物を悪魔的に配置した。ご存じのように大成功しました。なんと一九九四年のシーズン『1』から、二〇〇九年のシーズン『15』まで続きました。放送時間は一話四五分、計三三一本。それが全世界に売れたんです。天文学的な売上げです。するとハリウッドや他分野の一流クリエイターたちが、次々とテレビ界になだれ込んだんです。まさに〈才能の市〉が形成された。こうしてキーファー・サザーランドの『24 -TWENTY FOUR-』が生まれ、『LOST』『CSI：科学捜査班』『ウォーキング・デッド』と次々ヒット作が誕生し、一度は瀕死状態だったアメリカのテレビドラマは大復活を遂げるわけです。こうなってくるとクリエイター、俳優、制作チームへの金銭的報酬は爆発的に拡大しますから、当然、番組のバジェットは大きくなり、作品のスケールは益々大きくなります。もはやこの勢いは誰にも止められないでしょう」

「お聞きしていると、堀井さんのように海外のテレビ事情に精通し、知恵と戦略を持った人材は、日本の映像業界にこそ必要だという気がして来ました」

堀井はグラスを口に運び、

「でもね、佐藤さん」と言った。

「僕らＩＴ業界の人間から見たら、日本の地上波テレビはとてつもないメディアなんです。喉から手が出るほど欲しいインフラであり優れた映像作品工場でもある。テレビ局は個々のコンテンツ制作能力をさらにブラッシュアップさせて活用すべきです。そして何よりインフラです。何しろ一瞬にして全視聴者、全国民に対し、同時体験的にハイクオリティな映像を見せることが出来る。これはとてつもないシステムです。しかもその伝播力によって、スポンサーから莫大なＣＭ料金が入る。アメリカで言えばアメリカンフットボール、ＮＦＬの優勝決定戦『スーパーボウル』がありますね。毎年、全米視聴率四五パーセント以上を叩き出すモンスターイベントです。あれをiPhoneやiPadなどのデバイスで観れば、途中挿入されるＣＭと同時にスポンサー商品の詳細な情報がネットに流れます。極端な話、放送中にワンクリックで自動車を一台買うことだって出来るんです。人間はテレビ放映とネット、二つの画面を同時に観ることなど簡単ですからね。この二画面を同期させ、ＣＭの音声をコンピューターが認識してその商品をグーグル検索したり、長いＵＲＬを入れる手間なくスポンサーサイトに直結するシステムは既に始まっています。もっと言えばビッグデータというヤツです。iPhoneにしてもデスクトップパソコンであっても、すべては持ち主のアドレスと直結しているわけですから、現在の視聴率などとは比較出来ない、ユーザーの年齢性別はもちろん、趣味嗜好、購買傾向までのデータが瞬時に取れてしまうんです」

　玄一郎は眩暈のするような想いだった。飛躍的な革命はもう始まっているのだ。

「ということは、テレビとコンピューターは近い将来融合していくということでしょうか」と聞いてみた。

「様々な既得権益者がいますし、多くの規制をクリアしなければならないけれど、融合は避けられないでしょう。家電メーカー、テレビ局、通信会社、ＩＴ業界、政府、それぞれに思惑があります。けれど、この流れはもう誰にも止められません。何しろアメリカではiPhoneが発売された途端、パソコンの売上げがあっという間に下がってしまいました。テレビとコンピューターが別々に存在するなんてもう無理です。ネックになってるのは産業界とメディアの合意だけです」

　そう語ってから、堀井は不意に笑い出した。

「ところで佐藤さん、これは仕事ですか？」

　気がつくと三時間も語り合っていた。

「もう仕事ではないですね」

　玄一郎も笑った。楽しい時間だった。

「もしよければダウンタウンに戻って少し飲みませんか。フォーシーズンズホテルのバーはなかなか落ち着くんですよ」

「いいですね」

堀井が乗って来たベンツのカブリオレを運転し、ホテルに戻った。入口に堀井の会社のアメリカ人の若者がいて堀井の車を自宅に運ぶ。

クラシックな内装のフォーシーズンズホテルのバーで、堀井は琥珀色のアルマニャックをすすりながら、日本ではほとんど明らかにされてない自らの生い立ちを語った。まだ早い時間なのでバーは閑散としていて、パーティー帰りなのだろうか、遠くの席に真紅のドレスやタキシードを身につけた男女一〇人ほどのグループがいるだけだった。

堀井恒弘は東京の中野で生まれ育った。父は大手食品会社の管理職、母は大学病院の婦長をしていたという。兄妹はなく一人っ子で、仕事柄両親は留守がちだったから、子どもの頃は家でゲームばかりしていた。堀井はコンピューター雑誌「アスキー」に熱中し、プログラムの本も読んでいたので、友人の家にあった初期のパソコンを動かしたりして遊んだ。勉強にはまったく興味が持てなかった。

授業を聞いているだけで充分な成績が取れたので、パソコンとゲームに明け暮れながら都立高校へ進んだ。しかしある日思い立ち、高校三年の秋から一日一二時間の受験勉強を始めた。志望校は早稲田理工学部と慶應理工学部に絞った。物理・化学・数学・英語のみを、一日三時間ずつ集中して頭に叩き込んだ。結果、両校に合格し早稲田を選んだ。理由は特にない。強いて言えば西早稲田キャンパスの近代的なビルが清潔そうに見えたからだという。

入学後は読書と映画に熱中した。自分にとって、猛烈に足りないと感じていたものだったからだ。三年生になったとき、コンピューター好きの友人と共にプログラミングとウェブサイト構築を請け負うようになり、在学中に起業。そのまま成長を続け事業は拡大し、やがてＩＴ界の寵児と呼ばれるようになった。しかし堀井は、

「佐藤さん、平凡な人生でしょう。何もない青春時代だった」と言う。

謙遜でも自嘲でもないように、玄一郎には思えた。

「僕に唯一長所があるとしたら、それは『自分が空っぽだ』ということです。映画監督の伊丹十三さんも、かつてエッセイにそう書かれていた」

伊丹十三、初期の名作エッセイ「女たちよ！」の序文である。玄一郎は暗唱した。

「――と、いうようなわけで、私は役に立つことを色々と知っている。そうしてその役に立つことを普及もしている。がしかし、これらはすべて人から教わったことばかりだ。私自身は、ほとんどまったく無内容な、空っぽの容れ物にすぎない――」

「すごい。佐藤さんも読みましたか」と堀井。

「ええ、繰り返し何度も。高校生の頃のバイブルでした」

玄一郎は答える。

やっとわかった。この男と俺は同類なのだ。だから初対面からこんなに何かが通じ合うのだ。あの暗く何もなかった少年時代。高校で読書好きの友人と出会い、空っぽだった自分に何かを詰め込むように本に没頭した。伊丹十三の「女たちよ！」も、当時出会った忘れられない一冊だ。

堀井は言う。

「パソコンとゲームしかない青春時代でしたが、高校三年の夏、頭の中で『カチャリ』と音がして、何かが切り替わったんです。そこからがむしゃらに勉強して、大学で起業してからは、あれが知りたい、あそこに行ってみたい、あの人と会ってみたい、そしてあれがやりたいと夢中で求めるようになりました。元々が空っぽなんで、底なし沼みたいに吸収してしまう。僕にもし人にない才能があるとしたら、きっとそれです」

やはり同じだ。玄一郎も大学時代、空っぽな自分を埋めようと放浪の旅に出た。東京テレビに入ってからも馬車馬のように働き、取材と称して様々な人と会い世界中を旅したのも、空虚な自分に知識という名の餌を与えるためだった。

「堀井さんが今、最も興味を惹かれるものは何ですか」

「エネルギーですね」

即答だった。

「エネルギー？」

「ええ、原子力はどう考えても危険だし効率が悪い。たった今この地球上から原子力が消えても、自然エネルギーだけで充分やっていけることは専門家でなくともわかりきっています。例えば現代の技術をもってすれば、水素エネルギーだけで一〇キロ程度の荷物なら、ドローンを使って東京から名古屋まで八時間ほどで運べる。クリアしなければならない問題は、無人の飛行物体を空に飛ばしていいものかどうかだけです」

「進歩とは、その技術の持つ危険性とどう向き合うかということなんですね」

「そうです。新技術は必ずモラルや安全の問題とぶつかります。テレビだって黎明期は大宅壮一が〈一億総白痴化〉と揶揄したように、非知性的だと叩かれましたよね。自動車やバイクも、便利だけど最初はとても危険な乗り物だった。けれど次第に安全対策が施されていった。ホンダの創業者・本田宗一郎はバイク事故が相次いだため世間に叩かれましたが、引退後、私財を投じて安全運転教室を始めた」

「うん、初めて空を飛んだライト兄弟も無謀な探究者だった」

「その通り。彼らの作ったライトフライヤー号は、一〇〇年後のコンピューター・シミュレーションでは姿勢が安定せず飛べなかった。しかしあのときのライト兄弟による『飛べた！』という事実があったから、後の飛行理論が発達したとも言われている。つまり何百人もの失敗者の中からひとりの成功者が生まれ、世界はやっと変わるんです。テレビを始めとしたコンテンツ産業も同じではないでしょうか。誰もやったことのないことに挑戦することが本道。僕が東京テレビ、佐藤玄一郎の〈リアル・ワールド〉に出演をＯＫしたのは、佐藤さんが誰もやろうとしないドキュメンタリー番組に挑戦してると感じたからです。先日、僕はグーグルの幹部に会ったときにこう言いました。一〇〇人の心理学者を雇ったらどうかって。コンピューターもしょせんは人間が扱う機械です。検索エンジンに心理学を組み合わせれば、ユーザーにカスタマイズされた情報が出て来る。母体のコンピューターは過去のユーザーの心理的傾向を分析し、奥深く見抜いて新鮮な情報を提供出来る」

「面白いな。今度は人間とコンピューターが融合されるわけですね」

二人はバーテンダーを呼んで、アルマニャックをもう一杯ずつ頼んだ。いつの間にか陽は暮れかけ、窓ガラスの外にはライトアップされたホテルの庭と、水中からの照明で照らされた屋外プールが浮き上がっていた。

「ＩＴが万能だなんて言いません。ただ、デジタルという概念が生まれたことで、この世界のすべてのものが『１』と『０』の組み合わせに置き換えられた。それによって娯楽や情報が何もかも、液体のように混じり合ってサービス化するんです。既成概念で動いている人間には手に負えなくなる世界が再構築されるでしょう。

まず第一は、〈すべてのものが基本要素に分解される〉ということです。例を挙げれば新聞や雑誌です。これらは、かつて情報を束ねてセットで売るからお金を取れた。ところがこれはもう解体に向かっている。今日、株価を新聞で確かめる人は希少でしょう。天気予報を見るために新聞を開く人だっていない。放送も同じです。テレビやラジオの番組、特にニュースや通販番組などは断片化して、視聴者が欲しいときに欲しい情報を届けなければならなくなる。しかし、今の放送業界ではそれは出来ませんよね。するとこの先視聴されない、そっぽを向かれる可能性が大いにあります。

そして第二は、〈すべてのものは再合成が可能〉ということです。新しい組み合わせこそテクノロジー・イノベーションの基本であり、それが経済を牽引していきます。卑近な例で言うと、日本ではコンビニが過当競争気味になって薬局を統合するようになりましたよね。家電量販店のビックカメラは、一見何の関係もないファストファッションのユニクロと合体した。ＩＴの世界で言えば、何と言ってもスティーブ・ジョブズのiPhoneでしょう。電話とネット、音楽プレーヤーとカメラの合体。

そして第三は、そういったデジタルの革命が〈ワクワクする・感動する・人間らしいコミュニケーションに溢れた再構成であるか？〉だと僕は思う。江戸時代やルネッサンス期の職人は、明らかに仕事を楽しんでいました。だから日本では桂離宮、フィレンツェではサント・スピリト聖堂、ローマのサン・ピエトロ大聖堂といった素晴らしい建築物が生まれた。ワクワクする感動がモチベーションになければ、人間はあんな偉大で美しいものは造らない。ところが日本では未だに、サラリーマンは定時に出社して定時に退社してる。しかも非人間的な満員電車に押し込められて通勤させられて。そんな厳しく管理された状態で、人は面白い仕事が出来るものでしょうか？　でも、ＩＴが時間と距離の問題を解決してしまった。今や、人類はインターネットを通じて七〇億人が相互コミュニケーション出来る段階に達しました。あとは仕事・生活・学びの仕組みをどう設計するかが大きな課題でしょう。そしてこの次なるステップの問題解決に大きな力を発揮すると考えられるのがＩＴ技術による社会の再構築なんです」

翌日は朝からハイウェイ１０１でベイエリアを南下、サンフランシスコ半島の付け根に位置するシリコンバレーへ向かった。堀井の案内で二日間かけ、アップル、グーグル、インテル、フェイスブック、ヤフー、ネットフリックスなどの企業を見学した。他にも、今はまだ小規模だが画期的な研究をしている数社も回った。

彼は大小かかわらず、どこのオフィスでも幹部クラスの人物と親しげにハグを交わし、敬意をもって迎えられていた。幾つもの企業で、「ホリイ、君はいつになったら我が社に来てくれるんだ」と言われていたのが印象的だった。ジョーク交じりの発言なのだろうが、そこには常に温かい親密さがあった。堀井は日本でマスコミに露出していた頃と比べると、まるで別人のようにリラックスしてフレンドリーだった。

その次の日の夕方、サンフランシスコのダウンタウンに戻り、マーケット・ストリートのケーブルカー発着所からワンブロック、シリル・マグニン・ストリートにあるシーフード・レストラン「ファースト・クラッシュ！」で堀井と夕食をとった。生牡蠣に羊の赤ワイン煮。そして何より茹でた小えびの殻を剝き、カクテルグラスの縁に盛りつけたシュリンプカクテルである。グラス中央に添えられたカクテルソースをつけて食べるのだが、これが絶品だった。

よく冷えた白ワイン「モントレー・シャルドネ」で乾杯し、堀井が聞く。

「どうでしたか、玄一郎さん。この三日間は？」

「そうですね、刺激的という言葉では足りない、自分の中で地殻変動が起きたような時間でした。僕にとってはあまりに目まぐるしく驚きの連続で、ただ、日本で聞いていたシリコンバレーの印象とはかなり違った気がしました。開かれているし、誰もがまるで仕事を遊びのように楽しんでいた。〈リアル・ワールド〉ではそこを伝えていかなければと強く感じました」

「うん、いいところにお気づきになられましたね。シリコンバレーは最初、通信や半導体メーカーが集中している地域でした。それからインターネット産業へとシフトした。それが今は自動車、機械、農業、医療など、あらゆる分野にインターネットががっちりと組み込まれていく時代になって来た。ＩＴ業界はもう、かつてのようなコンピューターオタクたちが集まって最先端を競うだけの社会じゃなくなった。玄一郎さんがおっしゃるように、外に開かれ拡大しようとしています。逆に言えば、既存の産業にとってみると、このまま何もしないでいればグーグル、アップル、アマゾンの三社に全部持っていかれることになってしまう、アメリカ全土がシリコンバレーに飲み込まれそうな勢いです。何しろアマゾンはドローンと自動運転の車で商品を届ける計画を立てています。日本の企業でこんな発案をしても社内で誰も相手にしてくれないでしょう。でも、アメリカでは発想にリミットはありません。いや、日本でも一社ありましたね。コマツがそうです」

「コマツというと、あのブルドーザーなんかを造ってる?」

「そうです。建設機械メーカーの小松製作所。英語表記は〈KOMATSU〉。トヨタや日産に先んじて、一九五〇年代からグローバル化を推し進めた企業です。コマツは世界中で販売した自社のブルドーザーなどの建設機械、そのエンジンの調子、現在地などの情報を、センサーと通信とインターネット網を使って把握し、本社内の中央制御室ですべて監視しています。ひとたび機械に何か不具合が見つかれば、アフリカでもアマゾンでも、技術者がすぐに飛んでいって修理・メインテナンスをするんです。このレベルのサービスを実施しているのは、日本企業ではコマツだけです。このままいけば間違いなく世界企業になるでしょう」

「そうなるとやはり、一昨日、堀井さんがおっしゃっていた、デジタル化による産業の融合と再編成が鍵になるわけですね」

「ええ、ですから今後の鍵はやはり人工知能、AIということになって来ます。今、シリコンバレーを含む先端のIT関係者の話を聞いていると、まるでSF映画のようですよ」

　堀井はそう言って笑う。

「二〇四五年、人工知能AIは、人間の脳の能力を超えると言われてます」

「シンギュラリティ、技術的特異点ですね？」

「ええ、シンギュラリティには賛否両論、物理学、社会学、そして宗教学の分野から批判もあるし、そもそもＡＩはそこまで発達はしないという説を唱える学者もいます。ただもっと現実的な革命が、ごく近い将来に起きることは確実です。例えばまず最低でも一〇年後には世界中の図書館の書物がデジタル化されてクラウドに蓄積され、データベース化されると言われています。著作権侵害の問題はありますが、既に〈グーグルブックス〉がかなりの数をこなしています。これが完成すれば、人類一万年の知識は一秒で検索出来ることになる。しかもファジーな部分はＡＩが膨大なデータベースを基に精査して正解を叩き出してくれる。

　ここで重要になるのは、機械が思考能力を持つということです。簡単な実用例を挙げれば、会社の受付からスーパーマーケットのレジ、企業のクレーム対応から病院での薬の処方までが人工知能で可能になります。また、こんな技術も考えられます。人間の脳にナノテクノロジー、極小技術で作ったコンピューターを埋め込むんです。あるいは機械は外部に置いて、Wi-Fiみたいな超高速通信で直結させてもいい。脳と高性能のコンピューターが繫がったら、何が起こると思いますか？　人の脳内にある情報や記憶がコンピューターによって解析され、思考能力と巨大データを持つコンピューターで精査されてまた脳に戻るんです。脳とコンピューターの境はなくなる。こうなるともう、かつて類人猿がホモ・サピエンスに進化したように、人類は次のステージに向かうかもしれませんね」

「まさにＳＦ映画だ」玄一郎は感嘆する。

「しかも決して夢物語ではない。手の届く近未来に起きそうな出来事なのが凄い」

「そうですが、ただしここまで技術が進化しようとすると、人工知能開発に反対する人物もいます。イギリスのスティーヴン・ホーキング博士がそうですし、マイクロソフトのビル・ゲイツも異論を唱えてます。確かに、かつてアルフレッド・ノーベルが土木工事用に発明したダイナマイトは普仏戦争以降、兵器として使われたし、核分裂反応の研究は原子爆弾を生んだ。新技術に目が行き過ぎるとその影響を考えなくなる、それが科学者の本性かもしれない。ただ、今から四〇年前、NASAが人類を月に送り込もうとしたときのコンピューターの性能が、現在のiPhoneほどだったことは事実なんです。技術は否応なく、倍々どころじゃなく二乗三乗のスピードで進歩しています。3Dプリンター、ナノテクノロジー、クローン臓器、それらが悪魔の技術になるか福音となるか、決めるのは人間じゃないでしょうか」

「その点、日本は圧倒的に遅れているような気がしますが、堀井さんはどうするべきだとお思いですか？」

「国策ですね」

堀井は迷わず言った。

「国策が必要です。米国とソビエト連邦の東西冷戦が終わり米国経済を陰で支える軍需産業も振るわなくなった。アメリカでは新しい産業の勃興が望まれた。ビル・クリントン大統領時代、副大統領だったアル・ゴアが提案した〈情報スーパーハイウェイ構想〉というものがあります。合衆国のすべてのコンピューターを、光ケーブルなどの高速通信回線で結ぶという計画です。紆余曲折はありましたが、結果、あれが全米のインターネット環境を劇的に変えた。アップル、グーグル、フェイスブック、ツイッター、アマゾン、マイクロソフト、ヤフー、インテル、これらモンスター企業の現在の成長ぶりは、政府の後押しなしにはあり得なかった。そもそもアル・ゴアの父親、上院議員だったアルバート・ゴア・シニアは、全米の高速道路、その基盤整備を提案した人物です。これによってアメリカでは物流革命が起きました。もちろん、アメリカがすべて正しいわけではない。アメリカ式経営を導入した日本企業で、苦労したところはたくさんあります。資本主義の悪夢の部分が、各国で露呈している場合も多い。最悪と最高が、共に存在するのがアメリカ合衆国です。

しかも国策というと、〈国策捜査〉に代表されるように悪のイメージもありますよね。権力者が果たして経済に介入していいのだろうかという。一七世紀から世界を制したヨーロッパの〈東インド会社〉は、明らかに植民地から富や物資を奪う国策会社であり、その後の世界の歴史にも影響を与えました。しかし国策には悪もあれば善もある。僕は、いい国策であれば大いにやるべきだと思う。例えばグーグルは、明らかに現代版〈東インド会社〉です。グーグルアースやストリートビューだけに限っても、膨大な機密情報がもたらされます。もしもＣＩＡなどと結びついたら恐ろしいことになるでしょう。けれどそういったリスクを抱えながらも規制を緩和していかないと、新しい産業は発展していきません。それをやらないから、日本のＩＴ企業は伸びないんです。政府、官僚は無策かつ無力です。むしろ規制をかけて来る。資金が得られなければ、成長も国際的競争力も持てない。かつてパソコン出現の初期、世界一の電子立国と呼ばれていた日本は、完全にこのＩＴ分野でアメリカに敗戦したのです。第二の対米敗戦です」

興味深い話だった。この三日間で彼が語ってくれたことすべてを番組に入れたいところだが、それは到底無理だ。日本に持ち帰り、「リアル・ワールド」の〈はぐれ者軍団〉の連中とミーティングを重ね、構成案を作ってもう一度インタビューを取ろう。堀井の生い立ちから事業の経過、そしてアメリカＩＴ産業の現在と未来を入れ込む。「日本のコンピューター産業はアメリカに敗戦したのです」、その言葉が何度も脳裏を駆け巡った。

レストランからフォーシーズンズホテルまでは約ツーブロック。堀井はロビーまで送ってくれた。

「堀井さん、大変お世話になりました。明日の朝のフライトで日本に戻ります」

「こちらこそありがとう。僕も実に楽しい三日間だった。撮影を楽しみにしていますよ。ところで言い忘れていましたが、先日アメリカ永住権を取りました」

「本当ですか？」

驚いた。

「ええ。シリコンバレーの連中が協力してくれて、ＥＢ-２ビザが取れました。今後はこちらに事業をすべて移します。アメリカは、競争は激しいけれどやはり刺激的です。そして会社に力を付けて、改めて『黒船』になって日本に乗り込むつもりです。我が母国は、ＩＴに関して言えば未だ原野です。けれど言うまでもなくエンジニアは世界レベルで優秀だし、政府と既得権益者は外圧に弱い。だからアメリカ政府も巻き込んで、僕は日本の産業構造を変えたいんです」

立ち話にしては刺激的過ぎる話題だった。そのとき、迎えに来たのだろう、ロビーの入口に一昨日のアシスタントのアメリカ人青年が現れた。堀井は英語で「駐車場で待っていてくれ、すぐに行くよ」と声をかけ、青年は玄一郎に手を振って去った。

「玄一郎さん」

堀井は、先ほどまでとは違った表情になって言った。

「僕の会社で一緒に仕事をやりませんか？　あなたがテレビを愛してるのはわかってる。でも佐藤玄一郎の才能を、僕としてはＩＴの世界に引き入れたい。これは冗談ではありませんよ」

突然の申し出に呆然とした。

「しかし、僕はＩＴなんてまったくの素人ですよ」

堀井は笑って、

「一年くらいプログラミングだけ勉強すれば大丈夫です。まあ、東京に帰ってよく考えてください。ただし、僕は真剣ですよ」と言った。

「――恐縮です」

「その気になったらいつでも連絡をください。それと――」

堀井は右手を差し出した。

「僕らはもう友だちですよね」

「光栄です」

二人は固い握手を交わした。

三〇階の部屋までエレベーターで上るとき、玄一郎はこの身がどこまでも昇っていくような高揚感を感じていた。

熱いシャワーを浴び、冷蔵庫から冷たいボルヴィックを取り出し、ソファーに倒れ込んで飲んだ。

最後に告げられた申し出は魅力的だった。堀井恒弘のような人物と仕事が出来たら、どんなに刺激的だろう。そして昨日案内された、シリコンバレーのグーグル本社の社内を思い出していた。

噂には聞いていたが、そこは会社というよりはテーマパークのようだった。カラフルな内装の中にスリー・オン・スリーのバスケットコートがあり、卓球台がありテーブルサッカーのボードがあり、なんと四レーンのボウリング場まであった。そこでバスケットや卓球に興じている社員がいるかと思えば、その横でノートパソコンを広げ仕事をしている者、カフェラテを飲みながらミーティングしているスタッフたちもいた。

アテンドしてくれた社員によれば、グーグルでは共同創業者ラリー・ペイジとセルゲイ・ブリンを始め、幹部から昨日入社したスタッフに至るまで、全員のスケジュールが公開されている。社員が役員にミーティングを申し込みたいときは、一般企業のように秘書を通してアポを入れる必要はない。クラウド上に共有されているスケジュールを見て、空いているところに仮予約を入れてしまえばいい。そしてカレンダーに用件を書いておく。役員がＯＫすればアポイント成立だという。複数の社員によるミーティングも同様だ。全員のカレンダーを見て、共通して空いているところをブッキングしてしまうのだ。

ソファーからベッドに倒れ込み、天井を眺めながら思った。それに比べ日本での生活のなんと姑息で繁雑で、権威主義的なことか。出世のことしか考えない武井プロデューサー、その子飼いのミス・無責任こと岸本妙子女史、あの芝居がかった巨大会議室に鎮座する権藤栄一編成部長、冷たい銀縁眼鏡の神崎悦子、そしてヤクザまがいの脅迫を仕掛けて来た「ＴＶインク社」の木田社長――。

ワインの酔いで一瞬寝落ちしてしまったようだった。起き上がり、眠る前にメールだけチェックしておこうとライティングデスクに置いてあったMacBookを開いた。

メールソフトを開くと、それは一件目にあった。

〈佐藤玄一郎様

お疲れさまです。

何度かお電話したのですが、秘書部の山川です。突然申し訳ありません。

大変なことが起こりました。本日午後、岩崎社長が突然社長室で倒れ、一時間後に秘書のひとりが発見し慶應病院に搬送されました。脳のＣＴスキャンを取りました。クモ膜下出血でした。かなり症状が重く、グレード５（危険度レベル最高）と診断されました。医師団によると開頭手術が必要で、様子を見て速やかに緊急手術が行われます。可能ならば出来るだけ早期の帰国をお願いします。

社長はこのところ、政府の委員会の座長や社の外交的部分で多忙を極めておられました。「過労」とひと言で言えませんが、かなりのご負担があったと思われます。

尚、このメールの内容はまだ社外秘で、あらかじめ岩崎社長自身が作成していた、緊急連絡者リストに載っている方だけにお送りしています。

どうぞ、ご無事にご帰国なさってください。

秘書室　山川景子〉

C

眼下に陸地が見えてきた。

飛行機が成田に近づくが正確な位置はわからない。確かなことは、今日の関東が雨だということだ。小さな窓から見える大地は、グレー一色に沈んでいた。時刻は日本時間午後二時四五分。

いつの間にかまどろんでいた。到底眠ることは出来ないだろうと思い、座席のモニターで映画「ゼロ・グラビティ」を眺めていた。ジョージ・クルーニーが宇宙の深淵に果てしなく墜ちていくところまでは覚えていた。

昨日、フォーシーズンズホテルの部屋で秘書室・山川女史のメールを開いたのが現地時間二三時過ぎ。すぐさま電話を入れた。

「佐藤さん？　ああ、よかった、連絡がついて」

ため息交じりではあったが、彼女の声は落ち着いていた。

「今、周りに誰もいませんか？」

と声を潜めるようにして聞く。

「ええ、ホテルの部屋です。僕だけです」

「明日、開頭手術と決まりました。完治率は五〇パーセント。実際にオペで開いてみないと、出血の具合はわからないそうです。慶應病院最高の医師団が臨んでくださいます」

続けて「それでね、佐藤さん」と言った。

「社長が倒れたことは今のところ機密事項です。外部に漏れると株価に影響します」

それだけではないだろう、と玄一郎は思った。反岩崎社長派に暗躍する余地を与えるはずだ。

しかしそれは口に出さず、

「――わかりました。現時点でこのことを知っているのは？」と聞いた。

「創業家の溝口家。秘書室長・町山以下、私たち秘書室。そして佐藤さんと、社長のご家族だけです」

どうしてそんな少ないメンバーに自分が入っているのだろう？　そう驚嘆すると共に、事の重大さを否応なく思わされた。

「僕が日本に着くのは日本時間明日の午後三時半です。その頃には手術は終わっていますよね？」

「そう願いたいところです。町山が慶應病院に詰めております。連絡しておきます。繰り返しになりますが、くれぐれも他言なきよう」

「了解しました」

これが約二四時間前。

着陸してシートベルト着用サインが解除されると、玄一郎は誰よりも早く立ち上がり、出口へ向かう。ボーディング・ブリッジを歩きながら携帯電話を操作し、町山室長の番号を探し、ロビーに出たところでかけた。

一回、二回、三回目のコールで出た。

「よう、佐藤くん。帰って来たか」

明るい声だった。

「手術は？」

「安心しろ。あの人は運が強い。グレード5の重症だったが成功した」

全身の力が抜け、その場にしゃがみ込んだ。

「——よかった。本当によかったです」

「ああ、岩崎社長にはまだ死なれちゃ困る。リハビリは当然必要だが、完全復帰の可能性は大いにあるそうだ。とりあえず明日、全社員に社長がクモ膜下出血で病に伏したが、手術は成功したので復帰を待たれたし、との通達を出す」

町山室長はまだ病院に詰めているというので、玄一郎もその足で向かうことにした。

成田からタクシーを飛ばした。幸い渋滞はなく、一時間半ほどで信濃町の慶應病院に到着した。

三号館の特別個室と教えられていた。エレベーターを降りると廊下に町山の姿が見え、手招きされた。部屋は一〇人ほども座れるソファーがあるシックな高級ホテルといった佇まいである。奥のベッドで、岩崎社長は眠っていた。頭の包帯は痛々しいが、表情は穏やかで顔色もいいように見えた。

町山室長の言う通りだ。

「——この人に死なれちゃ困る」

玄一郎はその寝顔を見て、心の底から安堵していた。

社長がいてくれないと、東京テレビは変わらない。そしてこの岩崎利一郎という人の持つ強烈なリーダーシップがあれば、シリコンバレーで見たグーグル本社のように生まれ変われるかもしれない。

「佐藤玄一郎さん？」

背後からそっと声をかけられた。

振り向くと、四〇代くらいだろうか、上品で美しい女性がいた。

「岩崎の娘の敦子と申します。玄一郎さんのお話は、いつも父からお聞きしてます」

「そうでしたか。正直、社長がご自身で作られた〈緊急連絡者リスト〉に、僕が入っていたことに驚いています。僕からすれば社長は雲の上の人ですから」

敦子は右手の甲を口元に当てて穏やかに笑った。

「いいえ、あいつは真剣かつ冷静に社のことを教えてくれる、数少ない男だっていつも言ってましたよ。それと、父はああ見えてバランス感覚のある人なんです。佐藤さん、〈一〇人会〉っていう、若い方々との集まりのメンバーでしょ。〈連絡者リスト〉にあなたを入れたのは、自分にもしものことがあったとき、ベテランの社員さんだけじゃなく、若い皆さんにも伝える役割の方を入れたかったんじゃないかしら」

そうか、社長はそこまで考えていたのか。

「父ったら、若い連中と飲むのは楽しいんだ、楽しいんだって、しつこいくらい言ってたわ。本当に嬉しかったみたい。元気になったら、また付き合ってあげてくださいね」

敦子に「よければ少しの間、寝顔を見てやっていって」と促され、玄一郎は枕元の椅子に座った。社長は会社がまだまだ硬直化していることを案じていた。だから古株だけでなく、若手の自分をリストに入れたのだ。つまり、俺は託されたのだ——、目を閉じた岩崎社長の顔を眺めながらそう思った。


その晩、玄一郎は神楽坂にあるうどんすきの店「鳥茶屋」で翠と会った。

「たった五日間でも和食が恋しいでしょう」と、座敷の小さな個室を翠が取ってくれた。ビールで乾杯し、生湯葉の刺身と勘八のお造りをつつき、うどんすきのコースが始まったところで、「千寿土佐鶴」を冷やで飲んだ。

「玄一郎、情報がもう漏れ始めたわ。幹部たちが少しざわめき立ってる。何人かが会議室に籠もったり、外で会合を持ったりしてる」

翠は言った。

「番町会って会があるの。岩崎社長に反逆を企てている幹部クラスの集いよ。その人たちが既に動き出してるの」

なるほど。細川相談役は、岩崎社長は政財界の大物が集まる紀尾井町会の顧問だと言っていた。それに対抗して命名したのだろう。番町は紀尾井町から新宿通りを挟んだ反対側に位置する。

「報道局は何だかざわざわしてる。嫌な予感がするの」

「うん。でも、社長はあらゆる事態を想定していたと思う。ああ見えてとてもしたたかな人なんだ。病院で町山室長に聞いたんだけど、なぜか僕も入っていた〈緊急連絡者リスト〉は、自分に何かあったときに備えて、まるで遺言書のように細かく指示が書かれていたそうだよ」

「そうかあ。トップに立つ人って本当に大変ね」

「まあしばらくは様子を見よう。僕ら平社員が今何か動いても仕方ないよ」

翠は「そうね」と笑って土佐鶴を玄一郎のグラスに注ぎながら、

「ところで、アメリカはどうだったの？」と聞いた。

よし来たぞ、と玄一郎は思う。

「実はさ、翠。俺、リクルートされたんだ」

「堀井さんに？」

「そう。シリコンバレーに来ないかって。堀井恒弘に片腕になってくれって言われた。これは行くべきかな？」

「フーン」

翠はつまらなそうに言った。

「シリコンバレーもいいけど、『翠を連れて』はないの？」

とピシャリと言って翠は黙ってしまった。玄一郎の完全なる失態だった。酔いが回っていたのか？

「ゴメン、翠。僕が悪かった。ほんの冗談だったんだ。堀井さんに誘われたのを君に自慢したかっただけだ」

「ダメよ。冗談でも彼女を試すようなこと言って、玄一郎、最低。反省しなさい」

「反省する。反省するから赦してくれ」

テーブルに頭を擦りつけた。

「言葉だけじゃダメ。行動で示しなさい」

「わかった」

顔を上げて言う。

「箱根に、〈強羅花壇〉という温泉旅館がある」

「フムフム」

翠はうどんすきを自分の器に取りながら聞いていた。

「建物は旧宮家の持ち物だった美しい洋館だ。露天風呂付きの客室もある、今から予約する、今年の暮れからお正月は二人でそこで過ごそう！」

翠は考えるふりで海老と鶏肉をつまみ、極太のうどんと共に口に運ぶ。

「いいわ。それで赦してあげる」

「――ああ、よかった」

玄一郎はやっとのことで土佐鶴を一口飲み込んだ。

「鳥茶屋」を出て、裏路地の石畳の坂道をゆっくりと下った。少し歩きたい気分だった。神楽坂下まで下り、外堀通りを暗い水面を左に眺めながら進んだところで、翠が玄一郎の左手に手を伸ばす。二人は両手を重ねて歩いた。

「社長、そろそろ意識は戻ったかしら？」

翠が呟いた。

「うん、経過はいいとのことだったから、ご家族のお顔は見えてるかもしれない。会話はまだ
無理だろうけどね」

玄一郎は風邪ひとつ引いたことのない男なので、昼間は久しぶりの病院だった。あの消毒液
の匂いは、懐かしく悲しかった。

「――翠」

玄一郎は語ろうと思った。

「君に、まだ言ってないことがあるんだ。聞いてくれるかい？」

少し間があって、「聞くわ」と翠は小さく言った。

「僕の母親に関することなんだ」

翠には、高校三年のときに死んだということだけしか伝えていなかった。

「――うん」

玄一郎は包み隠さず話した。平和で幸せだった三人家族。突然、原因不明の頭痛で倒れ寝た
きりになった母。治療法を求め全国の名医の元を駆けずり回っても改善の策は見つからず、す
べての「知識」への興味をなくし、人生の意味すら失った父。痛みを和らげようとしてアルコ
ール依存症に陥った母。そんな母の看病から逃れるため学園生活に没頭した高校時代。そして

あの一月の寒い朝、涙を二粒だけ流して静かに死んでいった母。

「父は号泣した。でも僕は一週間、一滴の涙も出なかった。『死んでくれてよかった、自分はやっと解放された』とすら思った。僕は、冷酷な息子だ。この事実は一生消せない。あれからずっと、母に対する罪の意識を持たなかった日は一日もなかった。赦しを求めていた。今でも求めている。でも、叶うことはない」

翠は玄一郎の手を握っていたその手を、腕に絡めた。

「母は、優しい人だった。本当に優しかった。そんな母を裏切ったんだ。この罪は、一生消えない」

翠は玄一郎の腕を引いて歩を止めた。

「玄一郎」

翠に名を呼ばれた。答えようとしたが、声を出したら泣いてしまいそうだった。

「いつか、私が抱いてくださいと言ったら、そのときは抱きしめてとお願いしたのを覚えてる?」

「――うん、覚えているよ」

何とか答えた。

「あなたも言っていいのよ」翠は言った。

「辛いとき、悲しいとき、私にそう言って」

玄一郎は翠の背中に手を廻した。

「翠、僕を抱きしめてくれ」

翠は玄一郎を強く抱きしめる。

「一緒に赦してもらいましょう」翠は言った。

「これから二人で強く生きていくことで、お母さまに赦してもらいましょう。大丈夫、あなたには私がついてる」

玄一郎はもう何も言えなかった。翠に抱かれ、肩を震わせ泣いた。

「私はどこにもいかない。ずっとあなたと一緒にいる。私たちは運命の相手。そして、同志よ」

二人は、そのまま長い間抱き合っていた。

D

「玄一郎。今回は大変だ。並みの騒ぎじゃねえぞ」

細川邦康はいつものようにダンヒルの靴下を引っ張り上げながら口の端を歪めた。

翌日の遅い朝。場所は「声が漏れないように」と相談役の個室ではなく、情報局のいちばん奥、第五応接室だった。

「どういう具合に大変になってるんですか」

玄一郎は聞く。

「社長に反旗をひるがえそうと以前から会合を繰り返してる連中のことは言ったな」

「番町会ですね」

「そうだ。ところがそれに加えてほとんどの役員や執行役が副社長、専務、常務を巻き込み始めた。社長死亡時の覇権争いだ。次に誰を社長の椅子に座らせるか？　誰もが競って、自分が甘い蜜が吸える御輿を担ごうって魂胆だ。毎晩あっちこっちで会合が持たれてる」

「ちょっと待ってください。死亡時って、社長の手術は成功したんですよ。リハビリは必要ですが完全復帰だって大いに可能性がある。それは町山室長が通達を出したじゃないですか」

「だからこそなんだ、玄一郎」細川は言う。

「奴らとしたら、手術成功、復帰の可能性大をガセネタにしたい。岩崎社長はもうダメだってとこに持っていきたいわけだ。残念ながら健康不安というのは大企業の経営者にとっては致命的だ。ただな——」

「ただ？」

「前も言ったが岩崎社長もけっこうな老獪だ。自分にもしものことがあったときの後継者を、創業家の溝口家に秘かに伝え、書面にしたうえ確約を取っておいたそうだ」

「誰を指名したか、相談役はご存じなんですか？」

細川は不敵な表情で笑ってみせる。

「俺も伊達に古くからいるわけじゃねえからな、創業家の溝口氏関係には密偵が複数いる」

「なるほど。それで？」

玄一郎は思わず声を潜める。

「後継者は四年前、衛星放送の運営会社〈ドリームＴＶ〉に飛ばされた川上龍之介だ」

「そうか、川上さんですか」

川上龍之介は、前任の中林社長があまりにコンテンツを無視して株価操作ばかりに熱中するのをおおっぴらに批判し、前社長の逆鱗に触れて左遷された人物だ。玄一郎は直接の面識はないが、切れ者かつ人徳があり、部下を使うのが上手いという評判だ。

「そうだ、川上は改革精神旺盛だし、編成、営業、制作と、各部署をまんべんなく回ったキャリアがある。あの男なら自分の後継者になれると岩崎さんは踏んだんだろう」

確かにそうだ。ただ、岩崎社長が復帰するのが何より最善だ。社員は日々の仕事を淡々とこなしながら、その日を待てばいいはずだった。


ところがその数日後、予期せぬ大問題が起きる。

東京テレビで個人情報の大量流出事件が起こった。番組へのご意見や、テレビショッピングなどに寄せられた視聴者のメールアドレスが、担当者のミスによって一五〇〇万件以上流出したのだ。これによって局は社会から大規模なバッシングを受けるようになり、他局や新聞社、出版各社はメディアスクラムを組み、徹底した東京テレビ叩きが始まる。

すると人気女子アナの若手政治家との不倫スクープから、プロデューサーによる未成年援助交際など、次々とスキャンダルも発覚。局内は大混乱となった。そこには五年間視聴率トップを走り続けている東京テレビの社内にはびこる慢心があったことは言うまでもない。

一週間後の午後だった。玄一郎は情報局のデスクにて、相変わらず徹夜続きの頭で、他局のワイドショーが流す自社のスキャンダルを見るでもなく眺めていた。とある人気ドキュメンタリーバラエティで、「やらせ」があったのではないかという疑惑だった。

突然携帯が鳴った。見ると町山秘書室長である。

「佐藤くん、今すぐ慶應病院へ」

「何か？」

「とにかく来てくれ」

それだけ言うと一方的に切れた。

まさか、という気持ちで局を飛び出し、タクシーを飛ばした。

三号館の特別個室に着くと、成田から駆けつけた日の、あの静かな病室とはまったく違った光景があった。

岩崎社長は人工呼吸器を装着され、医師が二名、看護師が四名。巨大な医療器機が運び込まれ、彼らの間では、玄一郎には理解出来ない言葉が飛び交っていた。

その周りには先日会った娘の敦子、妻らしき高齢の女性。加えて、初めて見る溝口家の人物が数名いた。

「急に血圧が上がり危篤状態だ」

町山は囁いた。

「何があったんです？」

「わからない。医者も原因不明だと言っている。ただ脳の損傷だから、時々こういうことはあり得るらしい」

敦子と妻が社長の手を握っていた。人工呼吸器を着けたその表情は、遠巻きに立つ玄一郎からは窺えなかった。


一時間後、玄一郎は病室を出て廊下に立っていた。

窓から外を眺めると、隣にある小学校は都会の真ん中らしく校庭は土ではなく人工芝で、子どもたちは元気に跳ね回っていた。校舎の屋上にプールがあって、そこでも赤や青の水泳キャップを被った子どもたちが水飛沫を上げていた。冷房の効いた窓越しにも、賑やかな歓声が聞こえた。

ポケットから携帯を出し、翠に電話をかけた。局を出る前、病院に着いたら知らせてと言われていたのを忘れていた。

「もしもし」

翠は言った。

玄一郎は答えなかった。

「もしもし、玄一郎？」

「ああ」

やっと声が出た。

「――だめだったのね」

「医者は、最善を尽くしてくれたと思う」

午後二時四五分だった。岩崎利一郎は旅立っていった。

小学校の向こうには、新宿御苑が見えた。東京は昨日梅雨明け宣言が出されていた。例年より一〇日も早かった。真夏の木々、その緑はまるで燃えているようだな、なぜかそんなことをぼんやりと考えた。

「玄一郎」

翠は言った。

「お母さまのことを思い出して」

「――うん」

「お母さまのことを思い出すの。あなたは、どんな悲しみからも立ち上がれる人よ」

ふと気づくと、携帯を耳に当てた玄一郎の頬を、涙がつたっていた。それははらはらと流れ、いつまでも止まることはなかった。悲しみの涙ではなかった。口惜しかった。岩崎社長と、もっとたくさん話がしたかった。これからもっとたくさん、自分の番組を見て欲しかった。テレビマンとしての自分の仕事を、誉めて欲しかった。よくやった、玄一郎、いいものを作ったなと、そう言って欲しかった。

葬儀は親族のみで執り行われ、一カ月後、「ホテルオークラ東京」でお別れの会が開かれた。歴代総理、現総理、皇室関係に財界人、中国の首相にアメリカ副大統領、バチカンから二人の枢機卿(すうききょう)も来日した。その他、華麗なる人脈を物語る各界のVIPたちが訪れ、花をたむけた。岩崎利一郎の重厚かつドラマティックな人生、その終わりを締めくくる荘厳な会だった。

しかしその裏では、次期社長の椅子を巡る壮絶かつ醜怪な争いが勃発していた。

お別れの会の一週間後、新社長が発表された。

「新社長・湊康成」

掲示板に張り出されたのは、現常務取締役経理局長の名だった。

なぜか細川の語った「衛星放送〈ドリームＴＶ〉川上龍之介社長説」が消えていた。

ロビーでその知らせを見て愕然としていたまさにそのとき、携帯が鳴った。細川からだ。

「今、帝国ホテルのロビーのカフェにいる。来れるか？」

東京テレビからは車を飛ばせば目と鼻の先だ。

カフェに入ると、細川相談役は苦虫を噛みつぶしたような表情で貧乏揺すりをしていた。

「やられたぜ、玄一郎」と呟く。

「どういうことです？　岩崎社長は川上さんで確約を取り、書面まで交わしてたんじゃないんですか」

「ああ、その通りだ。ところがこの間、例の個人情報の大量流出事件があってウチの株が下落しただろう」

「ええ」

「あの日に、湊常務が創業家の溝口家へ行ったそうだ。溝口兵衛門は、湊ごときに好んで会いたくはなかったが、湊は岩崎社長反逆同盟・番町会の連判状を事前に送付していたらしい。そうなると無下に追い返すわけにもいかぬ。会うだけなら、と思ったそうだが、湊は巧妙だった。『今回の情報流出事件と株の下落を食い止め会社の業績を上げるには、経理畑と総務畑が長い私しかいません』と強く主張した」

「個人情報流出事件があだになったわけですね」

「湊はそれを上手く利用したんだ。しかも、もうひとつマズイことがあった。溝口家は弱味を握られていたんだ。溝口竜太郎、知ってるだろう？」

「経理部の課長でしたっけ？　コネ入社した溝口兵衛門氏の御曹司」

「そうだ。あのバカ息子は女癖の悪いヤツで、妻子がいながら経理の若いお姉ちゃんを愛人にしてた」

「えっ」

「それだけじゃない。何人かの女子社員がセクハラの訴えをしていたそうだ」

湊常務はその情報を知りながらわざと放置していたようだ。そして溝口兵衛門の耳にも、息子の不祥事の噂は入っていた。そこで湊は愛人とセクハラの件を匂わせつつ「もちろん、業績が上がったら私は去ります」と告げたという。これが殺し文句だった。細川相談役が送り込んでいる密偵によれば、兵衛門氏は庭を見ながらしばし沈思黙考したという。やがて「わかった。ではしばらくやってみるがいい。ただし、短期政権だと思えよ」と告げ、去っていった。

「もちろん湊に、短期で退くつもりなんて端から毛頭ない」

細川はそう言って身を乗り出す。

「玄一郎。今後、この会社はどうなると思う？」

「どうなるんですか」

「まず、湊は経理、総務という狭い世界しか見てないから、制作現場は全部お任せとなる。すると自分の身しか考えぬゾンビのような管理職どもがウヨウヨと動き出すぞ」

翌日、湊新社長は大会議室で就任挨拶を行った。退屈な演説だったが、要点は三つだけだった。

「最後に繰り返します。私の願いは三つ。一、無駄な経費の削減。二、コンプライアンスの徹底。三、放送外収入の増加。これだけです。社員の皆さん、徹底してください」

そこには「強力なコンテンツを作れ」や、「新しいことに挑戦せよ」と言ったクリエイティブな要素は一切なかった。つまりは「問題を起こさず金儲けをして、出費を抑えろ」、「本業のテレビ以外の収入源を模索しろ」ということだった。

しかし玄一郎を始め社員の多くは、「本業あってのテレビ局」だと思っている。企業アナリストは東京テレビを評価するかもしれないが、社長と社員の間には、早くも乖離現象が起き始めていた。

そして一カ月もしないうちに、会社は完全に岩崎社長就任以前の状況に戻ってしまった。すなわち、管理職は社員に無理難題を投げかけ、自身の上昇志向が強くなり、無駄な縄張り争いをして、様々な業界と結託してゆく。不動産事業などに精を出し、「テレビ放送は副業か」と揶揄されるようになった。

玄一郎にとっては、やるせなく絶望的な状況が始まった。

第六章

A

「リアル・ワールド」は好調に放送開始二年半を突破し、視聴率も安定。三年目の継続もほぼ決定したようなものだった。そんなある日のことである。

　青山の編集スタジオに籠もっていた午後、玄一郎の携帯に見知らぬ番号から電話が入った。取ると編成局の権藤栄一からだった。

「佐藤くん、今、何してる?」

「社外で編集中です」

「社に戻れないか?」

「本日中に仕上げる必要があります。明日ではだめですか」

「悪いが出来れば早急に」

　言葉は下手からだったが、有無を言わせぬ口調だった。

「わかりました」

　担当ディレクターに「編成から呼び出しだ。後は頼む」と言い残して帰社した。

　指定されたのはあの芝居がかった最上階の巨大会議室ではなく、八階の編成局次長の個室だった。岩崎社長の死去とその後の新社長騒動に乗じて権藤は出世し、編成部長から局次長になっていた。

部屋に入ると「すまんな」と、少しもすまなそうでなく言う。冷徹な雰囲気は変わらない。ただ、いつも影のように共にいた、秘書の神崎悦子の姿がなかった。それは権藤が局次長になったからか、あるいはここが彼の個室だからかはわからなかった。

「〈リアル・ワールド〉、相変わらず好調だな。関西では一八パーセントを超えたそうじゃないか」

「――ありがとうございます」

権藤は「座ってくれ」とデスクから立ち上がってソファーに座り、

「折り入って相談がある」と言った。

無表情のままテーブルにファイルを放り投げる。

「ＷＥＢダイス社、マック湯浅社長は知っているな」

玄一郎は答える。

「音楽プロデューサー。所属歌手で妻のケイティＭＩＺが全米デビューに成功した」

「そうだ。ビルボードのナンバーワンヒットを二回、アメリカ音楽界の最高峰、グラミー賞の最優秀新人賞も取った」

ケイティＭＩＺは、おそらく初めてアメリカで本格的な成功を収めた日本人アーティストだろう。ビルボードヒットチャートで一位を獲得したのは、他には坂本九の「SUKIYAKI」こと「上を向いて歩こう」しかない。

「私は昨夜、マック湯浅氏と会食した。アメリカでの活動の詳細を聞いた。そして君の番組の話が出たのだ。湯浅さんはベタ誉めだった。君に是非、協力して欲しいと言っている」

「――協力？」

協力とはどういう意味だろう。

「ケイティＭＩＺの密着ドキュメンタリーだ」

玄一郎は少し考えてから言った。

「〈リアル・ワールド〉は、基本的に番組への企画持ち込みは受けていないんです」

その途端、権藤は持っていた珈琲カップを皿に強く叩きつけ激昂した。

「持ち込みとは何だ！　あのケイティＭＩＺを撮らせてやろうと言ってくださっているんだぞ。それに、我が社が湯浅社長とＷＥＢダイス社に音楽祭の取りまとめや、海外アーティストの招聘にご協力頂いているのは知ってるだろう」

「しかし、私たちはこの二年半、すべて自分たちで独自に調査し厳選した取材対象者だけを撮ってきました。おかげさまで番組はご好評を頂いているので、『この人物を取り上げて欲しい』というご依頼、オファーは多数あります。しかしすべてお断りして来ました。持ち込みの企画はどうしてもパブリシティ的になります。宣伝臭くなる。それではタイトルにある〈リアル〉な世界は描けません。我々は対象となる人物のいいところも悪いところも、撮られて嫌がられるところも含めて撮影して来ました。それこそが真のドキュメンタリーだと考えているからです。この方針は変えられません」

権藤は呆れたように大きなため息をつき、背中をソファーに反らせた。

「いいか、佐藤。これだけは言っておく」

　そう言って玄一郎を人差し指で指さす。

「あの番組〈リアル・ワールド〉を、お前は自分のものだと思っているかもしれないが、その考えは大間違いだ。正確には、あれはお前の番組ではない。局に帰属する著作物だ。お前はただ、演出・プロデュース業務を局から委託されているだけだ。組織とはそういうものだ。なぜだかわからなければ教えてやろう。誰の金で作ってるんだ？　お前の金じゃない、東京テレビの金だ。番組がヒットして、自分が一流のクリエイターにでもなったつもりでいるかもしれないが、お前は単なる東京テレビの社員だ。明日、お前が社を首になったら、〈リアル・ワールド〉も終わると思うか？　終わらない。別の人間が作り続ける。番組は、会社のものだ」

　くだらない正論だった。ものをゼロから作ったことのない、人とものを右から左へ動かしてるだけの奴が吐く、ご立派な意見だった。確かに番組は会社の金と人材を使って作るものだ。しかし「もの作り」とは、チーフプロデューサーから末端のＡＤに至るまで、「これは俺の番組だ」という誇りと責任を持たなければ出来ない。

「それにどうだ」

　権藤は一転、懐柔策に出る。

「社の上層部はこの話に乗っている。当たり前だ、ケイティＭＩＺだぞ。日本の地上波テレビには滅多に出ない。出る必要がないからだ。アルバムを出せば全世界でリリースされ、放っておいてもiTunesとユーチューブが世界中に情報をバラ撒いてくれるからな。日本のマスコミに露出しなければしないほど、ファンは彼女を欲する。ＣＤが売れる、ＤＶＤが売れる、配信収入が激増する。湯浅社長は、そのケイティに一カ月、密着していいと言ってるんだ」

もちろん、玄一郎も心が動かないわけはない。何しろケイティＭＩＺの、唄っている姿以外を目にすることはほぼない。アメリカではごく稀にニュースショーに出演することはあるが、日本のトーク番組などには当然出ない。数回あった歌番組でもすべて歌唱シーンのＶＴＲ出演のみ。そういうプロモーション戦略なのだ。だから一時期、「ケイティは日本語がしゃべれないのではないか」という噂まで立ったほどだ。そんな彼女の素顔を撮影出来る、しかも一カ月のドキュメント。映像屋にとっては喉から手が出るほど欲しいチャンスだった。

「もしもこの話を断ってみろ」権藤は鋭く言う。

「それは上層部の意向に逆らって、会社にとって利益のある仕事を棒に振るということだ。お前もサラリーマンならわかるはずだ。組織の論理と業界の掟に逆らって無事にテレビマン人生を全うした人間はいない」

今度は脅しと来たか。岩崎社長が逝去してから、こういう何らかの利権がらみで上司が部下に強硬な申し出をしたり、命令口調で無理難題を押し付けることが多くなった。いわゆる「上意下達」というやつだ。岩崎利一郎がいたら、絶対にこんなことは許さなかった。

しかし、怒りよりも玄一郎には、冷徹な権藤栄一がこれほど激昂するのが解せなかった。何か裏があるのだろうか？　ここは少し冷静になるべきだ。

「大変失礼致しました、局次長」玄一郎は言った。

「本当に素晴らしいお話です。ですが〈リアル・ワールド〉にも二年半積み上げて来た番組カラーというものがあります。前向きに検討することを前提に、まずはマック湯浅さんにお会いして、お話が出来ませんでしょうか」

「最初からそう言ってくれよ、佐藤。俺も間に入って困ってるんだ。よしわかった、湯浅社長サイドとのセッティングは一両日中にやる。これはいい番組になるぞ」

「よろしくお願いします」

玄一郎は頭を下げる。権藤は満足気に頷いた。

B

マック湯浅のWEBダイス社は代官山ヒルサイドテラスの向かいにある奇妙な建物だった。おそらく四階建てくらいのビルなのだろうが、窓も装飾も一切ない四角い巨大なコンクリートの箱なので、外からはどういう構造なのか理解出来ない。エントランスすらなく、正面にガレージのシャッターのようなものがあるだけだ。横にボタンがあったので押してみると、シャッターの一部が小さなドアになって自動的に開いた。

中に入るとオフィスというよりは薄暗い間接照明の空間で、左右七メートルほどの長いコンシェルジュカウンターがある。欧米人らしきブロンドの女性が黒のショートワンピースを着て座っていた。玄一郎が日本語で話したのは通じてはいるようだが、微笑むだけで言葉は発せず、先に立って案内した。エレベーターで昇った先は応接室のようだった。

一転して明るい空間で、天窓から太陽光が降りそそいでいた。純白の壁に囲まれ、三〇人は座れそうな白い革張りのソファーが、ギリシャ文字のΩ（オメガ）の形を描いて鎮座している。座るよう促されると、今度は同じショートワンピースの日本人の若い女性が現れ、リチャードジノリのカップに入れた珈琲を置いて去った。正面にパブロ・ピカソらしい画風の絵画が二枚飾られている。本物だろうか？　玄一郎は立ち上がって近づき、サインを確認したい欲求を抑え、珈琲を一口飲んだ。

部屋の隅には水が滴る銅管とそれを受け止める石の皿があり、おそらく部屋全体が音響効果を与えるように設計されているのだろう、水の音がまるで環境音楽のような優雅さで、その空間を包み込んでいた。

マック湯浅は某大手自動車メーカー現地法人幹部の息子として、テキサス州ダラスに生まれた。幼少期よりピアノの英才教育を受けていた彼は、その後シカゴ、デトロイト、ロサンゼルスを転々としながら育ち、一四歳から地元のセミプロバンドでギタリストとして活動する。一六歳のとき父親の転勤と共に帰国、日本の高校に在学しながらスタジオミュージャンになるが、ギャラがいいだけでその仕事に将来性を感じず――一七歳にして売れっ子で、月に一五〇万円以上稼いでいたという――単身渡米、アメリカの大手音楽エージェント「サミュエル・スミス」にインターンとして入社する。すぐに正社員となり、本場の音楽ビジネスを五年間徹底的に学んだ後、日本に帰国。大手芸能事務所に入り日本の芸能界で人脈を築いた後、独立しプロデューサーとしての才能を開花させた。元アイドルの少女や無名のダンスユニットに自身の楽曲を提供してアーティストに仕立て上げ、ヒットを連発する。

そしてまったく無名だった二〇歳の日米ハーフ、ケイティMIZ（日本名・水川啓子）を見出した。ロサンゼルスに居を移すと、徹底的なヴォイス・トレーニングを含めたシンガーとしてのあらゆる教育を施す。湯浅が見込んだ通りケイティには天才的なセンスと歌唱力があり、日本で強大な影響力を持つタレントエージェント、MUGENの会長・犬養徹から資金を調達することに成功。超一流のスタッフを揃えて万全の体制を整えた。

しかし、ここで知恵者の湯浅はケイティのデビューを決して焦らなかった。真の実力が伴わなければ、アメリカでは絶対に受け入れられないからだ。また、どんなに歌唱力・表現力・タレント性に溢れたアーティストでも、全米で成功するのは二パーセント程度と言われている。残りの九八パーセントは、いかに才能豊かであってもメジャー契約は取れず、インディーズのレーベルから細々とアルバムをリリースするしかない。

日本の音楽業界は女性アイドルグループが握手会でCDを大量販売する戦略を採ったり、大手男性アイドル事務所は熱狂的なファンクラブを構成し購買層を確保するが、これはあくまでも日本国内市場というドメスティックな範囲でのみ通用する方法論である。

一方、イギリス・アメリカの楽曲は、本国のみならずオーストラリア、カナダ、ニュージーランド、シンガポール他、英語を公用語としている国すべてで売れる。日本を始めアジア諸国のように、非英語圏でも一定の販売は期待出来るので、売上げは莫大な額となる。

例を挙げると宇多田ヒカルのファーストアルバム『First Love』は発売された一九九九年だけで八〇〇万枚売れたが、イギリスの歌手・アデルのセカンドアルバム『21』は全世界一九カ国で一位を獲得し、一年間で二二〇〇万枚の売上げを記録した。マイケル・ジャクソンの『スリラー』に至っては、全世界で累計一億枚売れたと言われている。

そこでマック湯浅は最初から日本市場は視野に入れず、金の卵・ケイティMIZを、英語圏に投入することにした。

彼がターゲットに選んだのは、FOXテレビの『アメリカン・アイドル』だった。素人や歌手志望者たちが競う全米規模のオーディション番組である。二〇〇二年から放映され、合格者が視聴者の電話投票で決まる、いわゆる「音楽リアリティショー」の走りであり、世界的なブームとなった。これならプロモーション費用を一切使わずに済む。その代わり日本育ちのケイティの英語発音矯正に三年の月日をかけ、ヴォイス・トレーニングはビヨンセと同じトレーナーに依頼した。

二年前のある日、オークランドで行われた一次審査に現れたケイティは、地味なジーンズにTシャツ姿でステージに上がり、ホイットニー・ヒューストンの「オールウェイズ・ラヴ・ユー」を無伴奏のアカペラで唄った。

「何者なんだ、この東洋人は！」

スタジオの観客は騒然となった。審査員も興奮して激賞した。この様子はユーチューブにアップされ、わずか数日で一億回再生された。続いてハリウッドで行われる予選、視聴者の参加が始まるセミファイナルと、ケイティは巧みに楽曲を変え多彩なパフォーマンスを見せ、興奮の渦は全米に広がった。ファイナルは一二週にわたって放映されるので、その時点で彼女の存在を知らない者はいなくなった。そして視聴者の投票総数三〇〇〇万件超、審査員の全員一致でケイティは優勝を果たす。

それを狙いすましたようにオフィシャル・ウェブサイトが公開され、三カ月後のCDアルバム及びiTunes他のダウンロード、全世界同時発売が発表された。タイトルは『ハート&マインド』。これらはすべて、湯浅とレコード会社が練りに練った戦略だった。作詞、アレンジ、バッキングを務めるミュージャン、エンジニアは、鋭い耳を持つ湯浅が全米の一流どころからチョイスした。費用は全額、MUGENの犬養会長の提供である。

発表の一週間後、アマゾンでは予約が一〇〇万枚を超えていた。そして発売後は一週間で、iTunes等のダウンロードを含め七〇〇万枚を売り尽くしていた。当然、ビルボードのヒットチャートでは五週連続で一位を獲得した。一九六三年の、坂本九「上を向いて歩こう」の三週連続を軽く抜き去る快挙だった。

当時ケイティはまだ二四歳。英語で唄える彼女には、米国エンターテインメント界では大きな可能性があった。一年後にはマック湯浅と結婚。アメリカは日本と違って、実力と歌唱力さえあれば結婚しても人気が落ちることはまずない。

その後、ハリウッドの大作映画のテーマ曲を唄うことになる。ある日、他惑星から遺伝子操作された巨大生物兵器が地球に襲来する。この怪物は不気味な形態進化と増殖を繰り返し、各国を壊滅に追い込んでいく。しかし最終的には全人類が手を携え、知力と互いを愛し合う気持ちを結集させて立ち向かい危機を乗り越えていく。クライマックスの死闘が終わり、観客が安堵してスクリーンを眺めているところに、ケイティの感動的な熱唱「ウイ・ラブ・ユー」が流れた。これも三週連続で全米一位。彼女は翌年のグラミー賞、最優秀新人賞を受賞した。

その年、日本で初の凱旋公演を行い、VTR出演のみだったが、各局のテレビ番組にも顔を出した。

ケイティMIZは、日本人のこれまでの音楽の概念を変えたと言っていい。この国の芸能史上、彼女ほど「歌唱力」というものでファンを魅了した歌手はほとんどいなかったからだ。ヴィジュアル的にも、身長は一六〇センチと決して大きくはないが、スリムながらワークアウトで鍛えあげられたしなやかな肢体。さりげない古着のジーンズとTシャツをクールに着こなすファッションセンス。決して美人とは言えないのだが、愛嬌のある顔とブルーの瞳。輝くような栗色のロングヘアは女子たちの憧れだった。実際は日米両方の国籍を持つハーフだが、日本語を話すケイティのことを、誰もがアメリカで成功した「日本人」だと信じた。

デビュー後初帰国の際、成田到着後にその足で真っ先に、福島や三陸の震災被災者の元へ向かったことも好感度を上げた。公演後「また来るねー!」と手を振り日本を後にする際は、約一万人のファンが空港に詰めかけた。

アメリカと比べればアジアの小国に過ぎないが、それでも日本は一億二〇〇〇万人が暮らす豊かな国だ。仕掛け人、マック湯浅にとって重要なマーケットであることは間違いない。また出資者であり、今後も日本でのコンサート興行を仕切るMUGEN・犬養会長とは、互いにウィンウィンの関係であろう。

ちなみにかつて慶應大学の「プロデュース研究会」から始まり、アダルトビデオの制作・流通といったマイナー企業に過ぎなかったMUGENは、その後、輸入CD、輸入雑貨、若者向けファッションへと手を広げ、今や数々のJポップスターを抱えヒットアルバムを連発する、日本芸能界における一大新興勢力へと登り詰めていた。そのMUGENの全面協力を得ているマック湯浅も、アメリカ音楽界に広い人脈を持っていることもあり、日本の芸能界でも今や絶大なパワーを握っているらしい。彼のプロデュース能力は否応なく注目を浴び、各方面から依頼が殺到している――。

以上が、玄一郎がAPの青木聡に急いで調べさせた、湯浅とケイティの経歴である。

その資料に目を通せば通すほど、彼らの凄さを身に沁みて感じた。芸能の世界だけに限らず、アメリカでここまで成功した日本人はいないだろう。彼らはすべての既成概念を吹き飛ばしてしまった。この国に連綿と続いたドメスティックなエンターテインメント・ビジネスの姿を、一八〇度変えてしまったのだ。

「リアル・ワールド」で取り上げるに当たって唯一、わずかに残る不安材料は、ケイティに対する日本での熱狂的な歓迎が一旦収まってしまったということだ。ただ単に彼女の音楽活動に密着するだけでは、ドキュメンタリーとして小さくまとまってしまう危険性がある。しかも素材はあのケイティMIZなのだ。ありきたりの番組にしてしまうのはかえって自殺行為だ。

それにしても――、と玄一郎は思う。

またしてもMUGENであり、犬養徹だ。あの七年前の夏、八ヶ岳の奇妙なキューブ型の山荘で読んだ藤吉吉太郎が書いたと思われる文書では、日本の芸能界は「四大ドン」と呼ばれる大手芸能企業のギリギリの力関係によって均衡が保たれ、その頂点に君臨するのが怪物・道明寺壮一だとされていた。しかし今やMUGENは「四大ドン」を頭越しに飛び越え、世界のショー・ビジネスに打って出ようとしている。道明寺は現在も存命で、京都に身を潜めたままなのだろうか。そして今でもMUGEN犬養徹の背後で巨大な権力を持ち、すべてを支配しているのだろうか？

そこまで考えたときだった。玄一郎が入って来た入口とは逆側、右手の壁が音もなく左右に開き、ひとりの男が入って来た。写真で見たことがある。マック湯浅だった。

身長は一七五センチといったところだろうか。細身で、高級そうだがシンプルで清潔感ある白いスタンドカラーの綿シャツを着ている。リーバイス501スキニーのジーンズにカウボーイブーツ、長い髪を無造作に後ろで縛っている。アメリカ育ちだが「マック」は愛称であり、両親共に日本人というが、西洋人のような彫りの深い顔である。

「佐藤玄一郎さんですね。お会いしたかった」

と立ち上がった玄一郎へ親しげに右手を差し出し、握手を交わしてから「どうぞお座りください」と礼儀正しく促した。

少し遅れてもうひとり男が入って来た。四〇代半ば。三つボタンで光沢あるえび茶のシルク生地、細身のスーツに身を包んでいる。丁寧にオールバックに撫でつけた長めの髪、色の薄いサングラス。芸能界の裏側を長く生きて来た人間に共通する、強い威圧感を放っている。

「佐藤さん、日本サイドの責任者、MUGENの専務、神蔵です」

神蔵泰三はΩ型ソファーの端に脚を組んで座り、あまりこちらを見ずに微かに頭を下げた。業界では有名な男だった。MUGENの言わば番頭役で、面倒な交渉ごとになると必ずこの男が顔を出す。手段は選ばず脅しや恫喝を使うという噂がある。

「〈リアル・ワールド〉、第一回から観てますよ」湯浅は言う。

「日本でいちばん面白い番組だと僕は思います。今や〈リアル・ワールド〉に出ることはステイタスになっている。違いますか？」

湯浅を遮るように割り込んでＭＵＧＥＮ専務の神蔵が口を開いた。

「権藤からなんか聞いてます？」

芸能界の不気味な怖さを感じた。編成局ナンバーツーの権藤局次長を呼び捨てだ。

「詳しくは聞いていません。しかしお話の流れですと、ケイティＭＩＺさんのドキュメンタリーを〈リアル・ワールド〉で、ということになるのでしょうか」

「佐藤さん」

湯浅は両膝に肘を突く格好で身を乗り出した。

「僕はケイティを、レディー・ガガやビヨンセ、マライア・キャリーやホイットニー・ヒューストンみたいにしたいと思ってます。真剣です。ただし、日本と違ってアメリカでは、芸能以外の社会活動が重視されます。そこでケイティと相談して、あるチャリティ活動をすることにしました。現在あの国では、ご存じのように富める者と貧しい者の格差が激しい。恵まれない家庭に育った子どもたちはろくな食事も与えられず、暴力や虐待に耐えて暮らしています。親が麻薬や売春、犯罪に手を染めている場合も少なくはない。そんな不幸な子どもたちを社会保険事務所が見つけ、施設に預けます。『チャイルド・ファンド・ハウス』と呼ばれるものです。これが現在、全米に五三カ所ある。ケイティはこれらを、最低二〇カ所は訪問したいと言っています。そのためのスケジュールを一カ月空けました。どうでしょう、この様子を〈リアル・ワールド〉で密着してリポートして欲しいのです。実は僕の方で勝手に決めてしまって恐縮なのですが、番組が完成したら、巨大米国メディア、タイム・ワーナー傘下のケーブルテレビ、〈ＨＢＯ〉で全米に放映する確約が取れました」

これには玄一郎も驚かざるを得なかった。ＨＢＯと言えば全米最強の有料ケーブルテレビだ。あの「セックス・アンド・ザ・シティ」を放映、大ヒットに導いた局である。契約者数は四九〇〇万、全世界なら一億三〇〇〇万を超えると言われている。

「セイヴ・ザ・チルドレン（子どもたちを救おう）、これはアメリカが抱える最大の社会問題です。ケイティの努力は報われるのか？　これが僕が問いたいテーマです」

湯浅はこちらを真っ直ぐに見つめて言った。

難しい――玄一郎は心の中で唸った。

アメリカの社会問題は、「リアル・ワールド」がこの二年半繰り返し取り上げて来たテーマだ。だから番組のカラーとそぐわない点は一切ない。しかもそれにトップスターのケイティが絡む。これ以上はない魅力的な企画だろう。ただ、ひとつだけ大きな問題がある。チャリティというのは表現がとても難しいからだ。どうしても「偽善的」「宣伝的」「虚偽的」に見えてしまう。

「湯浅さん、僭越ですがテレビマンとして言わせて頂くと――」

と、玄一郎は思い切ってその点をぶつけてみた。退屈そうに脚を組んで座っていた神蔵が、鋭くこちらを睨みつけるのが目の端でわかった。

しかし湯浅は大きく頷いて言う。

「わかります。僕もそれが心配でした。天使のようなケイティが施設を訪問して子どもたちにプレゼントを渡し、そして歌を唄う。いかにも偽善的なパフォーマンスです。ですから施設にいる子の実家を、ケイティが一緒に訪問するシーンを加えるというのはどうでしょう。貧しさや暴力や不毛の愛で無茶苦茶になった家へ子どもと赴き、その現実を目の当たりにする。結果、ケイティがどんなショックを受けようと、泣きじゃくってしまってもいいんです」

自分の抱える世界的なアーティストに、そこまでやらせようというのか？

「つまりケイティさんを救いようのない現実の中に放り込み、もしも彼女が泣いたり取り乱したりしても、〈リアル・ワールド〉のカメラはその一部始終を撮影していいということですか」

「おっしゃる通りです。チャリティは難しい。自然な心が描かれないと、人の心には届かない。それは映像であろうと音楽であろうと同じじゃないでしょうか。マザー・テレサはこう言っています。『人に優しくすると、人はあなたに何か隠された動機があるはずだと非難するかもしれません。それでも、あなたは人に優しくしなさい』と。僕とケイティはもう決めました。ひとつの目安として、この先最低でも一〇年、この活動を続けます」

玄一郎は湯浅を見つめた。その瞳は澄み切っていた。

「わかりました。まずはその施設について調べさせてください。前向きに考えます」

間髪入れず神蔵が鋭く言う。

「なんだ。今日、この場で結論が出ないのか」

湯浅は手で制して答えた。

「神蔵、口が過ぎるぞ――佐藤さん、どうぞお調べください。朗報を待っています」

WEBダイス社の奇妙な建物を出て、旧山手通りを駅へと歩きながら考えた。
湯浅の言う通りだった。チャリティがわずかでもケイティの宣伝に見えてしまったら、それはドキュメンタリーではなくなる。視聴者を舐めてはいけない。彼らは繊細にそれを汲み取る。ではどういう方法論で迫るべきか？
局に戻り、アメリカのコーディネーター宛に、湯浅の言っていた施設「チャイルド・ファンド・ハウス」の全貌と背景、子どもを送り出した家庭の状態等を調べてもらう依頼を長文のメールにして送った。
翠にも電話した。報道局外報部の持つ情報網を使って、マック湯浅、MUGENの神蔵専務、ケイティの育成に莫大な出資をしたMUGENの犬養会長について、出来るだけ詳しく調べて欲しいと頼んだ。翠は社会部にいる同期の友人にも頼んでみると言った。

一週間後、アメリカサイドからのリサーチ結果が上がってきた。

〈二〇一〇年の米商務省調べによると、アメリカにおける貧困層の割合は実に四六〇〇万人（米国の人口は三・一億人）、七人に一人は貧困層。生活保護や低賃金の家庭は子どもを養えない場合が多い。子どもは学校にも通えず、いくら能力があっても大学進学などは、中間層以上でないと困難な状況。また、貧困故に、親や子が犯罪、虐待、売春、麻薬に走るケースが多い。こうした環境から子どもを守るため、全米五三カ所の「チャイルド・ファンド・ハウス」が存在するのは事実。連邦政府によって運営され、児童は学校に通うことが出来て、充分な衣食住環境が与えられる。ちなみにマック湯浅は、この施設に二〇〇万ドルの寄付をしたが公にしていない。〉

最後の一文にはさすがに驚いた。湯浅は既に寄付も行っていたのだ。しかも非公表で。「僕とケイティはもう決めました」というあの言葉は本気で、既に実行にすら移されていたのだ。二〇〇万ドルと言えば日本円で二億円近くになる。どうせ税金で持っていかれるからと考えても、あまりに莫大な額だ。

続いて翠による外報部・社会部ルートを使った報告。

〈マック湯浅は日米双方のエンターテインメントビジネスに人脈を持つ人物。日本では芸能界の「四大ドン」の許しを得て、芸能活動が可能になった。アメリカでは有力音楽エージェントと複数、強い繋がりを持っている。関係者筋によれば、湯浅は自らも米国で自前のエージェントを持ちたいという希望を抱いているようだ。もしもこれが実現すると、日本人による初の米国法人のエージェントとなる。「四大ドン」はこのルートに期待して、湯浅の日本での活動を黙認している節がある。

アダルトビデオの制作・流通といった業務を行っていた犬養徹のＭＵＧＥＮが芸能界に進出した背景には、京都の老人・道明寺壮一の存在があったのは以前にも説明した通り。

それが二〇〇〇年代に入りさらなる躍進を遂げたのは、犬養が自らを会長職に昇格させ、社長に世界最大の投資銀行ゴールドマン・サックス本社の幹部を経て東京でビジネスコンサルティング会社を経営していた樫原伴昭という人物をヘッドハンティングしたことがきっかけと言われている。

樫原社長は日米の政財界に幅広い人脈を築いていた。以降、ＭＵＧＥＮはタレントマネージメント、レコード産業、映画製作といった芸能・コンテンツビジネスだけでなく、投資会社からＩＴを使った次世代産業にまで業種を伸ばす複合企業として発展。特に中国、インド、中東、アフリカなど、海外への投資事業はＭＵＧＥＮに莫大な資産をもたらすと予想される。

ＭＵＧＥＮの専務・神蔵泰三は、言わば「オールド芸能界の人間」。元は昭和三〇年代から続く老舗の芸能事務所でマネージャーをしていたが、解雇され「シューティングスターズ」という新興だが力のあるプロダクションに移籍。ナンバーツーにまで登り詰めた。ちなみに元の会社を首になったのは、覚醒剤に手を出したからという噂もある。犬養徹が「四大ドン」に「芸能界の人間が欲しい」と相談したことから、神蔵がＭＵＧＥＮの専務という肩書きで、湯浅の日本事務所を仕切ることになった。評判は悪いが、テレビ界・音楽界に顔が広いのは確か。

最後にケイティＭＩＺについて。父親は米軍将校で、東京で知り合った日本人女性と結婚。しかし娘が誕生して間もなくソマリアで戦死。母親は仕事をしながら子育てをしたが、ケイティが一八歳のときに突然死した。心臓疾患だったようだ。以降、彼女はアルバイトをしながら音楽活動をした。かなり苦労したようだ。ただしこれらの生い立ちは、オフィシャルなプロフィールでは一切明かされていない。マック湯浅を除けば、おそらく限られた関係者しか知らないのではないか？

現在アメリカでの人気は絶大。次のアルバムの発売を多くの人が待ち望んでいる。アメリカの音楽番組には、欲すればどれでも出られる状態。コンサートのチケットは発売一〇秒後に完売すると言われている。〉

湯浅の言っていた「チャイルド・ファンド・ハウス」が存在するのは確かだった。何より寄付までしている。そして日米におけるケイティの影響力は絶大だ。「リアル・ワールド」で彼女を起用しない理由は何もない。

にもかかわらず玄一郎は迷っていた。何かが足りないのだ。まさに番組タイトルにある「リアルさ」だ。それはケイティが施設の子どもたちに会いに行くという必然性である。動機と言い換えてもいい——。

そうか、動機だ。ケイティは父を、そして母を失っている。同じ境遇の子どもたちに会いに行く必然性はある。湯浅が彼女の過去を明かすことに同意すれば、ドキュメンタリーとして成立する可能性が見えて来る。

C

翌日、玄一郎は制作局の会議室にいた。最終判断をする前に、かつてのワイドショー時代の上司、ウルトラマン君島に相談したかったからだ。

制作局デスクの女性が「〈リアル・ワールド〉、毎週観てます。私、大ファンなんですよ」と言いながらお茶を出してくれて、

「局次長、只今参りますから」と去った。

君島順八は順調にエリート街道を進み、今や制作部長から制作局次長へと昇進していた。

しばらくして「すまんな、待たせて」と変わらぬ伸びのある声で入って来た君島だったが、正面に座ったその顔を見て驚いた。顔色がずいぶんと悪い。制作局で芸能界と渡り合っている結果だろうか。

「部長、お疲れのようですが」

思わず昔の肩書きで呼んでしまった。

「まあ、色々とあってな」と君島は苦笑してみせる。

あのいつも爽やかで、育ちのよさが内面から溢れ出る永遠の青年が、今は白髪がめっきり増え、目元には深い皺が刻まれていた。

「ところで、今日はどうした?」と、君島は明るく言ってみせた。

「番組は好調じゃないか。後はクオリティをどうキープ出来るか、そして取材対象者の人選だ

な」

「実はご相談したいのはそのことなんです」

玄一郎は青木が作ってくれた資料を手渡し、ケイティＭＩＺとマック湯浅の件を手短に説明した。

「――玄一郎」

読み終わってため息交じりに言う。

「やめろとは言えないが、これは相当難しいぞ。君なら、チャリティが諸刃の剣だということはわかってるな。ちょっとでも偽善と思われたらネットが炎上する。何しろ取材対象があのケイティＭＩＺだ。批判は彼女ではなく番組に向かう。下手を打つと、〈リアル・ワールド〉は打ち切りに追い込まれるぞ。これは編成のてこ入れか？」

「ええ、権藤局次長じきじきの案件です」

「権藤か、マズイな」

君島は独り言のように呟く。確か権藤は君島の一期下だったはずだ。

「もっと上が絡んでる可能性もあるな。俺が権藤に直接話す手もあるが、かえって地雷を踏むかもしれない」

玄一郎は言う。

「バックにいるＭＵＧＥＮの存在も含め、想像がつかないんです。僕には芸能界の構造というものがよくわかりません」

君島は唇を噛みしめるようにしている。沈黙が続いた。机の下で足を小刻みに動かしている。貧乏揺すりというのも、常にスタイリッシュなかつての上司が初めて見せた姿だった。

　やがて顔を上げた。

「玄一郎。これはやるしかないな。厳しい選択だが、サラリーマンとしてはやむを得ない。だから出来ることを可能な限り行うんだ。ケイティの宣伝臭を極力排除して、アメリカ社会の厳しい実像を入れ込んで描く。そして放送の最終チェックまで、誰にも中身を知らせるな。絶対にだ。おそらくマック湯浅やＭＵＧＥＮの神蔵や編成は途中経過を見て口出ししたいはずだ。しかしそこは『編集が遅れている』と言い続けろ。現場プロデューサーを君がやれば、誰も文句のつけようがない。この企画を断ると、後々もっと面倒な圧力がかかる可能性が高い。だから、リスクを減らすしかない」

　このひと言で、玄一郎も腹を括った。

「悪いな、玄一郎。こんなことしか言えなくて。でも、忘れないでくれ。俺は君の味方だ。いつでも呼び出してくれ」

　やはりこの人はウルトラマンだった。

「最後にもうひとつ。ＭＵＧＥＮの神蔵専務には気をつけろ。あいつは、狡猾でクズな暴力マシーンだ。玄一郎は『キャサリン本橋事件』のことは知ってるか？」

「あの自殺した女性キャスターのことですか？」

　キャサリン本橋。二年前に東京テレビ、朝の情報番組のお天気キャスターになり、その美貌で一躍人気を博した。日英のハーフでバイリンガル。国際基督教大学出身で海外留学経験もあるインテリで、その後、他局だがプライムタイムのニュースショーのメインキャスターに大抜擢された。しかしわずか半年後、彼女は芝浦にある自宅のタワーマンション、二八階のベランダから飛び降りて自殺した。原因は所属事務所からの独立問題など、幾つかの説が囁かれたが、真相はわからないままだ。

「本当のところはもちろんわからない。ただ、神蔵が彼女を精神的に追い込んでいたのは確かだ。キャサリンは、あいつが持っていたタレントだった」

「芸能事務所・シューティングスターズ？」

君島は窓の外を見ながら頷いた。

そうか、神蔵泰三が専務としてＭＵＧＥＮに移籍したのは、その事件が背景にあったのかもしれない。

「玄一郎、注意しろ。権藤は神蔵に取り込まれた可能性がある。自分では金のなる木を見つけたと思ってるかもしれないが、逆に美味しいとこを全部吸い取られていることになる」

玄一郎は深く頷いた。

「冷静に的確に対応すれば、この事態は過ぎ去るかもしれん。いつでも連絡をくれ。じゃあ」

スタッフルームに戻る。テレビのワイドショーが放送されている。これまでも色々あったが、今回のケースは最も厄介そうだ。

「神蔵泰三ならよく知ってますよ」

ＡＰの青木は言った。

「なぜ？」

玄一郎は驚いて聞いた。

場所はスタッフルーム、ＡＤが数人とデスクの女性、新庄霞がいた。

青木は「ここじゃマズイな」と言い、デスクの新庄に、

「新庄さん、会議室空いてる?」と聞いた。

「14Ｃが使えます」との答えに、

「行きましょう」と促す。

14Ｃ会議室は六人掛けのテーブルひとつの小さな部屋だ。

「僕が以前、渋谷で高級出会い系サイトのシステム管理をやってた話はご存じですよね」

「ああ、聞いた」

青木を雇うとき、谷村局次長が作ってくれたレポートに詳しく書いてあった。

「神蔵が資金を出し、僕の知人が仕切ってました。つまり僕はあの神蔵に雇われていたのです。神蔵は出会い系サイトに応募して来た有名人の秘密を握っていました。先輩、神蔵に関わっちゃいけません。あいつは完全なサディストです」

青木は言った。

「サディスト?」

そこまで言って、青木は声を潜めた。

「キャサリン本橋の事件、知ってますよね」

「ああ、神蔵が持っていたタレントだと聞いた」

「彼女が飛び降りたマンション、神蔵の部屋です」

驚いた。

「本人の自宅じゃなかったのか」

「表向きはそうなってますが、その程度のマスコミ操作は奴にとっては造作もありません。それに――」

と青木はそこで言葉を切った。

「神蔵は女にパワハラや酷いセクハラするとき、録画するのが趣味だったんです。僕は何人かの動画を見せられたことがあります。言葉が気味悪くて吐き気がするような代物です」

「――青木、もういいよ。気分が悪くなる」

耐えられなくなって玄一郎は遮った。

「すみません。でも最後にひとつだけ」

「何だ」

「キャサリン本橋の動画もあるって噂です」

自分がとんでもない一件に足を踏み入れてしまったことに玄一郎は気づいた。しかしウルトラマン君島が言ったように、もう後戻りは出来ないのだ。やれることは、極力リスクを回避していくことだけだ。


部屋からひとり廊下に出て携帯を取り出し、かけた。先日ＷＥＢダイス社を訪問したとき、マック湯浅からは「いつでも連絡してください」とプライベートな携帯番号を聞いていた。三回のコールで出た。玄一郎はケイティＭＩＺの「リアル・ワールド」密着ドキュメンタリー、そのゴーサインを出すことを告げた。

「――ああ、ありがとう」湯浅は安堵の声を出した。

「感謝します、佐藤さん。これは凄いことになりますよ。何でも言ってください。協力は惜しみません。いい番組にしましょう」

「こちらこそよろしくお願いします」と言った後、

「湯浅さん、ただし、ひとつだけお願いがあります」と切り出した。

「何でしょう？」

「ケイティさんに過去を語って欲しい。お父さまとお母さまを亡くした過去です」

電話の向こうで、息を呑むような空気があった。

「すみません、これだけは譲れません。彼女の過去が明らかにならなければ、施設の子どもたちに手を差し伸べる必然性がありません。ドキュメンタリーとして成立しない」

沈黙があった。長い長い沈黙だった。

「――佐藤さん、どこで調べたんです？」

答えなかった。今度は玄一郎が黙り込んだ。やがて、

「わかりました。やりましょう」湯浅は答えた。

「妙な同情をされるのが嫌でした。僕はリスナーにケイティを音楽性だけで評価して欲しかったんです。だから今まで一切公開せずに来た。でも、佐藤さんの意図はわかりました。ケイティに伝えます。彼女も同意するはずです」

思わず大きなため息が出そうになるのを何とかこらえた。

「ありがとうございます。これで、見えて来ました」

電話を切った。続いて権藤編成局次長に報告すると、今まで聞いたことのない明るい声で歓んだ。そして最後にMUGEN・神蔵泰三。こちらも先日名刺交換していた。

手短に説明すると、ただひと言、

「ありがとう」とだけ言った。

何かが引っかかった。不自然な何かだ。しかし、玄一郎にはその何かがわからなかった。考えても無駄だろう。撮影を始めるしかない。幕はもう上がったのだ。

D

一カ月後、玄一郎はロサンゼルス、ビバリーヒルズのビバリーウィルシャーホテルのスウィートルームにいた。映画「プリティ・ウーマン」の舞台になった、西海岸を代表する高級ホテルである。ここで最初の撮影が行われる。まずはケイティMIZのインタビューシーンを収録するのだ。

照明機材とカメラのセッティングが進む中、玄一郎は優雅にカーブしゴージャスなカーテンに挟まれた窓辺に立って外を見ていた。足元には澄み切った青い水を湛えたプールがあり、その先にはパームツリーが規則正しく並ぶ街並み、そして高級住宅地ベル・エアの丘陵が見渡せた。

リサーチに続いて、ロサンゼルス他、数カ所のロケハンが行われ、まずは先発隊がアメリカに飛んだ。「チャイルド・ファンド・ハウス」や、訪れる予定の子どもの実家周辺をあらかじめ撮影しておくためだ。そしてロケ前日、玄一郎とマック湯浅、MUGEN・神蔵が成田を発った。

湯浅のWEBダイス社は最後まで、玄一郎のビジネスクラスチケットと現地の超高級ホテルの宿泊費を出すと強硬に申し入れて来た。それを頑なに断り、ハリウッドの中級ホテルにスタッフと共に宿泊すると主張して、エコノミークラスでロサンゼルス国際空港へ到着したのが今朝の午前九時四五分だった。

MUGENの神蔵泰三はいつものように細身の高級スーツに身を包み、撮影にもこれから始まるインタビューにも一切関心のない様子で、スウィートのキングサイズのベッドに脚を組んで座っている。一方のマック湯浅は少し青ざめた顔で、緊張しているようにも見えた。

ケイティには日本語と、アメリカのケーブルテレビHBO用に英語と二つのバージョンのインタビューを依頼していた。ひょっとすると、彼女の日本語のトークに不安があるのかもしれない。

玄一郎は事前に、昨年行われた日本凱旋コンサート、東京ドーム公演のDVDを観ていた。元々本国でもライヴのMCは極端に少ないと言われているが、ケイティは冒頭で「Hello, Tokyo」と曲終わりで数回「Thank you」と言った以外は、日本人にわかるような簡単な英語で、ちょっとしたジョークを口にするだけだった。

そのとき、ADの「ケイティMIZさん、入られます！」との声がして、本人が現れた。予想を超えた存在感だった。栗色の髪が、比喩ではなく輝いていた。ライトグリーンの、決して派手ではない薄い生地のドレスを着ていたが、彼女が身につけるとそれもまた特別な光を浴びているように見えた。身長一六〇センチというが、もっと小さく華奢に見える。決して貧弱に痩せているわけではない。ノースリーブの袖から覗く二の腕はよく陽に焼け、ワークアウトで鍛えあげられて美しい筋肉を形作っていた。なぜだろうと思っていたらやがて気づいた。顔、手、足というパーツが、一般的な女性に比べひと回り小さいのだ。だから画面を通してみると長身の、八頭身の堂々としたスタイルに見える。

それよりも驚いたのは、湯浅に「プロデューサーの佐藤玄一郎さんだよ」と促されると、当然右手を差し出して来るとの予想に反して、

「初めまして。ケイティMIZと申します。本日はよろしくお願い致します」と丁寧に頭を下げたことだった。

この娘は、中身は日本人なのだ――と、我ながら妙な感慨に囚われた。考えてみれば当たり前だ。彼女は日本育ちであり、アメリカ人の父を幼い頃に亡くしているのだから。

湯浅は日本語と英語の混じり合った言葉で、ケイティにこれから始まる撮影の確認事項を伝えていた。彼女は表情を変えずに黙って何度かうなずきながら聞き、最後に静かに笑って、

「イエス。ノー・プロブレム」と言った。

しかし、本当に驚かされたのはそれからだった。

ケイティは先ほど玄一郎が佇んでいた窓辺に椅子を置いて座った。リラックスしている。カ

メラを見つめ、悪戯っぽく笑ってウインクしてみせる。スタッフから笑いが起きた。その表情は、二五歳のごく普通の女の子だ。

しかし照明が焚かれ、ソニーのメモリーカムコーダーが音もなく回り始めると、何かが変わった。彼女の中でスターという名のスイッチが入ったかのようだった。瞳がキラキラと光り、身体全体から人々を魅了してやまない、エネルギッシュなパワーのようなものが溢れた。玄一郎は、初めて「オーラ」というものを見た気がした。

ディレクターが放心したような表情で見つめていた。やがてハッとして我に返りキューを送る。ケイティＭＩＺはスッと笑顔を消し、口元にだけ微かな微笑みを湛えたまま、静かに語り始めた。

「日本の皆さん、こんにちは。ケイティＭＩＺです。一九九〇年に、私は横須賀に生まれました。父は日本に駐在していた海兵隊の中佐、名をジョー・ダグラスといいました。ネブラスカ州の出身です。母は高校生のときにアメリカに留学し、カリフォルニアのＵＳＣ（南カリフォルニア大学）で二年間学んだ後、就職するため帰国し日本の大学に入りました。そして卒業後は、洋楽を扱うレコード会社で働いていました。週末に父のジョーが羽を伸ばしに訪れた六本木のレストランで、たまたま友人と食事をしていたのが母でした。父の一目惚れだったそうです。母は娘の私から見ても、長い黒髪の東洋的な美人でした。しかも英語が堪能でした。父も、金髪で美しいブルーの瞳を持つジェントルマンだったといいます。二人は週末に都心で頻繁に会うようになり、やがて結婚し、一年目に私が生まれました。しかし、父は二年後にソマリアで戦死しました。母は一週間泣き続けましたが、父の残した預金で小さな会社を起こし、翻訳や通訳、欧米ビジネスマンのアテンドの仕事を始めました。従業員は母ひとりです。私を育てながらだったので、本当に大変だったと思います。

私は小学校からアメリカンスクールへ通いました。正直、母子家庭にとって安い学費ではありませんでしたが、父の故郷の言葉と教育を受けさせたいという、母の意思でした。母が洋楽好きだったことに影響されて、私もアメリカンポップスに夢中になりました。いちばんの想い出は、中学生のとき母が学生時代を過ごしたカリフォルニアに連れていってくれたこと。いつかここに住みたいと思いました。けれどそんな母も、私が一八のときに亡くなります。心臓疾患による突然死でした。私のために、かなり無理をしていたんだと思います。母の死後にわかるのですが、貯金は一円もない生活でした。ひとり残された私ですが、幸い英語が出来たので、海外からの観光客の通訳や案内、ホテルのコンシアージュのアルバイトなどをして、歌手を目指しました。レッスンを受け、あらゆるオーディションに出ましたが、上手くいきませんでした。けれどそんなある日、マックに発見されました。その後は、皆さんもご存じの通りだと思います。

母は果てしない愛情で、私に出来得る限りのことをしてくれたと思います。けれど今思うと、私の心にはいつも父の不在がありました。また母も私を育てるため、外で必死に働いていました。私は学校が終わると友だちと遊ぶこともなく、真っ直ぐ家に帰って母の所有する膨大な洋楽ライブラリーを、浴びるように聴きました。それは今思うと、不安を埋めるためでもあった気がします。音楽を聴いているときだけ、私は幸福でした。すべてを忘れることが出来ました。ですから私という人間は、頭のてっぺんからつま先まで音楽で出来ています。私の頭の中には、膨大な音楽の蓄積があります。音楽業界のベテランたちと話をしていると、『ケイティ、どうしてそんな曲を知ってるんだ。君が生まれる前のヒット曲じゃないか』と言われます。きっとあのとき抱いた孤独と不安が、私を救ったのだと思います。

今でも時々怖くなることがあります。もしも音楽というものがなかったら、私はどうなっていたのだろうと。父と母の不在が、私の心に大きな穴を開けていました。その穴には淋しさや喪失感や孤独や絶望が棲んでいて、気を抜くと弱い私の足を掴んで奈落の底に引きずり込もうと、手ぐすね引いて待ち構えていました。だから私は音楽にすがりました。空から降りそそぐような美しいメロディに手を差し伸べ、身も心も上へ上へと浮かべてくれるようなリズムに寄り添い、高く高く舞い上がろうとしたんです。そのとき私は、自分に初めて力があると感じました。強く生き、人々を愛そうとする限りない力です。以来、私は音楽に仕えようと決めました。音楽の前ではエゴを脱ぎ捨て、赦しを乞い、私のすべてを捧げようと決めたのです。

音楽は私に愛をくれました。人を愛しなさい、勇気を持ちなさいと教えてくれました。今回、お父さんやお母さんのいない子、悲しい過去を持つ子、辛い記憶を抱える子どもたちに会うことは、あの頃の私に会うことだと思っています。これは音楽の神様が私に与えたミッションであり、そして大きな贈り物だと捉えています。子どもたちを救う力が、私にあるなんて思ってません。でももしも、皆さんがちょっとの力を貸してくれたら、愛を与えてくれたら、私たちはもっと幸せになれるかもしれません。子どもたちも、私も、そして、あなたも――」

長い静寂があった。そしてディレクターが「カット！」と言った途端、スタッフから拍手が巻き起こった。

完璧なモノローグだった。ディレクターが質問を挟む隙間も必要もなかった。玄一郎は自分がとてつもない瞬間を目撃したと思い知らされていた。ケイティは何度か「愛」と「力」という言葉を使ったが、それが単なる言葉や音ではなく、本当に人を突き動かすパワーなのだと感じた数分間だった。サブカメラでも一応押さえていたが、モニターを見ていた限り、ワンカメ、ワンカットでOKだった。インサートカットも必要なかった。

その後わずか一〇分ほど休憩を取り、念のためメイクを直しただけで、ケイティはHBO用の英語バージョンに臨んだ。そちらもやはりワンテイクでOK。その日の撮影は終了した。

撮影が終わると、湯浅がスタッフ全員を食事に招待したいと言い出した。ビバリーウィルシャーホテル内にあるステーキハウス「CUT」。アメリカを代表するスターシェフのひとり、ウルフギャング・パックがプロデュースする高級店である。

湯浅は「いいスタートが切れた」と興奮気味だった。

「佐藤さんのアイデアは抜群だった。ケイティに生い立ちを語らせて本当によかった。彼女も素晴らしい言葉で語ってくれた」と何度も同じことを言った。

レストランを出て玄一郎が撮影クルーの車に乗り込もうとすると、神蔵専務が「もう一杯、軽くいかがでしょうか？」と誘って来る。「明日がありますので」と断っても、湯浅も一緒になって「いいじゃないですか」と強引に誘って来る。「それでは一杯だけ」とスタッフたちを先に帰し、彼らの用意したリムジンに乗り込んだ。

連れていかれたのはラ・シェネガ通りにある高級クラブ風の店。和服姿の日本人ママに迎えられ、案内されて豪華なソファーに座っていると、最高級のシャンパン「ドン・ペリニヨン・エノテーク・プラチナ」が三本出て来た。部屋の片隅には日本製のカラオケマシンが置いてある。とてもロサンゼルスとは思えない。まるで銀座の高級クラブである。

日本人らしきスタイル抜群の美女が四人、その美脚を見せびらかす極端に裾が短いドレス姿で入って来た。湯浅と神蔵は親しげにハイタッチなどをしている。隣に座った女の子に聞くと、全員アメリカでレッスンを受け歌手や女優を目指している日本人とのこと。客はロサンゼルス駐在の商社マンや、日本のエンターテインメント関係者だという。

湯浅は酔いが回って来たのか、二人の女の子と盛り上がっている。カラオケで何曲もデュエットを繰り返した。ずいぶんとイメージが違う、玄一郎はそう思わずにいられなかった。アメリカ音楽業界も一目置く天才プロデューサーの姿はそこにはなかった。日本の芸能界によくいる、軽薄で俗っぽい業界人と同じだ。

そんなことを考えていると、神蔵が隣にやって来て小声で囁く。

「佐藤くん。話は付けてあるので、どの子でも――」

古い業界関係者がよく使う手だ。接待のつもりなのだろうが不愉快だった。湯浅は向こうの席で相変わらず女の子たちとはしゃいでいる。

「すみません、明日からの段取りをホテルで再確認しますので。せっかくのお誘いですが」とやんわりと断った。

「真面目だなあ」

神蔵は口の端を歪めて笑う。

「他局の連中はみんなやってるよ」

「堅苦しくて申し訳ありません。社の規定も厳しくて」

そう言うと神蔵は引き下がり、一時間ほどしてお開きとなった。


ホテルに戻り、東京とメールのやりとりをしていると部屋の電話が鳴った。フロントからだった。お客様が見えているが上げていいかと言う。電話を替わってもらった。相手は日本語で名前を名乗る。さっきの店で隣に座った妖艶な美女だった。

「佐藤さん、お部屋に行ってもいい？」と聞いて来る。

「すぐ下りていくから、ロビーで待っていて」と内線を切った。

ロビーに下りると、彼女は腕を絡めエレベーターの方へ誘う。

「ごめん、そうしたいんだけど、まだ仕事が残ってるんだ」

そう言って「タクシー代だから」と三〇〇ドルを渡すと、女の子はさほど粘ることもなく帰っていった。

これは接待ではなく、ハニートラップだ。

こういう行為は古今東西、相手を籠絡し、有利な立場に立つために頻繁に使われて来た。知った人のいない海外だ。美しい女性に誘われれば誰だって心は動く。酒が入っていれば尚更だ。けれどももしも、その一部始終がiPhoneや高性能の小型録画録音装置で記録されていたら？　玄一郎は彼らの「永遠の奴隷」となっただろう。

ただ、マック湯浅はケイティＭＩＺというとてつもない大物アーティストを持っている。立場は最初から上だ。動機がわからない。ＭＵＧＥＮの神蔵が一存でやったことだとしても、いったい何の必然性があるというのだ。今は考えても仕方ない。玄一郎は熱いシャワーを浴び、冷えたボルヴィックを飲んで眠りについた。

翌日からのロケは何の問題もなくスムーズに進んだ。ケイティとロケ隊はアメリカ各地を飛行機で回った。どこの施設でも彼女は熱狂的に迎えられた。子どもたちはケイティが姿を現すと歓声を上げて取り囲み、抱きつき、手を繋いで離れようとしなかった。食堂に集まって輪になり、即興でアカペラの歌を聞かせた。どの子も彼女の歌に聴き惚れ、感動と羨望の眼差しで見つめた。そしてケイティは語りかける。

「私もパパとママを亡くしたのよ。でも今はこうして、大好きな歌を唄えて本当に幸せ。みんなはきっと寂しいよね。だけど自分を信じて、そして独りぼっちじゃないって思って。あなたたちには友だちがいて、施設の先生がいて、ボランティアの人がいるよ。誰もが君たちを愛してるよ。それを忘れないで――」

「チャイルド・ファンド・ハウス」は連邦政府の施設なので、ケイティの訪問を聞きつけたのだろう、州知事や州選出の上院、下院の議員が共和・民主を問わず次々と顔を出した。ケイティと撮った写真は地元新聞やネットニュースに必ず載る。政治家にとっては大変な宣伝効果であった。マック湯浅は何人もの政治家と親しげに固い握手を交わしていた。政界にも通じているのかと、玄一郎はその人脈の広さに驚かざるを得なかった。

施設を五カ所ほど回った後は、いよいよ子どもたちの実家、貧困家庭への訪問が始まる。アメリカは富裕層の一パーセントが金融資産の四二パーセントを持つと言われる、貧富の差の大きい国だ。市場原理主義と自由主義経済が叫ばれ大企業が栄え、中小零細企業や個人事業主が苦境に立たされた。さらにかつてアメリカの誇りでもあった中間層が減り、四〇〇〇万人を超える貧困層を生んだ。しかし、その生活実態は日本のテレビではあまり紹介されることはない。「リアル・ワールド」にとっては全身全霊を傾けて撮影に臨むべき大切なシークエンスだ。

ケイティが最初に訪れたのはノースカロライナ州にある白人家庭だった。妻は賃金の安い大手スーパーで朝九時から夜一〇時まで週六日働き、夫は道路工事の仕事に従事していたが、身体を壊し休養中だ。母親だけの収入では養えないので、娘を「チャイルド・ファンド・ハウス」に預けている。少女は一一歳、ケイティに手を引かれ家に入った途端、目いっぱいに涙を溜めて父と母に駆け寄り抱きつく。両親も泣いている。三人は離れようとしない。ただただ、「愛してる」「愛しているよ」と小さく呟き抱き合っている。ふと見ると、ケイティが泣いていた。溢れ出る涙を拭うこともなく、家族を見つめている。カメラマンはその横顔をアップで捉えた。当初予想していたショッキングなシーンはなかったが、いい画が撮れた。これで充分だった。

続いてはオレゴン州のとある家庭。ヒスパニック系の一家で、貧困と、両親共に麻薬の問題を抱えていた。州の矯正プログラムを受け、現在は何とか断薬に成功している。父親は非正規の薬局勤務だったが、コカイン使用発覚後はビルの清掃人に。母は深夜専任の看護師だったが、彼女も薬物中毒から解雇され、今はファストフード店で働いている。賃金は安い。子どもの面会前に行ったインタビューで、この二人が大学まで出ていることを知り、玄一郎はこの国の闇の深さを実感した。卒業しても企業への就職のあてがなかったのだという。

そこにケイティと共に、施設に暮らす九歳の息子が入って来る。しかし一時期父親から虐待を受けていたので近づくことが出来ない。ケイティが間に入り、震える息子の肩を抱き、父の前に立たせる。恐る恐る伸ばした手が触れ合った次の瞬間、二人は抱き合った。母もそれに続く。父は「すまなかった」と何度も何度も繰り返した。そのスリーショットを押さえるだけで、後は何も要らなかった。

そして再び西海岸へと戻り、今度はサンフランシスコ郊外の施設を訪問した。別班の撮影は一部続くが、ケイティの出番はこの日で終了。玄一郎も翌日には帰国することになっていた。撮影は相変わらず上手くいっていた。憧れの歌姫の登場に、子どもたちは皆、歓喜の表情に溢れている。ここはスタッフに任せていいだろうと玄一郎は建物を出た。東京の番組デスク、新庄霞に連絡事項のメールを一本送るのを忘れていた。施設の脇にテラスがあり、そこにガーデンテーブルがあったのでノートパソコンを広げた。そのときだった。

神蔵の雇った現地ドライバー、デヴィッドという白人の男が、施設の従業員を伴い建物の裏側に消えていくのが見えた。なぜか気になった。そちらには何もないはずだ。郊外の丘陵地である。ただ藪のような森が広がっているだけだった。何をしてるんだ、彼らは？　そう思って覗き込んだ。デヴィッドが紙幣を渡しているのが見えた。

テーブルに戻りパソコンを打っているふりをしていると、デヴィッドは車に戻っていき、従業員が建物に入ろうとしていたので引き止めた。メキシコ系移民の若い男だった。「何をしてたんだ。あの金は何だ」と英語で問う。相手は青ざめたような表情でためらっている。玄一郎はポケットから一〇〇ドル紙幣を五枚取り出し握らせた。まだ無言だ。もう五〇〇ドル積んだ。たどたどしい英語で吐いた。

「……ハーフ、フェイク……ハーフ・フェイク・チルドレン」

つまり、集まった子どもの半分はフェイク、偽物。金で集めた一般の子どもだと言っているのだ。

腰から下が崩れ落ちそうだった。

待てよ、すると今まで訪れた施設でも、あるいは他の取材先の家庭でも、情報操作されていた可能性があるということじゃないか。それを放送するというのか――、背筋に冷たいものが走った。

E

このことは身内にも絶対に知られてはならない。冷静を装って、玄一郎は翌日、日本に帰国した。

放映日は一カ月後。即、編集作業に入らなければ間に合わない。他の班は米国の貧富の差が溢れる暮らしぶりを掘り下げて撮って来ている。そちらを伸ばすにしても、「リアル・ワールド」は人物ドキュメンタリーだ。ケイティの部分をバッサリいくわけにはいかない。彼女の活動報告を切ったら、湯浅や神蔵サイドから強烈な報復処置を受けるだろう。そう、神蔵は予想以上に緻密で用心深い男だった。だから執拗にハニートラップを仕掛けて来たのだ。

もちろん権藤局次長も黙ってはいないはずだ。玄一郎は確実に干される。情報局にはいられなくなるだろう。いや、東京テレビの関連子会社であっても、仕事が与えられない状況になるのは想像に難くない。

必死で編集を指揮した。アメリカの貧困層や家族の実態、これを四〇パーセント、LAの老舗ライヴハウス「ウイスキー・ア・ゴーゴー」で収録したケイティのシークレット・ライヴを二〇パーセント、捏造の疑いのあるカットを極力排除した、養護施設と家庭への訪問シーンを二〇パーセント、ケイティの人生を二〇パーセント——これが、玄一郎が考えに考え抜いた末の結論だった。

湯浅と神蔵からは何度も電話があり「途中経過を見せてくれ」という要望があったが、「放送法上」出来ないと言い張った。権藤からも湯浅らにチェックさせろと命令口調で詰められたが、素材量が膨大でお見せするのは不可能だし、編集は順調にいっているととぼけ続けた。

放送日。ケイティのロケ映像は早朝の情報番組から夕方のニュースまで露出されまくった。

玄一郎は腹に差し込みのような痛みを感じた。

そしてオンエア。

視聴者のネットでの反応——。

「ケイティのプロモーションなのこれ？」

「資本主義の行きつく先。貧富の差」

「でもケイティ、偽善者じゃん」

「子どもたち可哀想過ぎる」

「ケイティ頑張ってる」

「アメリカ酷いな」


オンエアは無事終わった。玄一郎はスタッフ数人から打ち上げに誘われ、局近くの居酒屋へ行った。酒を無理やりあおったが、まったく酔えなかった。


翌朝九時五〇分、遠くで携帯が鳴っていた。昨夜少しも酔えなかったにもかかわらず、胃だけは鈍く疼いていた。吐き気がした。出ると権藤局次長だった。

「やったぞ、佐藤。一六・七パーセントだ」

玄一郎は何も答えられない。

「これは快挙だ。一四時に来れるか？」

出社すると玄一郎のデスクには、「一四時、役員応接室に来られたし」というメモが貼り付けてあった。役員応接室？　入ったこともない。情報局の同僚、後輩たちが駆け寄ってくれた。「一六パーセント超えだそうですね」、「素晴らしかった、感動しました」と口々に言う。

「リアル・ワールド」スタッフからも歓びの電話が入った。こんなに苦しい気持ちになったのは初めてだった。俺はヤラセに荷担したのだ。

役員応接室は、編成部特別応接室と同じ最上階にあった。秘書に案内されて入ると誰もいなかった。権藤や神崎悦子がいた部屋からは芝浦ふ頭から海側の景色を望めたが、こちらは反対側で、芝公園から東京タワー、その先の六本木ヒルズ巨大ビル群までが見渡せた。二〇人ほどが座れるであろう総黒革張りのソファーと大理石のローテーブルが鎮座している。冷房が、効き過ぎるほど効いていた。

外を眺めながら待つこと一五分。背後のドアが勢いよく開いた。マック湯浅が満面の笑みで入って来た。

「佐藤さん、あなたにはいくら感謝しても足りない。電話をしようと思ったが、直接お礼が言いたかった。本当にありがとう！」

両手で握手をし、ハグして来た。高級なオーデコロンの香りがした。

続いて権藤編成局次長、ＭＵＧＥＮの神蔵、そして見知らぬ男が二人続いた。権藤が、

「いいえ、湯浅さん。わざわざお越し頂いて恐縮です。こちらこそケイティさんの回で高視聴率が取れて御礼申し上げなければならないところです。しかも会長、社長までいらして頂いて――」といった。

会長、社長？　そう思っていると片方の男が右手を差し出した。

「佐藤さん、お噂はかねがね。ＭＵＧＥＮの会長をやらせて頂いている犬養です」

初めて見る犬養徹は、驚くほど若かった。いや、成長していないと言った方が正しいかもしれない。一九五〇年前後の生まれだから六〇代半ばのはずだが、大学生のように見える。ヴェ

ルサーチのスーツに細いネクタイ。確かに近づくと顔にはそれなりの皺が刻まれてはいるが、おかっぱのような髪には一本の白髪も見当たらない。この男は一切マスコミに出ないので、実像を知る者はほとんどいない。

「昨年、アメリカで堀井恒弘くんに会ったでしょう」と握手を交わしながら言う。

「あの後、彼からメールをもらいましてね。東京テレビには佐藤玄一郎という凄い男がいると。それで滅多にテレビを観ない私が、〈リアル・ワールド〉を一度観たらもうハマってしまった」

犬養がそう言うと、周りの者たちは声を上げて大げさに笑う。

「そうしたらマックからの今回の提案だ。もちろん、私は諸手を挙げて賛成しましたよ」

もうひとりの男が名刺を差し出す。ゴールドマン・サックスの幹部からビジネスコンサルタントになったＭＵＧＥＮの樫原社長だ。

「まあまあ、皆さん。立ち話もなんだ、座ろうじゃありませんか」

と権藤が促しソファーに腰を下ろす。一四時に来いと呼びつけておきながら、特に用件はないようだ。雑談が始まった。マック湯浅はやたらテンションが高く、アメリカの音楽ビジネス界の話を面白可笑しく話し、犬養会長が「神蔵、ところであの話は？」と振り返った。

しばらく経って、一同が時々ドッと笑った。

「これからです」

「マック、君から話せよ」と犬養に促され、湯浅は権藤の方に身体を向けた。

「権藤さん、実は今回の放送は、ケイティの活動のごく一部なんです。僕らが目指しているのは世界です。世界中の子どもたちが幸せになること。素晴らしいと思いませんか？」

湯浅は無邪気に目を輝かせて言う。

「次は、ケイティがアフリカの子どもたちと触れ合います。アフリカには、アメリカどころじゃない貧困が溢れてます。秋にはまた彼女のスケジュールを一カ月空ける。その調整はもうついています」

嘘だろ？　玄一郎はその場にいる者たちの顔を眺めた。こいつらは本気か？　まさか「パート2」をやらせるつもりじゃないだろうな。胃酸が食道から上がって来た。

アフリカなんて最もデリケートな問題じゃないか。国連も手を焼いている地域だ。湯浅は相変わらず無邪気に大げさな身振り手振りを交え、理想を語っている。犬養と樫原の表情は読み取れない。あの、いつも何ごとにも無関心な様子の神蔵を見た。口元に微かな微笑みを湛えて湯浅の演説を聞いている。アメリカでフェイクをやった連中だ、アフリカでも既に動き出しているかもしれない。

玄一郎は吐き気に加え眩暈がする思いだった。芸能界の新興勢力ＭＵＧＥＮと、スーパースター、ケイティＭＩＺの存在。これに逆らうことなんて不可能だ。しかも、悪いことに数字を取ってしまった。

権藤がこちらを見た。

「佐藤、ありがたい話じゃないか。ケイティさんは素晴らしい力を持っている。弱い人々に勇気を与える力だ」

そして犬養たちに頭を下げた。

「このお話、弊社としても光栄です」

編成部員の神崎悦子が長い人差し指で銀縁眼鏡を支えながら口を挟んだ。

「昨日の数字は普段の〈リアル・ワールド〉と違って、F1層・M1層が取れています。つまり今ウチの局がいちばん欲しい視聴者層がごっそり取れたことになります。ケイティさんの〈パート2〉はやるべきです」

腹すら立たなかった。玄一郎は思った。これは提案でなく、業務命令だ。

犬養たちをお送りすると言って、権藤と部下の神崎悦子は彼らを促し応接室を出ていった。権藤の仕立てのいいスーツの背中を見て、「リアル・ワールド」ケイティMIZの第二弾は、有無を言わせぬ決定事項なのがわかった。


ひとり残されて、どのくらいその場に立ち尽くしていただろう。ポケットの中で携帯が鳴った。翠からだった。

「——久しぶり」

と彼女は言った。

「会えないかしら?」

「うん、わかった」玄一郎は答えた。

F

午後五時、局を出て浜松町まで歩き、東京モノレールに乗り、天王洲アイルで降りた。

「久しぶり」と彼女が言ったように、二人はもう一カ月半以上会っていなかった。丸ひと月ケイティのロケでアメリカにいたし、その後は編集に追われた。彼女は運河の柵に肘を乗せ、足元の水を見つめていた。白いブラウスに、黒のロングタイトスカートを穿いていた。いつにも増して美しい、そう思った。港南緑水公園の入口まで来たところで、翠が口を開いた。

「――玄一郎さん」

さん、と付けて呼ばれたのは何年ぶりだろう。

「あなたに黙っていたことがあります」

翠は一歩前を歩いていたので、その表情は窺えない。

「何だい？」

玄一郎はわざと明るく言った。

「あなたがアメリカに行っている間、細川相談役とお食事をすることになったの。そのとき、ＡＰの青木くんを連れて来た」

「――青木を？」

「ええ、今や玄一郎の片腕だから紹介しておくって。でも、本当は違ったの」

違った？　どういうことだ。

「青木くんが私に会いたがったのよ。だから細川さんに頼んだの。どうしてだと思う？」

翠は初めて振り返った。無表情だった。

玄一郎は首を振った。

「彼がＭＵＧＥＮやシューティングスターズ、そして神蔵泰三のことを調べているうちに私に辿り着いてしまったからよ」

翠は背を向けたまま数歩歩き、「もう、あなたに隠しておくことは出来ない」と立ち止まった。そして、

「キャサリン本橋――、一生、この名前で彼女のことを呼びたくなかったわ」

と言った。振り返って玄一郎を見る。

「本橋香織は私の親友でした。あなたと初めて会った夜、ロス・マクドナルドの『動く標的』の話をしたのを覚えてる？」

頷いた。

「あの小説を読むように言ったのが香織よ。私たちは同じロンドンのシティ大学に学び、ルームメイトだった。二人とも最初は学生寮に住んでたんだけど、すぐに意気投合して、スタンフォード・ブリッジの近くにフラットシェアを借りて、一緒に住むようになったの。私たち、本当に仲がよかった。よく『姉妹なの？』って聞かれたわ。カオリとミドリって、イギリス人からすると似て聞こえるらしいの。確かに、背格好も顔立ちも似てた。子どもの頃は日本で育って、思春期にイギリスへ渡って、パブリックスクールに通ったのも同じ。そして何より、目指しているものが一緒だった。これもあのときに言ったわよね。ジャーナリストを目指した。私

たちはBBCやCNNのジャーナリストみたいになりたいって、大きな夢を抱いた。でも、私は挫折した。私は単に入試でいい学校に入れる、お勉強の出来る子でしかなかった。心が折れ、日本に戻って来た」

そこまで言うと、再び歩き始めた。玄一郎も追い、今度は彼女に並んで歩いた。

「香織はそのまま勉強を続けたわ。彼女は本当に頭のいい娘だった。私と違って、ガッツも負けん気もあった。だから当然そのまま、イギリスのメディアに進むと思っていた。彼女ならBBCでも『タイムズ』でも、『デイリー・テレグラフ』でも『ガーディアン』でも、記者としてやっていけるはずだった。でも突然日本に帰って国際基督教大学に編入したの。そしてシューティングスターズに所属して、大学に通いながら東京テレビの夕方の番組で、お天気お姉さんになった」

夏の夕暮れが近づいていた。二人の正面には、芝浦アイランドの超高層マンション群が見えた。窓には、ぽつりぽつりと灯りが点き始めていた。

「久しぶりに再会して、私と香織は派手な喧嘩をしたわ」

翠は言った。

「何考えてるのよ、キャサリン本橋なんてバカバカしい名前を付けられてって――だって、キャサリンなんて彼女のミドルネームですらないのよ。くだらない芸能プロが、ハーフタレントのブームに乗せて付けたくだらない名前よ。しかも、何だってお天気お姉さんなんてやってるの？　若作りしてミニスカートから脚を見せて、どうせ事務所に言われてだろうけどバカみたい。だって彼女は実力だけで勝負出来るんだもの。女を売り物にしなくても、硬派のジャーナリストになれる人なんだもの。

　でも香織は言ったわ。翠にはわからないって。あなたはしょせんテレビ局という大きな組織に守られてる、しかも外報部なんていう堅い部署で、上から言われる仕事を淡々とこなしていれば済むんだからって。この日本で、自分の個性だけで勝負するためには、色んな戦略が必要。そのためなら、私は女だって何だって、売れるものは売るわよって。じゃあ勝手にしなさいって――それが、彼女と会話した最後だった」

　翠は、玄一郎の数歩先へ進み、その場で立ち止まった。

「でもね、玄一郎。香織が正しかったのよ」背中でそう言った。

「お天気お姉さんで人気が出ると、バラエティでもグルメ番組でも、食べ歩きロケでもオファーがあれば何でも出た。そうすると、やがて彼女がバイリンガルでネイティヴのように英語がしゃべれること、社会や経済、国際情勢に至るまで語ることの出来る豊富な知識があることが知られていった。顔やスタイルがいいだけのハーフタレントじゃないことがわかると、世間はそのギャップに驚いて、香織は益々注目されたわ。そしてプライムタイムのニュースショーのキャスターに起用されることになった。大抜擢だった――ねえ、玄一郎。そんな親友の活躍に、私はどうしたと思う？」

　翠はこちらを見ずに問うた。

「嫉妬したわ。身悶えするほど激しく嫉妬したのよ。悔しかった。自分は挫折して、彼女は夢を叶えた。しかも私が罵倒するみたいに批判したやり方で、見事にジャーナリストの道を切り開いたのよ。後からわかったんだけど、有名英会話学校を経営していた彼女のイギリス人のお父さんが膵臓ガンで急に亡くなって、学校は人手に渡った。一人娘の香織は日本に帰って専業主婦だった日本人のお母さんを養っていかなければならなかったの。だからタレントでも何でもやって、まずはお金を稼ぐ必要があったのよ。でもキャスターに抜擢され、番組が始まってすぐ、問題が起こった」

キャサリン本橋の知名度が上がるに従い、ギャランティが安いままの彼女は所属事務所のシューティングスターズに折衝した。お母さんも腎不全で人工透析を始めていたからお金が必要だった。マネージャーに〝独立〟の話をチラッと持ち出すと、シューティングスターズの幹部だった神蔵が出て来た。何回かの話し合いがあった後、ある夜、神蔵のマンションに呼び出された。

翠は言葉を詰まらせ、「ああ、なんてことを——」と顔を被った。

「香織からは何度も電話があった。でも私は一度として出なかった。きっと彼女は助けを求めてたのよ。でも私は無視し続けた。なぜならまだ嫉妬していたから。あなたは夢を叶えたじゃない、勝ったのはあなたよ、そう思ってた」

翠の肩が震えた。大きく震えて嗚咽した。

玄一郎はもう、彼女がなぜこの場所に自分を呼び出したのかを理解していた。二人が立っている場所からは、運河を隔てて芝浦アイランドが見えた。あの華やかな灯りを放つタワーマンションのどこかから、キャサリン本橋は身を投げたのだ。

「留守番電話が一件入っていたの。ずっと聞けなかった。でも消すことは出来なかった。青木くんから、私と香織の関係が遅かれ早かれあなたの知るところになるだろうと聞かされて、やっと覚悟したわ。そして留守電を聞いた。香織、泣いてたわ。あんなにタフで強くて気丈な娘が、電話の向こうで泣いてた。死ぬ前日よ。『翠、私、もうだめ、もうだめなの』って泣いてた——」

玄一郎は翠を抱きしめた。

「もういい。君が悪いんじゃない」

翠の身体は激しく震えていた。

「私は香織を助けられたかもしれない。それなのに、私は何もしなかった。ただ、彼女を羨み、嫉妬し続けたのよ」

「もういい、翠。もうやめよう」

翠は玄一郎の背中に腕を回した。

「怖いわ、玄一郎。私、怖いのよ。彼らはどうしてそこまで人を追い込むの。いったい何のために、何を守ろうとして、香織を死に追いやったの？」

翠の言う通りだった。キャサリン本橋がキャスターになったとき、視聴率が微妙にだが確実に下がった。しかし、人はそんなことでは死なない。そこにはやはり青木が言ったように神蔵の圧力があったはずだ。

「玄一郎、怖いの。怖くてたまらないの。もしもあなたまで死んでしまったら、私、どうしたらいいの」

「——大丈夫だ」

玄一郎はそう言って翠を強く抱きしめた。

「僕は絶対に死なない」

G

その数日後、玄一郎は青木聡と共に東京テレビ五階の編集室に籠もった。録音も出来るように、防音になっている。内密な話をするには最適だった。

「先輩、アフリカの話は相当ヤバイです」

青木はそう言って資料を広げた。玄一郎がアメリカに行っている間に、翠がマック湯浅に関して詳しく調べてくれていた。青木がそれを元に、湯浅とMUGEN・犬養会長からもたらされたアフリカ・チャリティについて、さらに詳しく調査を進めたものだ。

「マック湯浅は確かに才能ある音楽プロデューサーですが、それ以上にしたたかな戦略家です。アメリカでは商業的に成功しても、チャリティを始めとした社会活動をしなければ事業を拡大出来ません。その点では、腐っても自由平等の国なんです。マイノリティや弱者に手を差し伸べない文化人は認められません。特に湯浅は永住権は持ってますが日系人です。だから政治家に接近するためにチャリティを始めた。〈リアル・ワールド〉ロケの前に、既にチャイルド・ファンド・ハウスにシークレットで二〇〇万ドルの寄付をしていたのはそのためです。またアメリカでは、巨大エンターテインメント企業はすべて、ワシントンのロビイストを抱えています。翠さんの調査によれば、湯浅が雇っているのはジム・ベンソンという男で、ハリウッドロビーも務める大物だそうです。MUGENからの報酬だけで年間一〇〇万ドルとも言われるようですが、MUGENの犬養にとっては痛くも痒くもない金額でしょう。そしてマック湯浅の野望は、やはりなんと言ってもアメリカでエージェント会社を開くことです。それも決して中小規模のものではなく、日系人初、大手の米国音楽エージェントです」

「その野望はわかる」

　玄一郎は言った。

「でもそのために何だって俺たちの〈リアル・ワールド〉を使おうとしたんだ？　いくら視聴率がいいからってしょせんは日本のドメスティックなテレビ番組じゃないか。とてもステイタスになるとは思えない」

「そこなんです」

　と青木は続ける。

「第一に欧米のドキュメンタリーでは壁が厚過ぎる。だから日本のテレビ局の方が自分の思うように扱いやすいと考えたわけですが、そこが湯浅のしたたかなところで、アメリカ、タイム・ワーナー傘下の大手ケーブルテレビHBOと交渉に交渉を重ね、放映決定に成功した。制作費ゼロでケイティの世界初のドキュメンタリーですからHBOも企画構成案を見て納得し、放映を決定した。これで全米に情報が流れます。そしてもうひとつはアジアです」

「アジアマーケットへの進出ということか」

「ええ。僕に言わせればアメリカの一強支配はあと数年で終わります。あそこまで格差が開いて中間層が凋落したら、もう人口は増えない。人口が減ればGDPも減る。マーケットとして今後の可能性は極めて低くなります。それに比べアジアは膨大な未開拓地帯です。その点でケイティが日本人だということが大きい。彼女のユーチューブ動画が台湾、フィリピン、タイ、マレーシア、インドネシアでどのくらい視聴されているかというと、三億回をゆうに超えています。マックとMUGENは、既にケイティのアジアツアーを計画してます。莫大な収益になるでしょう。

さらに、彼女は中国でも秘かなビッグスターなんです。あの国では違法ダウンロードが未だまかり通っていますが、何しろ人口は一四億いる。そのうち〇・五パーセントでもコンサートに来ればビッグビジネスになります。しかもあのパクリ大国の中国も、いよいよ政府が著作権に厳しくなっています。現在違法ダウンロードが中央政府の命令で遮断され、近い将来正規配信で発売されたあかつきには、途方もない金が転がり込む算段です。ケイティMIZは、アジアでは同胞とみなされてるんです。おそらく前回の〈リアル・ワールド〉も、日本での放映三時間後には、各言語字幕付きで数億人に観られているでしょう。だから湯浅は我々の番組をターゲットに選んだんです。多少背後に芸能界の匂いをちらつかせてやれば、日本のテレビ局は動くと踏んだ」

「それで権藤局次長か」

「そうです。湯浅の米国エージェント構想が実現すれば、第二、第三のケイティMIZを発掘するのは容易になります。日本にだってアジアにだって、音楽的才能に溢れた若者はたくさんいる。ケイティを育てた方法論、つまり湯浅が指導して英語力と歌唱力をブラッシュアップして、まずは英語圏ビジネスで成功させる。アジアは後から付いて来る。日本の芸能界に金はまったく落ちません。テレビは宣伝に使われるだけです。連中としては正当なビジネスのつもりでしょうがね」

「そこで俺たちも、湯浅にヤラセの片棒を担がされたわけだ」

「おっしゃる通りです。そしてアフリカはもっとヤバイ話です」

青木は説明する。

「先輩は先日、MUGENの現社長で、元ゴールドマン・サックスの幹部、樫原伴昭って奴に会ったでしょう。やはりこの男がキーマンでした。これは翠さんが経済部から仕入れてくれた情報ですが、樫原はビジネスコンサルタント時代から、東洋商事と繋がっていた。前々からアフリカの鉱物資源に狙いを定めていた、日本の大手総合商社です。そこで犬養が妙手を思い付いた」

「ケイティか？」

「ビンゴです。HBOはアメリカ全土で四九〇〇万件の契約数を誇ってますが、全世界なら一億三〇〇〇万件と言われます。ケイティMIZが出演した〈リアル・ワールド〉は、そのすべてに流された。彼女の慈善活動はもう圧倒的に広まってます。先輩の言い方を借りれば、僕らは世界中でヤラセの片棒を担がされたわけです。既に土壌は出来てるんです。後はケイティにアフリカ向けの『セイブ・ザ・チルドレン』ソングを作らせるだけです。そしてMUGEN・犬養と樫村の作ったファンドの元に集まった基金を、鉱物資源を持つアフリカの国々に集中的に投下する。しかもご存じのようにアフリカは、アメリカと違って政情が不安定だ。だから金は現地の政治家や有力者の懐に転がり込むことになる。いや、最初からそういう連中と手を組んだ出来レースだったのかもしれない。しかもケイティは〈リアル・ワールド〉の放送直後、既にアフリカに飛んだという情報もある。おそらくチャリティコンサートを開き、その後のチャリティソングも全世界に配信されるでしょう。計画はスタートしてるんです」

それで東洋商事は、アフリカでの鉱物資源採掘の権利を手に入れる。まったく一銭も払わずに、だ。そしてマック湯浅とＭＵＧＥＮには膨大なマージンが支払われる。

「想像を絶する話だな」玄一郎は呟いた。

「ですから前回のアメリカロケはギリギリでセーフだったかもしれませんが、アフリカはアウトです。この話に乗ってしまったら、〈リアル・ワールド〉は完全に不正行為の一翼を担うことになります。やったら終わりです。事が発覚し、一味とみなされたら先輩は懲戒解雇では済まない、どこに逃げても国際指名手配になります」

青木の言う通りだった。しかし権藤局次長の元、編成はゴーサインを出している。情報局がどう拒否しようが、東京テレビとしての決定は揺るがない。

「――どうやって断ればいいんだ」

玄一郎は頭を抱えた。

「ひとつだけ方法があります」

青木は言った。

「何だ？」

「キャサリン本橋さんです」

いったいどういうことだ――。

「どんな組織でも、一見強そうな部分が最大の弱点になる。ＭＵＧＥＮの場合は神蔵です。マックや犬養に、あの狂犬を飼って野放しにしていることを後悔させてやりましょう。あいつが頭がおかしいということは前に言いましたよね。女を精神的にも肉体的にも追い込んで、崩壊させるのが趣味なんです。キャサリン本橋が奴のマンションから飛び降りたのは確かです。そして神蔵は動画を撮るのが趣味だった。彼女のものもどこかにあるはずだ。僕が証拠を押さえます」

「そんなものどうやって探すんだ？」玄一郎は言う。

「第一、そんな証拠になるような動画は、消去してるんじゃないか」

「先輩、マニアにとって映像とは戦利品です。命より大事なものです。死んでも消すことなんて出来ません。もちろん自宅のハードディスクになんかはないでしょう、万が一踏み込まれて家宅捜索でも受けたらアウトですからね。しかし今はインターネットという果てしない海があります。ネットという大海に泳がせておけば、保管するのは可能です」

「どんな方法で？」

「〈ダークウェブ〉という世界があります。インターネットは大きく分けて三つに分かれていて、僕らが一般的に使うグーグルやヤフー、これらは〈サーフェスウェブ〉と呼ばれるものです。サーフェスとは〈表層〉という意味ですから、文字通り海面から突き出した氷山の一角で、ウェブサイト全体の一パーセント未満とも言われています。それ以外に、検索エンジンで探し出すことの出来ないウェブサイト、これを〈ディープウェブ〉と呼びます。名前の響きからアンダーグラウンドなイメージを受けるかもしれませんが、例えばアマゾンや楽天なんかのマイページ、銀行のログイン後の個人ページなど、ＩＤやパスワードが必要なものです。そして三つ目が〈ダークウェブ〉です。こいつは検索エンジンでは引っかからないディープウェブの一部なんですが、専用のブラウザを使わなければ侵入出来ない世界です。元々はアメリカ政府の研究機関、米海軍調査研究所が開発した暗号化方式を用いています。国の機密情報を第三者に盗み見られないようにするために作られたブラウザでのみ、やっと閲覧が可能なものです。イスラム国などの国際テロ組織も、〈ダークウェブ〉を使って情報の共有をしてました。キャサリン本橋の映像も、そこにあるはずです」

「なぜそんなことが言えるんだ？」

「簡単です」青木は言った。

「神蔵泰三に雇われていたとき、戦利品の隠し場所を〈ダークウェブ〉にすればいいと神蔵に教えたのが僕だからです。そして万が一、神蔵が証拠を消去していたとしても、デジタルの世界は無限にコピーが可能です。奴と同じような頭のおかしいマニアは星の数ほどいます。そいつらの誰かが所有してます」

　玄一郎は眩暈がしそうな気分だった。

「ただし、ひとつだけ問題があります」

　青木は続ける。

「マック湯浅とＭＵＧＥＮの犬養、樫村や東洋商事がアフリカでやろうとしてることは確かにヤバイ橋ですが、ギリギリ裁判で無罪になる場合もあるでしょう。けれど先輩が僕に〈ダークウェブ〉に侵入しろと命令して、僕が実行したら、これは国際犯罪になる可能性があります。

らに大きな悪を使うしかないのかもしれない。考えるより先に言葉が口を衝いて出た。

細川は大きくため息をついて天井を見上げた。象牙色の天井は朝の光で明るく光っていた。

一分、二分、三分――長い沈黙が続いた。やがてイヴ・サンローランのスーツの胸ポケットから、携帯電話を取り出す。そしてかけた。

「もしもし、道明寺壮一さんのお宅ですか？　東京テレビの細川邦康と申します。道明寺さんには大変ご無沙汰しています。実は道明寺さんに面会したい。至急です」

そう言って切り、携帯をテーブルに置いた。

五分後、鳴った。取る。

「そうですか」と言って細川は腕時計を見た。

「ありがとう。午後三時までには着きます」

携帯を切る。

「玄一郎、京都に行くぞ」


東京駅へ向かうタクシーの中でも、細川邦康はひと言も言葉を発しなかった。新幹線のグリーン車に乗り、熱海を過ぎ三島に差し掛かろうとしたとき、口を開いた。

「もしも道明寺壮一が犬養と組んでこの一件に絡んでいたとしたら、俺はもちろん、東京テレビすら吹っ飛ぶ可能性がある。これは一か八かの賭けだ。わかるな？」

窓の外を眺めながら細川が言う。

「なあ、玄一郎。お前は、俺がかつて道明寺や犬養と組んで、中国でひと儲けしたと思っているだろう？」

「――いいえ、そんなことは」と答えると、

「隠すな」と笑った。

「そう思われても仕方ない。一九七八年、俺はひょんなことから来日した鄧小平のドキュメンタリーを撮った。そうしたら妙に気に入られてな。中国に招かれて、一般の日本人が滅多に入れないところまで案内してもらったよ。中国政府国務院の人物とホットラインで繋がるようになって、その後の中国ロケでは並々ならぬ便宜を図ってもらったりした。それを聞きつけて、訪ねて来たのが道明寺の親爺と、まだ若僧だった犬養というわけだ。一応話は通したものの、その後二人が中国で何をしたかは知らない。

だが、あれからずいぶんと時が経った。俺は道明寺と四〇年近く付き合って来たが、今回のような国家間にまたがる詐欺のような仕事に、奴はここ一〇数年は関わっていないはずだ。今は静かに隠居生活を送る道明寺には、そんなリスクを冒す必要がないからだ。だから、アメリカとアフリカにまたがる今回の件に道明寺が絡んでないと確信している」

そう言うと細川邦康はシートのリクライニングを倒し、目をつぶった。そして京都までひと言も話さなかった。

午後二時、京都駅に着くと迎えの車が来ていた。漆黒の輝きを放つ最高級車、英国のベントレー・リムジン。白い手袋をつけた運転手がうやうやしくドアを開け、細川と玄一郎を招いた。座ると「それでは参ります」と声がした。やがて走り出したが、車内はもしも目をつぶって

いたら、動いていることすら気づかないほどの静かさだった。

駅のロータリーを出ると鴨川沿いにひたすら北上した。細川は何も話さない。眠っているようには見えないが、新幹線の中と同様じっと目を閉じている。

玄一郎はスモークの貼られた窓から外を見た。その景色にはなぜか魅了されるものがあった。不意に、

「もうすぐ三千院さんですわ」と声がした。

運転手の口調は京都人らしく柔らかい。

昔、父から聞いたことがあった。同志社大学を受験した翌日、三千院で母と出会ったのだ。若き日の父と母は、この地を歩きいったい何を語ったのだろう。

「道明寺先生は三千院がお好きどしてなあ。それで東京の暮らしを離れて、この地に邸を構えられたんですわ」

車は三千院の手前を右に入り大原山の方向へ進む。おそらくかつては山深い林道だったのだろう。しかし舗装と整備が施されているため、リムジンも悠々と進んだ。

やがて、石造りの巨大なアーチ型の門が現れた。車が近づくと中央の鉄柵が音もなく観音開きに開いた。そこからは私道のようだったが、緩い坂道を約五分、S字のカーブを繰り返しても建物には辿り着かなかった。

そして平坦な地形に登ったところで、まるで美術館のような二階建ての近代和風建築の巨大な建物が現れた。玄関の両側には獅子の石像が狛犬よろしく並んでいる。その中央に、ひとりの老人が立っていた。痩せ形で白髪で、モーニングコートを着ている。

車を停め、運転手が回り込んでドアを開ける。リムジンを降りると老人は細川に「ご無沙汰しております」と会釈をし、玄一郎に「執事の白根でございます」と頭を下げた。相談役がパレスホテルから電話をかけたのはこの人物なのだろう。

「細川様、主人が母屋でお待ちしております。お連れの方は、こちらでお待ちください」

細川は執事と共に母屋の玄関をくぐり、玄一郎は和服を着た遣いの女性に導かれて手前の建物の二階に上がった。ゲストルームだろうか、二〇畳ほどの広いリビングがあり、隣には障子で仕切られた和室があるようだった。

玄一郎は天井まで全面がガラスの窓から外を眺めた。林の向こうに別の建物があるのが見えた。しかし高い木々に遮られてその全貌はわからない。手前の白石を敷き詰めた枯山水の庭が美しく映える。太陽が山の端に近づき、夕暮れが近づこうとしていた。遣いの女性が宇治の玉露と笹屋伊織のどら焼きを置いた。

玄一郎はノートパソコンで今回起こったことの詳細なメモを取ろうとしたが、翠の行く先を考えると気が動転し指先が硬直して思い通りに動かない。辺りの景色はどこまでも静かで、地球上で自分だけが取り残されたような不思議な気がした。


どれくらいの時間が経っただろう。夕日はとっくに山の端に隠れ、庭の灯籠の灯りだけが辺りを照らしている。

するとノックがしてあの執事が現れ、

「どうぞ、細川さまがお帰りになります。よろしければ」と言った。

玄関で会った細川は少し厳しい顔をしていた。

細川の横には大島紬の和服を着たひとりの老人がいる。髪は白髪をなでつけたオールバック、切れ長の目の端正な顔立ちには数々の修羅場をくぐってきた跡を感じさせる深い皺が刻まれ、多数の染みがあった。

その老人の背後にはダークスーツに細いえんじ色のネクタイをした、一九〇センチはあろうかという大男が付き添っている。髪は今時珍しい角刈りで、スーツ越しにもわかる格闘家のような分厚い胸板が強い威圧感を放っていた。老人の側近なのかボディーガードなのかは判然としない。

その大男が「先生——」と言って、何やら二、三言、老人に耳打ちした。

「佐藤玄一郎くんか」

腹にズシリとくるような重く低い声で、老人は聞いた。道明寺壮一だった。

その瞳は潤んでいるようにも見え、その表情から一体何を語ろうとしているのか玄一郎には全く予測できなかった。玄一郎はかつて夢の中で見た、軍服を着て五式軍刀を握りしめ霧の中にたたずんだ道明寺の姿を思い出していた。そうだ、道明寺のあの瞳は深い森の奥にある泉なのだ、その泉の底の真実には誰も辿り着くことが出来ない。

「長らく待たせてすまなかったな。先ほど、東京と連絡を取り合った。君たちが言う、『四大ドン』と呼ばれる芸能企業のトップとテレビ電話で会合を持ったのだ。MUGENは解体されることが決まった。犬養は、踏み込んではならない領域に足を踏み入れた。許されないことだ。マック湯浅の活動は、今後アメリカだけに制限される。日本の芸能界は、彼を拒否した」

道明寺はそう言って、強い咳払いをした。

玄一郎は何も言えず、ただただ深くお辞儀をするしかできなかった。道明寺の底知れぬ力を思い知った。

B

翌日、細川相談役の元に道明寺から連絡が入り、玄一郎は細川から電話でその内容を知らされた。

MUGENの犬養会長は業界追放。ゴールドマン・サックス元幹部のMUGEN社長・樫原はシンガポールに逃げてしまったらしいがこちらも業界追放。マック湯浅の実権は剝奪され、ケイティMIZのマネージメント及び、彼が構想した米国エージェント計画・アジア進出計画は「四大ドン」のひとりが経営する米国とも商取引のある芸能事務所に完全業務移管される。湯浅はあくまでアドバイザーとしてその芸能事務所の傘下に入る。神蔵は道明寺の警察ルートから、青木がダークウェブから入手した映像証拠を提供して処分させる。無期懲役は避けられないだろう。犬養、湯浅、神蔵の三人は完全に無力化され、湯浅の構想は結果的に道明寺の傘下に完全に飲み込まれた。

東京テレビの湊社長にも細川相談役から「一応、こういう処置を取った」と報告された。湊社長は道明寺に東京テレビの秘密を握られたので、今回の一件に関与した権田編成局次長は関連会社の閑職への人事異動処置が取られるのは間違いない。

「上手く処理出来たそうだ。玄一郎、下手に良心に苛まれるな。これが芸能界の始末の付け方だ」

玄一郎はまだ腹に一物残っていた。

細川相談役が言った。

「お前の気持ちはわかるが、東洋商事まで挙げるとなると、アフリカの各国家が絡まって大変なことになる。ＭＵＧＥＮの犬養とマック湯浅の野望を砕いただけでよしと思え」

確かにそうだ。彼らだけが巨大利権を狙っていたわけではなかったのだ。玄一郎は空しさを覚え、礼を言って電話を切った。

そのあと、続けて翠から電話があった。

「今、取締役人事局長から非公式に電話があった。湊社長から電話があって、私の南アフリカ・ヨハネスブルグ赴任は明日の取締役で否決されるだろうって」

道明寺のパワーとスピードを改めて思い知った。

道明寺との一件を翠に話した。

「玄一郎。あなた納得し切っていないでしょ。ドラマや映画みたいに、巨悪はすべて滅ぼされるなんて、現実にはあり得ないと思う。彼らを舞台から引きずりおろして無力化させて、私が玄一郎と東京で過ごせることになっただけでよしとしないと。一〇対〇では無いけど、七割はこっちが勝ったんだから細川相談役が言ったことは理解出来る。ただ、玄一郎は彼らを倒すのに、京都の人の手を借りたことに罪悪感があるのね」

翠は芯を食ったことをいつも言う。その通りだった。

「玄一郎、細川相談役がバックにいるうちは、京都の人もこの件を使って、なにかをしでかそうとはしないと思う。細川さんも京都の人に大きな貸しがあるような気がする。そうじゃなきゃこんなに迅速な対応をしなかったと思うの」

確かに、京都の道明寺と近々また話をすると細川相談役は新幹線の中で話していた。芸能界の人間のほとんどは仁義を守る。酷いことをされても、恩を施されてもそれを一生覚えているのが芸能界だ。

「だから、京都の人が、昔の恩を細川相談役に返したと思えばいいの。玄一郎はちょっとナイーヴ過ぎる。それを正義感と呼ぶ人もいるけど。違う?」

すべてが当たっていた。もうすぐ四〇歳を迎えるというのに現実が見えていない自分に驚いた。

玄一郎はまだ東京テレビにいる。情報局から報道局に異動になり、今、報道番組部チーフプロデューサーとしてドキュメンタリー制作を続けている。しかし、一日に一度はあの秘密を公開したくなる強い衝動に駆られる。細川相談役は強く玄一郎を戒めている。

「お前も組織というものをわかれ。悪い奴が中枢からいなくなったから、これからこの社はよくなる」と。

しかし、株価上昇と利潤の追求に邁進する社長の方針はまだ変わっていない。テレビ局は儲かってトラブルがなければよい。つまり経営陣も数字しか見ていないので、良質なコンテンツの制作にはまったく興味がない。するとまた妖怪のように、自分の立身出世だけを求める社員が出て来るのではないか。

　そんなことを玄一郎が細川相談役に呟いていると、

「お前の言うこともわかる。政府に電波料を払っているとはいえ公共の電波を利用して、くだらん番組を放送しても、他の事業者はテレビに入って来れない。だから逆に局にいる人間は汗水たらして面白いもの、役に立つもの、心を洗われるもの、人生の糧になるものを作らないといかん。玉石混交でいい。公序良俗に反してもいい。逸脱してもいい。作り手は知恵と技を磨き、観ている多くの人たちのことを考えて懸命に汗を流す。これは言わずもがなの前提だ。

　しかし年々データ主義が横行している。データから逆算して番組を作っている。さらに過剰なコスト管理とコンプライアンスでがんじがらめだ。何かやらかすと、一回注意すればよいだけなのに、厳罰を与えた上、社員を集めて何度も何度も研修会を開く。皆、萎縮してしまう。その割には上からガンガン視聴率を取れと毎日のように言われる。視聴率至上主義が横行しているので姑息なテクニックを使ったり、嘘をついたり騙したり。だからまた不祥事が起きる。起きたら起きたで、起こした奴の責任にする。この繰り返しだ。

　そしてテレビでは表現の幅が極端に狭まって来る。新しいアイデアも上司や編成部が極力やらせようとしない。失敗の責任を誰がとるかで揉めるからだ。完成形が見えないものには失敗の芽もあるが成功の芽もある。しかしこれだけ他の映像プラットフォームやゲームやスマホアプリが増えているのに、テレビ屋はほとんど危機感がない。ＩＴ屋やアニメ屋や他の業界の連中はコンテンツに対する概念も違うし、意外に勉強している。猛烈な数のデバイスとコンテンツによる『余暇の時間の熾烈な奪い合い』になる。俺の孫娘は高一だが、関西の友だちと毎日スマホのテレビ電話で五時間も話していて、テレビなど滅多に観ないからな。しかし、一方でテレビは滅多なことでは消滅しない。大げさかもしれんが、テレビは公共の電波を使った全国民に大きな影響を及ぼすある種の『娯楽産業』であり『文化事業』だと思う。利潤だけを求める銭集めマシンじゃないんだ。

現状、テレビ局の連中の多くは、芸能界と親密に付き合ってればそこそこのコンテンツが出来ると思い込んでいる。芸能界の交通整理人みたいな奴らだ。あるタレントあるいは芸能事務所と仕事をする際は『その話は俺を通せ』などと一局員に過ぎないプロデューサーが勝手に言っている場合もある。他のスタッフがこのプロデューサーに聞きに行くとダメだという。自己中心的での狭量な芸能界の利権構造だな。タレントを育てず、大物タレントに近づき手練手管で自分だけのものにする。作り手の芸や工夫や創造力はどこにあるのだ。これはあながち現社長だけの責任だけでもないかもしれないな。故・岩崎社長も草葉の陰で嘆いているだろう。視聴者と向き合って、知恵を絞って、よいコンテンツを作る。それがテレビの本道だ。それ以外に方法は無い」

玄一郎は細川の熱い言葉を聞いていると心が落ち着いて来る。

「そして、玄一郎。あの経理屋の湊社長、しばらくするとコケるぞ。人徳がない、人を見る目がない、人も動かせない。札束数えている間に今度は本当の大トラブルが起こるような隙がこの会社にはまだまだある。そして俺はいざとなれば今回のことをすべて創業家の溝口兵衛門に直接伝えることが出来る。湊社長は今回の責任を逃れられない。俺みたいなジジイに失うものはない」

　玄一郎は細川の底知れぬ凄みを改めて思い知った。

「まあ、お前は会社の金を使って好きなことを思い切りやれ。ただし、干されないようにある程度の数字は取れ。お前みたいな力のある人間が四、五人、番組制作現場にいて全力で突っ走っている状態なら、あと二〇〇人の番組制作部門の社員が遊んでいても、この会社は成り立っていくんだ。テレビ局とはそういうものだ」

　細川はソフト帽を被るとニヤッと笑って、

「明日からしばらく、ラスベガスに行って来る。レディー・ガガとデュエットしたトニー・ベネットのショーを観て来るわ。でも、あのオヤジも九〇近いのに頑張ってるな。ハハハハ」

　細川はグッチの靴をコツコツ鳴らして帰っていった。

　そういえば京都の道明寺への〝貸し〟とは何だろう？　それだけは聞いておきたかったが。


　ある日曜日、玄一郎と翠は名古屋郊外の実家を訪れた。玄一郎の父がリンゴをむいてくれた。ゴールデンデリシャスという品種だ。

「玄ちゃん。美味しい」

「時々亡くなった母がむいてくれた」

　翠は名古屋のボロ家を見ても何にも感じないみたいだ。

　居間に本が積んである。父もゆっくりと元気を取り戻しているようだ。

　近くの丘にある墓地へ母の墓参りに行った。線香をあげ花を飾って墓石に水をかけた玄一郎は久しぶりにこみ上げるものがあった。ここまであきらめないで頑張って来れたのは、母に守られて来たためだという気がしてならなかったからだ。

翠がちょっとこちらを見ていた。

玄一郎は母が死んだとき、病気で寝たきりの母の看護から解放されたような気がした。これで勉強が出来る。人生を楽しめる。やりたいことが出来る。

そしてあのとき、「やっと死んでくれた」と思った。

しかし、やっぱり母には今でも生きていて欲しかった、と今玄一郎は強く思っていた。

「死んでよかったはずなんてない。どんな状態でも生きていて欲しかった。人生はいくら願ってもコントロール出来ないことだらけだ。人生とはむしろほとんど制御不可能なことの集積だ。しかも僕は、猛烈な喪失感を一生背負わなければならない。そして、それは決して消え去らない。でも、翠がその荷を少しずつ取り除いてくれている」

「……ねえ、玄ちゃん。お母さんってどんな人だったの」

「ああ、優しいお母さんだった。おそらく世界一」

翠の目も潤んでいる。

「わかるわ。玄ちゃんも凄く優しいもん」

「優しい？」

「うん。そして繊細で凄く強い」

玄一郎は翠の頭を撫でる。

「繊細で優しくて強い。それはまるでレイモンド・チャンドラーの小説に出てくる探偵フィリップ・マーロウの言葉みたいじゃないか」

「レイモンド・チャンドラーのハードボイルド小説。母がよく読んでいたわ」と翠が言った。

「――タフでなければ生きていけない、やさしくなければ生きている資格がない――。私立探偵フィリップ・マーロウの言葉」

「……それ、なんか格好よ過ぎるね」

もう一度墓に手を合わせると、墓地を去った。


レンタカーの黄色いカローラの中で玄一郎が翠に言う。

「ねえ、翠」

「何？」

翠が一瞬、身を固くした。

「……結婚してくれないか？　……僕と」

「どうかな？　翠」

ゴクリと水を飲んで、翠は答えた。

「……of course（もちろん）。玄ちゃんのこと大好きだから」

玄一郎はホッとして大きく息を吐いた。

レンタカーは初夏の田舎道をゆっくりと走っていった。

「そうだ東京に帰ったら、岩崎社長の墓前にも参ろう」玄一郎が言った。

「うん」

玄一郎は今、何人かの人たちに見守られ生きているのを感じた。

緑豊かな草原の一本道を黄色いカローラが走っているのは、遠くから見たらおそらく素晴らしい光景だったに違いない。

※この物語はフィクションです。作中に同一の名称があった場合でも、実在する人物・団体等とは一切関係ありません。

[著者]

吉川圭三（よしかわ・けいぞう）

1957年東京下町生まれ。早稲田大学理工学部機械工学部卒。1982年、日本テレビに入社。『世界まる見え！テレビ特捜部』『恋のから騒ぎ』『１億人の大質問!?笑ってコラえて！』『特命リサーチ200Ｘ』などを手掛け、日本テレビ黄金時代の一翼を担ったヒットメーカー。現在はKADOKAWAコンテンツプロデューサー、ドワンゴ営業本部エグゼクティブ・プロデューサー。早稲田大学大学院表現工学科非常勤講師。著者に『ヒット番組に必要なことはすべて映画に学んだ』（文春文庫）、『たけし、さんま、所の「すごい」仕事現場』（小学館新書）。

泥の中を泳げ。テレビマン佐藤玄一郎

2019年5月18日　第1刷発行

著者　吉川圭三
発行人　井上弘治
発行所　**駒草出版** 株式会社ダンク出版事業部
〒110-0016　東京都台東区台東1-7-1邦洋秋葉原ビル２階
電話 03-3834-9087
http://www.komakusa-pub.jp
印刷・製本　シナノ印刷株式会社

カバーデザイン・本文DTP　オフィスアント
カバーイラスト　ヨネヤマタカノリ
構成協力　東良美季
編集　杉山茂勲（駒草出版）

ISBN978-4-909646-19-4
日本音楽著作権協会（出）許諾第1903860-901号